U0906084

中国新锐派
作家作品文库

我在十里长街等你

【奎之长篇小说作品】

奎之◎著

中国财富出版社

图书在版编目(CIP)数据

我在十里长街等你 / 奎之著. —北京:中国财富出版社, 2016.10
(中国新锐派作家作品文库)
ISBN 978-7-5047-6250-4

Ⅰ.①我… Ⅱ.①奎… Ⅲ.①长篇小说—中国—当代 Ⅳ.①I247.5

中国版本图书馆 CIP 数据核字(2016)第 205332 号

策划编辑 张 静 **责任编辑** 张 静
责任印制 方朋远 **责任校对** 梁 凡 张营营 **责任发行** 张红燕

出版发行 中国财富出版社
社 址 北京市丰台区南四环西路 188 号 5 区 20 楼 **邮政编码** 100070
电 话 010-52227568(发行部) 010-52227588 转 307(总编室)
010-68589540(读者服务部) 010-52227588 转 305(质检部)
网 址 http://www.cfpress.com.cn
经 销 新华书店
印 刷 北京兴星伟业印刷有限公司
书 号 ISBN 978-7-5047-6250-4/I·0227
开 本 710mm × 1000mm 1/16 **版 次** 2016 年 10 月第 1 版
印 张 16 **印 次** 2016 年 10 月第 1 次印刷
字 数 254 千字 **定 价** 35.00 元

目　录

第一章

大学毕业了。

从跨出大学校门的那一刻起，我可以真正做一回自己了。而我心里唯一放不下的人儿，是我美丽的芸儿。

杭州汽车站的候车厅挤满了乘客，个个行色匆匆。

我和芸儿静坐着，等候着。

我时不时地看看时间，好让它流逝得慢一点儿，再慢一点儿。

芸儿递给我一个蛋黄派。

“不想吃，没胃口。”我心里难过，一想到离别，就没有了食欲。

芸儿给我撕开蛋黄派的封口，取出来，递到我嘴边。

“阿昆，不吃会饿的。”芸儿关切地说。

我不得不张开嘴轻咬了一口，酥酥的、甜甜的，像爱情的味道。

“芸儿，我怕再也见不到你了！”我伤心地说。

芸儿的双眸一下就湿润了。“不会呀，都是浙江省内，你台州，我杭州，不算远呐，高速公路三个小时就到了。”

我取出前晚写的情书，神秘兮兮地递给芸儿。

“这是什么呀？”芸儿好奇地问。

“你现在打开看还是回去看？”

“别卖关子了，又写了什么？”

“就写了几句离别感言而已。”

芸儿笑着说：“那我拆开看看。”

说完，芸儿就拆开信封，认真地看了起来。

我亲爱的芸儿，大学就这么转瞬毕业了。我们恍如做了一场美梦，现在，美梦就要醒了。

芸儿，你是个地地道道的杭州女孩，而我却来自台州，毕业了就要回家乡，心中有很多的不舍。

在大学校园里，我们是一对恩爱的情侣，而毕业后，我们将两地分居，无法厮守在一起。不去想未来是怎样的，不去想是你来我台州还是我去你杭州，这些似乎太遥远了。

芸儿，在看不见你的日子里，我会发疯地想你，想你的好，想你的温柔，想你给予我的一切。

芸儿，一个人的生活，你要保重自己，善待自己。

爱你的阿昆。

芸儿已热泪盈眶。

见此情景，我满怀深情地说："芸儿，我怕以后再也没有机会写了！"

芸儿见我说得如此动情，说："你瞎说什么呀！好像生离死别一样。"

我攥过芸儿的手，说："芸儿，别离开我，好吗？"

"傻瓜，我没说要离开你呀！你以后可以随时过来看我哦！"

"你不是让我一个月去一次吗？"

"你傻呀，你多来几次，我会介意吗？"

我不多说，发觉芸儿已陶醉了。

"你害得我都不想回家了！"芸儿说。

"你不回家，我也不回家了！"

"你还来真的了，醒醒吧！"

"这不能怪我哦，"我急促地辩解，"刚才是你拉我下水的好不好……"

离别时刻，我和芸儿对视了一下，时间仿佛凝固了，心里太多想说的话，都流露在了四目相对中。我知道，我无法拖住时间让它倒流；如果可以倒流，我还会选择与芸儿好好地恋爱一场。

芸儿已泪流满面。

我拥抱了一下芸儿，似在安慰她。随之，我的眼眶也潮湿了。

“阿昆，你要保重。你要常常过来看我。”芸儿哽咽着说。

“芸儿，你也要保重。我会常来看你的！”

随后，我恋恋不舍地进了检票口，几步一回眸。

芸儿给了我一个飞吻，我破涕为笑。

我朝芸儿挥挥手，芸儿也朝我挥挥手。

就这样，在杭州城的汽车站，我告别了芸儿。

我登上了发往浙江台州的班车。

坐在车上，脑子里闪过大学校园生活……

四年前，我开始了属于自己的大学生活。

学校宿舍的同学都很好，同宿舍一共四人，睡在我上铺的就是跟我很要好的阿刚。我跟阿刚从认识到成为好友，没有超过一个月时间。

在新的环境里，我不断给自己打气，发誓要像以前中学时代那样，好好学习，天天向上。然而，大学环境并非我想象中那么简单，大家除了学习外，好像都还有其他的事情要做。比如有些人加入了文学社，吟诗作赋好不潇洒；有些人加入了书画社，挥毫泼墨尽展才华；还有些人加入到学生会，当起学生干部管起学生来。

在这样的大背景下，我骨子里也开始骚动不安。眼看着阿刚同学整天跟巧儿同学磨在一起探讨学问，我心里直痒痒，也想试着跟异性同学沟通交往。

芸儿跟我是同班。我跟她都是中文系的，都加入了学校的文学社。加入文学社并不等于两人就开始交往了，我跟她最早的沟通还是在学校的图书阅览室。

那一天我坐在芸儿的边上，看到她在本子上做着笔记，有点好奇，就忍不住多问了几句。

“你好，芸儿，你在记什么呢？”我轻声轻语，唯恐别人听到。

芸儿抬头，微笑着告诉我：“我在摘抄好词好句呢！”

我赞叹着说：“你挺用功的呀！”

芸儿说：“你不也是吗？”

我谦虚地说：“我只是随便翻翻的，不像你，用心在记呢！”

这么你一句我一句，两人才算正式认识了。

认识芸儿后，我已将“好好学习，天天向上”的警句抛诸脑后了。对一个二十还未出头的男孩来说，异性的吸引力远远大过学习。这不，我学习功课的积极性就大大下降，心思都在芸儿身上了。

我已算好了芸儿去图书阅览室的时间点，通常是她到阅览室后，我随后就到。

“阿昆，你怎么也来了?”芸儿表情有点诧异。

“我怎么就不能来呢?”我隐秘地笑了笑。

芸儿也未在意，以为这纯属巧合，没有当回事。

巧合的次数多了，芸儿虽觉得我是跟屁虫，但并没有厌烦我。

让芸儿欣赏我，需要一个阶段。所以我努力在她面前表现我的优点，尽量给她留下好印象。

和芸儿的关系出现转折，是在第一学年的下学期。

那天上体育课，芸儿在操场上不小心扭伤了脚，疼痛难忍。我见状，随即背起芸儿送往学校的医务室。阿刚和巧儿也跟来了。

校医检查后说，芸儿脚扭伤后脚踝活动时有剧痛，不能持重站立或挪步，按着疼的地方是在骨头上，并已逐渐肿起来，说明可能已扭到骨头了，应立即到医院拍片诊治。

当时医务室没有这些设备，我不由分说，又背起芸儿，准备带她到杭州医院诊疗。

“疼，疼!”芸儿疼得脸色发白，不住地呻吟。

“芸儿，我马上送你到医院，你一定要挺住!”我安慰芸儿。

“芸儿，别担心，一定不会有事的。”巧儿给芸儿打气。

在路口，阿刚拦了辆出租车，很快，出租车就开到了杭州医院。

我也不知哪来的力气，一把将芸儿抱起，径直奔向急诊室。

在急诊室，我和巧儿守在芸儿身边，阿刚给芸儿挂号。

急诊科医生确诊芸儿扭伤已伤到骨头，并给她打上了石膏。医生嘱咐芸儿，不能随便移动患足，不宜着地行走。如果上了石膏后疼痛加剧，应及时送医检查。另外，还要注意患足保暖，在石膏外的足端不能冻伤。

所幸的是，芸儿不用住院治疗。我和阿刚又将芸儿送到她的寝室，让她躺着好好休息。

“芸儿，还疼吗？”我关切地问。

芸儿摇摇头，说：“不疼了。”

“不疼就好。要是疼起来，你让巧儿传话给我。”我说。

“阿昆，谢谢你。阿刚，也谢谢你。你们帮了我大忙了。”

“都是同学，不用说谢。谁碰到这事，都会去做。”阿刚说。

聊了会儿，我和阿刚就出来了。我们知道，女生宿舍不宜久留。

晚餐是巧儿带给芸儿的。因为这件事，芸儿和巧儿成了好朋友。

芸儿的功课不能落下，虽然脚上打着石膏，但并不影响她上课。

由于无法行走，芸儿需要一个有力气的男生背她去上课。

“芸儿，你想让哪位男生背你或者抱你去上课？”我试探着问她。

芸儿满脸绯红，轻声说：“阿昆，我以前经常跟你泡阅览室，跟你熟一些，要不，就麻烦你吧？”

“好啊！”我兴奋地说。

就这样，背芸儿上学、放学的任务就交给我了。

宿舍离教室是有一段路程的。当我背着芸儿走在路上，就会吸引很多人的眼球。碰到同班的同学，他们还算理解，毕竟他们都知道芸儿走不了路；而碰到不知情者，就会投来异样的目光。

第一次背芸儿到三楼的教室，一个台阶接一个台阶地登楼梯，累得我气喘吁吁。当我用尽最后一点力气将芸儿放到她的座位上，我简直要累趴在地。

“阿昆，谢谢你！”芸儿微笑着对我说。

我无力地摆摆手，回到自己的座位。

放学了，背着芸儿下楼梯还算轻松。

背到半路，芸儿说：“阿昆，累吧？要不我们坐在石凳上歇会儿吧？”

我喘了口气，说：“我不累的。”

“还说呢，你在大口大口地喘气呢！”芸儿心疼地说。

我只好听芸儿的，坐到石凳上歇一会儿。

“阿昆，我想借一本书，你还能背我到图书馆吗？”芸儿征求我的意见。

“绝对没问题。”我想都没想，脱口而出。

于是，我又背着芸儿到图书馆。

“芸儿，你想借哪本书？”我喘了口气，说，“我可以帮你找来。”

“陈忠实的《白鹿原》。”芸儿回答。

我很快在现代文学的书架上找到这本厚厚的书。

“芸儿，你先看，看了再借给我看，好吧？”我将书递给芸儿，笑着说。

“阿昆，你也喜欢看这么厚的书吗？”芸儿问。

“可不是嘛，四大名著我就剩《红楼梦》没看呢！”

“嗯，那我看完借给你看哦。”

说着，我又背起芸儿去学校的食堂。

之前在食堂要么一个人就餐，要么跟阿刚一起就餐，现在情况不一样了，要给女生点菜打饭，还要跟女生共进晚餐呢。我既紧张又激动，心里感慨几世修来的福啊，能有这样的美事。

芸儿眼尖，轻声告诉我：“阿昆，你看那边，巧儿跟阿刚在一起吃饭呢！”

没错，阿刚和巧儿是在一起吃饭。我伸手打了个招呼，阿刚竟朝我这边走来。

“阿昆啊，看把你美的，现在都跟芸儿大美女吃饭了，把我这个兄弟抛在一边了。”阿刚打趣着说。

“你不是跟巧儿在一块吃吗？你就知足吧！”我说时，拍了下阿刚的肩膀。

这时，巧儿过来问芸儿：“芸儿，你的脚好点了吗？”

芸儿回答：“好点了。不过这段时间还不能着地，还得麻烦阿昆背着上学呢。”

“不麻烦的，这段时间背你，我就当是锻炼身体吧！”我当着阿刚和巧儿，有意这么说。

“阿昆，你这么说，芸儿会伤心的。”阿刚说道。

“阿刚，赶紧吃你的饭去，别来搅局了。”我带点命令的口气，阿刚知趣地走开了。

巧儿说：“芸儿，明天阿刚有一场篮球友谊赛，你来看他打球吗？”

芸儿说：“我行动不便呀，怎么观看呀？”

巧儿说：“这个好办，让阿昆背着你去看，不就行了吗？”

芸儿说：“这不行的，不累死阿昆才怪。”

我赶忙插嘴：“芸儿，你真要看阿刚打球，给他助威，这些都不是问题。”

芸儿说：“还是算了吧，不出糗了。阿昆，明天放学后，你把我扔在寝室，你到球场给阿刚加油吧！”

巧儿回去吃饭了，我忍不住说了句：“芸儿，无论何时，无论何地，我都是你的另一条腿。”

说完，我马上意识到自己失态了。我这不是明摆着向芸儿表露心迹吗？真该对自己掌嘴。

芸儿的脸再次通红，低着头轻声地说：“阿昆，你说什么了？就当我没听见。”

我尴尬极了。不过，我不后悔对芸儿表白爱意。

第二天，我听从芸儿的吩咐，送她去寝室后，就回到球场给阿刚加油助威。

巧儿早我一步就在球场了，她见我过来，问：“阿昆，真不带芸儿过来看球吗？”

我解释说：“是芸儿不愿过来，她不想看到众人异样的目光。”

巧儿说：“明白了。阿昆，我觉得芸儿有心事了。”

我不解地问：“咦？她有心事？”

巧儿说：“是的。女孩的心事男孩不懂，你可能不会懂的。”

我低头思索片刻，说：“我只希望芸儿快一点恢复健康，其他的我不会去想。”

“不说了，我们看球赛吧！”巧儿将目光转向运球自如的阿刚，赞叹着说，“阿刚打球技术越来越棒了！”

看得出来，巧儿的神情里尽是对阿刚的仰慕。

这些天，我都准点背着芸儿上学和放学。由此，也引起不少人的非议。有说我喜欢芸儿的，也有说我贪图女色的，我根本不在乎别人怎么看我，只要芸儿自己不介意，心里觉得我是一个正直善良的人就行了。

那天带芸儿到医院去复查。医生检查后说，芸儿的脚伤已基本痊愈，接下去不用担心行走的问题，但要注意不能做剧烈运动或者手提重物走路，以防再次扭伤。看来，芸儿几个星期的体育课都将泡汤了。

回来的路上，芸儿悄声跟我说："阿昆，我好像对你有点依赖了，我该怎么办呀?"

我给她支招："这好办。你跟巧儿结成闺蜜，不出两三天，你就会把我忘了，你的依赖症就好了。"

芸儿笑着说："这个办法好。那我真的照做了。"

我低头不语，心里很不痛快。我其实说的是反话，芸儿怎么就没听出来呢?

见我沉默，芸儿开导我："现在怎么轮到你不开心了？我的伤好了，你应该开心才对呀!"

"一想到从此不能再背着你了，我心里一阵酸楚。"

"原来是这样啊，我还以为什么事儿呢！你呀你，真是的。"

我缄默着，走到宿舍楼下。

站在宿舍楼下，我触景伤情。几天来，我都是背着芸儿上宿舍楼，并将她安全地送到寝室。现在不能了，芸儿可以自己走了。

"芸儿——"我叫了一声。

芸儿转过头来，问："阿昆，怎么了?"

"芸儿，能让我再背你一次吗?"我的声音低得连自己都无法听清。

"阿昆，我不让你背。"

我几乎是绝望了，"唉"了一声。

"我还没说完呢。阿昆，你平时是背我上去的，这回我要你抱我上去，好吗?"芸儿眼眶里闪着泪花。

我由绝望转为惊喜，没想到芸儿会这么说，我的情绪也来了个 360 度大转变。

见我不知所措的样子，芸儿说："我的脚伤刚好，怕走楼梯，阿昆，今天就再麻烦你一次，抱我上去吧！”

既然芸儿这么说，我就没什么好顾虑的了，鼓起劲儿，左手托住芸儿腿部，右手托住芸儿背部，芸儿身子一斜，双手勾住我的脖子，整个人被我抱了起来。

“你们快来看啊，好浪漫呀！”

“呀！他们大白天的要干嘛呀！”

“这人不就是中文系的阿昆吗？这也太无耻了吧！”

……

不知是谁在起哄，围观者多起来了。他们都盯着我将芸儿抱上了女生宿舍楼。

我全然不顾，安全将芸儿送到寝室。

身正不怕影子斜，我又没做亏心事，不怕鬼敲门。

但是，好事者还是举报了我。他们向学生处的领导反映，说我一个男生，光天化日之下抱着一个女生上了女生宿舍楼，成何体统！

学生处的领导把我叫过去谈话，并将我的班主任一起叫了过去。

班主任跟学生处的领导解释说芸儿有脚伤，阿昆平时都是背着芸儿上楼的，这回是抱着上楼，情况应该差不多。

单方面说不清楚，学生处的领导又把芸儿叫过去当面对质。

“你的脚不是好好的吗？自己会走路，干吗让一个男生抱你上去呢？”学生处的领导如此质问芸儿。

芸儿羞得无地自容。

“这件事情影响很坏。你们的行为，简直败坏学校的学风。要是这事儿传到教育局，我们领导层都要吃不了兜着走。”学生处领导厉声发话。

我听不下去了，辩解说：“芸儿的脚伤刚好，我们全班同学都可以做证。”

“还强词夺理！既然脚伤好了，你还抱她干什么！这不是败坏学风是什么?!”学生处领导见我争辩，已怒不可遏。

“是我让阿昆抱我上去的。”芸儿抬起头，脸羞得通红，却异常冷静地说，“不能怪阿昆，是我喜欢上了他，是我要求他这么做的。”

大学生谈恋爱学校明里就是不允许的，更多人谈的是地下恋情，把恋爱放在台面上讲，领导还能不发飙吗？何况还主动交代了。

在这关键时刻，芸儿挺身而出，挡在了我前面，那么勇敢，那么“视死如归”，让我相当感动。

“不是这样的，是我一时兴起，抱着芸儿上楼的。”我要把全部责任都揽到自己的身上，让自己一个人承受，哪怕学校责令我退学，只要能保住芸儿，我在所不惜。

“看来脚伤是借口，谈恋爱是真。”学生处领导蔑视我。

“信不信由你们，反正我问心无愧。”我镇定地说。

“你还嘴硬，鉴于这件事的负面影响，完全可以给你记大过处分！”学生处领导鄙夷地说。

班主任发话：“芸儿的脚伤是真，阿昆平常背芸儿上楼也是真。这个全班同学都是知道的。不过，阿昆和芸儿日久生情，这个我还真不知道。”

“学校是不允许谈恋爱的，你们这么光明正大地谈恋爱，良好的学风都给你们败坏了。”学生处领导还不放过我和芸儿。

班主任对领导说：“念在他们是初犯，现在改还来得及，就给他们口头警告一次算了。”

班主任还是有面子的，学生处领导对我和芸儿口头警告，如若再有负面影响，对我和芸儿将“绝不姑息”。

芸儿便将这段经历写成了故事，投到杂志社发表了。

芸儿第一个告诉的人就是我。

“阿昆，我发表了一篇故事，你要看看吗？”芸儿高兴地问我。

“当然要看了。你写的故事，一定很好看。”我颇为期待。

芸儿把杂志递给我，说：“你看了可不许笑话我哦！”

真吊胃口，究竟是什么故事呢？我迫不及待地翻开来看。

我一口气把故事看完，直说：“好故事，好故事啊！”

芸儿瞅着我，说：“别老赞美，说说你的看法吧！”

我沉吟片刻，说：“没什么看法，就是觉得好。不过呢，这篇故事还没写完，也不知道男女主人公今后怎么样了。”

芸儿说：“我就是要留给读者一点悬念，让读者自己去想象各种各样的结局。那样不好吗?”

“好。如果换成我写，就给故事确定一个美好的结局，让男女主人公相爱，最后他们过得很幸福。”我有意这么讲，看看芸儿会有什么表情。

芸儿羞红了脸，怕我窥见，侧过身说：“阿昆，你要是真这样想，就好了。”

还未等我说话，芸儿夺过杂志，小跑着走开了。

我想，此刻芸儿内心一定是无比快乐的。

……

第二章

“乘客们，台州客运南站就要到了，请大家做好下车的准备。”

我的思绪被乘务员拉了回来。

坐了三个多小时的车子，总算从杭州回到了台州。杭州是多云天气，台州也是多云天气，差别不大。

时近中午，我在车站内买了点零食。

我拖着行李箱，在报刊亭买了份《台州晚报》，坐在石阶上，边吃零食边随意地翻看报纸。

我多么希望能这样惬意地生活着。可我毕业了，工作是压在我心头的一座大山，令人喘不过气来。

不去想找工作的事情，偷得浮生半日闲。

这时，手机铃声响了。

我一看，是老妈打来的，随手按了通话键。

“妈，我回来了。”

“几时回来的？”

“妈，我已下车了，还没到家呢。”

“阿昆，你肚子饿得咕咕叫了吧？”

“是啊，我马上回家！妈，您给我烧碗青菜汤面吧！”

……

拖着行李箱一进家门，就闻到那股青菜汤面的味道，我禁不住咽了几口唾沫。

脚步声惊动了老妈，她忙不迭地从厨房里面出来，笑脸相迎。

“妈，我回来了！”见到老妈，我特别开心。

“来来，快把行李放下，肚子饿了吧，快到厨房吃面！”

我能感觉到老妈内心别提有多高兴。

许是好久未吃过老妈烧的青菜汤面了，我一进厨房就端着碗大口大口地吃起来。青菜汤面里放了些许肉丝，素的和荤的都有，营养算是均衡了。青菜汤面里还夹杂着母亲的喜悦之情呢。

正想将碗里的剩汤喝个精光时，老妈过来了。

“别急着喝汤，锅里还有面呢!”老妈说着，左手端着铁锅，右手拿着铲子，往我的碗里倒面。

想到在学校，为了能省点钱出来谈恋爱，我经常饿着肚皮。而在家里，肚子能吃撑着。

我被回到家的幸福击晕了。

“阿昆，你在学校读书，都瘦了一大圈!”老妈心疼地说。

我不敢跟老妈交代自己在大学里谈恋爱的事情，不敢说出老妈给我的大学生活费被我用来谈恋爱了。然而违背自己内心的意愿，是挺难受的。

“妈，学校学习那么紧张，身体有些吃不消，人就瘦下来了。瘦总比胖好吧？胖的人更容易得病。”我勉为其难地说出我的理由来，权且是用来应付的。

“晚上给你多烧几个菜，补补身子。”

“妈，我现在毕业了，解放了，平时家里吃什么就吃什么吧，总比外头吃的地沟油要好上百倍哦!”

“哟，你这孩子开始懂事了。”

我心想：我向来懂事的。只是，在老妈眼里，我恐怕永远是一个长不大的孩子。

出师不利。工作还没找着，先搭上一部手机。

那是回到家的第三天晚上，我骑自行车去了夜市。夜市摆地摊的特别多，东西琳琅满目的，直看得人眼花缭乱。

我当时边看地摊上的物品，边心不在焉地推着自行车。

突然，从侧面闪出一个人来，那人中等身材、平头，因为是夜晚，我没看清那人的长相。

那人把脚有意无意地伸过来，伸到我的自行车前轮的钢圈上，着实把我吓得不轻。

当时，我魂不守舍的，还以为坏事了，自行车把别人的脚丫子给卡了。

我赶忙刹住车，说："对不起啊，你没事吧?"

我靠过去看他的脚踝有没有受伤。

那人嘴里呻吟着，表现出一副痛苦的模样。

我内心直嚷嚷：今天真见鬼了，不小心把别人的脚踝弄伤了。

正想时，感觉有个人从我的身后闪过，轻轻地碰了我一下。

我当时也没在意，还担心着要不要赔点钱给人家。可那人竟不跟我理论，一声不吭地朝人堆里走了，还一瘸一拐的，确实有点可怜。

正当我骑上自行车回家时，感觉口袋瘪瘪的，有点不对劲，就顺手摸了一下口袋，这才发觉手机没了。

我回想起刚才的一幕，还有身后碰了我一下立马闪掉的那个人。可以确定的是，那肯定是他们的鬼把戏。他们一个移开我的注意力，一个对我下手，着实可恶至极。

我赶紧骑着自行车到派出所报案，民警给我做了笔录。

当民警问我手机串号多少，我茫然了。我根本不懂得什么是手机串号。民警说手机保修卡上有，可手机保修卡早就丢掉了。

看来没戏。没有手机串号的报案，跟没报一个样。无奈之下，我只好怏怏然回到家。

一回到家，老妈第一句就问："阿昆，打你手机怎么关机了，可把妈急坏了!"

"妈，我的手机被贼偷走了!"我显得有些沮丧。

"怎么被偷走的?"老妈急了。

于是，我原原本本地将手机被偷的经过说了一遍。

老妈叹了一声气，说："偷走了，赶明儿去买一个吧。"

我说："我明天先把手机号码补回来吧。"

第二天，我去了移动营业厅补办手机号码，那个号码是用本人身份证注册的，所以很快就补回来了。移动公司有这样的规定：一年内第一次补卡是免费的。

至于买手机，那是必需的。要是芸儿打电话或者发信息过来，我这边手机关着，她会怎么想呢？为了她，我狠狠心买了部手机。

移动公司的工作人员告诉我，只要每月有保底消费，可以送部手机，保底消费越高，送的手机就越好。

这确实挺诱人的。像我这样刚毕业身无分文的人，是可以接受的。

我选择了保底消费最低的那一款，所得到的手机也是最差的。鉴于我现在的经济条件，只要是智能手机就行了。

又过了三天，家里的台式电脑接通了互联网。

自杭州回到台州，已快一个星期未见芸儿，都快相思成灾了。

芸儿是杭州本地人。杭州是省会城市，跟台州相比，台州自然矮了一截。

在看望芸儿之前，我先发上一封电子邮件，聊表近一个星期的相思之情。

我敲击着键盘，一个个字符便跳跃出来，慢慢地就汇集成了一行行的文字：

芸儿，虽然新手机可以随时给你发短信、打电话，但我想到用别的方式表达对你的思念之情。家里装了宽带，就给你发一封电子邮件吧！

时间好快，转眼回到台州路桥已一个星期了。这些天见不到你，我快得相思病了。一想到读书时代，想起我们在一块的快乐时光，我就觉得特别幸福。有你的日子，生活就充满了阳光；有你的陪伴，人生就不会孤寂。

我们的心贴得很近。我能感觉到你看到我这封电子邮件时，脸上洋溢的幸福表情。你一定是很开心地、逐字逐句地看完这封电子邮件，毕竟这是我第一回给你发，你会觉得新鲜，也会觉得惊喜。

手机短信是收费的，用电子邮件却可以写上很多个字，而且又是完全免费的，何乐而不为呢？电子邮件比传统书信来得快捷。传统书信需要好几天才能寄到你那里，还要贴上邮票呢，而电子邮件却不需要，几秒钟就能将信息传递过去。当然，你肯定也喜欢、欣赏我写的散发着墨香的笔迹，以后我可以换着法儿带给你不一样的惊喜。芸儿，你高兴吧！

对你的情溢满了文字。我无时无刻不在文字中找寻着你的身影。你的身影就如同一个精灵，缠绕着我，令我如饮甘醴，如痴如醉。我真的恋上了你，真的离不开你。

可我难以启齿，因为我这些天还未找到一份像样的工作。我的精神接近崩溃的边缘。如果我再找不到工作，我都不知该如何面对你了。

我这个人很无趣，你是知道的。除了舞文弄墨，就再也找不到其他兴趣爱好了。我这些天都快憋出病来了。前几天腹泻刚刚好呢，拉肚子都快拉走我半条命了。还好，心里一直惦记着你，让我有了生存下去的勇气。

我知道你很能干，你说自己已在报社上班了，虽说还在试用阶段，但以你的能力一定没有问题。真是可喜可贺。想到我自己这般无能，觉得自惭形秽。哎，我该何去何从呀？

我失望过，沮丧过，觉得生活处处不如意，处处碰壁。这些天，我还没挣到一分钱，真的愧对父母的养育之恩。父母将我养育成人，我却不能报答他们，实在惭愧啊。

我也想到未来的路还很漫长，受点小挫折又算得了什么呢？这么点挫折就萎靡不振，那未来的路还怎么走？

我仿佛看到你就站在我面前，给我以鼓励，让我勇敢地跳入生活的旋涡，因为你就在旋涡中，等待着与我一同挣扎。

我决定再过一个星期就去杭州。看你，是我的重要任务。说得再多也没用，还是要落实到行动中去。

芸儿，等着我，过不了多久，我就看你来了。

……

我除了去找工作、看书写字外，剩下的就是对芸儿的思念了。

每每想到芸儿的好，心头就泛起一片柔情。都说男儿有泪不轻弹，可动情时却莫名地流泪。随着日子一天天地流走，这种想见却见不到的痛苦，只有我自己能体会得到。

我去了人才市场，为的是在见到芸儿之前，找到一份好工作，不然，我真没脸去见她。尽管我知道芸儿不会说什么，但作为一个男人，脸面还是要的。所以这次去人才市场目的很明确，就是想找到工作，早点去见芸儿，也好有个交代。

我在人才市场转了一圈，没能找到满意的工作，心里不是滋味。想到好的工作高不可攀，差点的又不想去，真是纠结。

我试着拨通同学阿刚的手机号码，想问他是不是找到工作了。

“喂，阿刚啊!”

“阿昆，总算接到你的电话了。都一个多星期了，才想起给我打电话呀!”

“嘿，还好意思说我，你怎么不来个电话呀！哥好寂寞哦。”

阿刚既是同学又是室友，跟我关系要好，平常开点小玩笑什么的，彼此都不会介意。

“我以为你跟你的芸儿在一起，早把我给忘了呢！你们这么甜蜜，我怎敢打搅你们的生活呀!”阿刚解释说。

我说：“阿刚，忘了告诉你，大学毕业后，我跟芸儿就分隔两地了。她待在杭州本地，我回老家台州路桥了，天天见不着面，唉!”

“原来这样呀，你怎么不早点跟我说声呀，兄弟也好帮你分担点痛苦嘛!”阿刚安慰说。

阿刚说得中听，谁让我们是那么好的兄弟呢。是兄弟，就不要有所隐瞒，就要坦诚相见；是兄弟，就该将心中的苦闷倾诉出来。

“现在不是打电话给你了吗?”我话锋一转，说，“你最近找到工作了吗?”

“我前天就找到工作了。这工作还是亲戚帮忙给介绍的呢。”阿刚高兴地说。

我急问：“在哪儿上班呢?”

“在公司做空调销售呢。”

“哦，这跟我们所学的专业不相干呀。”

阿刚无奈地说：“我们学中文的，找工作还真难呢！阿昆，你在哪儿高就呀?”

我叹了口气，说：“惭愧，我还没找到工作。”

“我晓得你这人心太高，非要找一份符合专业的工作。”阿刚接着说，“像我们学中文的，供大于求，所以就难找了。”

“说得对。”

“老兄你也别急，工作迟早会有的，你还是先把你和芸儿的感情经营好，可不要顾此失彼哦！”

“好，我赞成你的看法。哦，对了，你跟巧儿现在同居了吧？”

“别提她了，一提就烦。她呀，还待在杭州，舍不得离开那城市呢！”

“那你们的状况跟我差不多啊！”

“哪里差不多，我跟她都快到分手的边缘了。”

“啊？这么严重啊！你们没什么矛盾的，怎么会闹到这种地步呢？”我迫切地想要知道答案。

“说来话长。老兄什么时候来我这边，我跟你好好聊聊。”

听得出来，阿刚话语里略显疲惫和无奈，我不好再细细追问下去。

“好，过两天我就去你那边。女朋友可以没有，兄弟一定要有。”我似乎豪气冲云天。

“老兄来我这边，我做东。”

“嗯，那就这么说定了。”

隔了一天，我如约去台州黄岩找阿刚，阿刚正好下班。

“这么巧啊，我一下班你就过来了。”阿刚把手搭我肩膀上，笑着说。

“阿刚，你带我到哪边吃啊？”想到阿刚有工作，真是羡慕嫉妒恨，不让他出点血，心里还不平衡呢。

“阿昆，本来我想拿到第一笔工资后再请客的，兄弟我等不及了，就先透支了。”阿刚继续说，“就到普通的餐馆吧，高档的消费不起哦！”

我说：“客随主便。”

阿刚带我到了附近的一家餐馆，点了几道菜，要了两瓶啤酒。

我急不可耐地发问：“阿刚，你跟巧儿到底是怎么回事？”

阿刚开了啤酒，说：“先干一杯再说。”

干杯后，我又问：“你们到底怎么了？”

阿刚才徐徐回答："闹别扭了呗！"

我急着说："别婆婆妈妈的，快点告诉我。"

"巧儿老家是嵊州，而我是台州黄岩，巧儿不肯跟我回黄岩，认为我回到家乡就没出息了，还不如在大城市待着呢！巧儿也没有回嵊州，选择留在杭州，估计现在还没找到工作。芸儿应该知道她的下落吧。"阿刚说。

"阿刚，你毕业回来后，怎么就不问问巧儿现在过得怎么样了，有没有找到工作，那样她会觉得你离开后，还在关心她，她心里会很温暖。你现在这样冷冰冰地对待她，她一定会很难受的。都是同学，我了解她。"我认真地做了分析。

"我是在跟她赌气。她很任性，不听我的话，你说怎么办？"阿刚无奈地说。

我颇有耐心地说："阿刚，你个大男人，跟小女人赌什么气啊！她暂时不来黄岩，肯定有她的主见和想法，你逼她过来，不是违背了她的意志吗？我觉得她暂时留在杭州是好事，可以让她体验到在大城市生存的不易，到时她会知难而退，就跟着你了。这种事，是急不来的。"

"怎么，你跟芸儿的事情都没有搞定，现在反而做起我和巧儿的爱情导师了，呵呵。"阿刚拿起酒杯，笑着跟我干杯。

我一口喝完，说："我宁可自己不幸福，也不愿看到自己的朋友不幸福。"

"哥们，冲你这句话，我们不醉不归！"

……

醉意朦胧地从黄岩回到路桥。

"呀，阿昆，你去哪儿喝酒了？"老妈见状，关切地问。

"去黄岩了，跟一个大学同学，也是我的好朋友。"我意识还是清醒的，如实相告。

这时我妹过来了，她也关切地说："哥，你喝成这样，路上很不安全的。下次不要再喝了呀！"

我摇头晃脑地说："你甭管我。"

"你妹也是为你好呀，你怎么能这样说呢！"老妈责怪我。

“哥，你没有找到工作，心里肯定不痛快，可你不能意志消沉呀，不能这么折磨自己呀！”我妹说时，眼圈红了。

可能我快醉了，没有听清我妹说了些什么，嘟囔了句：“你们怎么这么烦啊！”

我妹听了，蒙着脸转身走了。

“你看，你把妹妹气哭了。”老妈也生气了。

我忽然感觉喉咙发痒，“哇”的一声，将秽物吐在了地上。

老妈赶紧把正在哭鼻子的我妹叫了过来，两人为我忙前忙后。

连着吐了好几回，我才慢慢地缓过神来。

“头有点痛，难受死了。”我痛苦地说。

老妈已急得团团转了。

“水！水！”我口干舌燥。

老妈端来一杯水，我一口气喝完。

“水，还要！”

我妹端来一大碗水，我接过，“咕噜咕噜”喝了个痛快。

随后，我艰难地起身，颤巍巍地去上卫生间。老妈和我妹就守在卫生间的外面。

我继续上吐下泻，把自己折腾得够呛。

老妈和我妹都替我揪心。

从卫生间出来，老妈和我妹扶着我进了卧室。

“睡一觉会好点。”老妈像哄孩子一样地哄我。

“哥，你以后不能再喝醉酒了，太吓人了！”我妹不计前嫌，还是那么关心我。

“哥知道了，谢谢你，妹妹！”我有气无力地说。

迷糊之中，我进入了梦乡。

第二天早上醒来，头还是有点沉，不过，比起昨夜好了许多。想到昨夜如噩梦般的经历，我都有点后怕。

老妈已为我准备了丰盛的早餐。

我告诫我自己：阿昆，你一定要振作起来。

这两天除了找工作，就是想念芸儿了。我心里很清楚，自己不能全顾着找工作，把芸儿晾在一边，疏忽了她的感受……

我会继续努力，探求爱情的神秘。我愿与芸儿一起走过人生的风风雨雨。

“你以后要对我好哦，可不要拈花惹草！”芸儿曾对我下了紧箍咒。

“我对你一心一意，天地可鉴！”我曾这么发誓过。我始终坚信爱情的神力！

我与芸儿，那是遥远的相望。不见人影的相望中，充满了思念。思念带给人忧愁，而能解忧的方式便是沉醉在书中，不复苏醒。

读书写作之外，发发手机短信，那是最浓情蜜意的事情。拨个电话过去，也能解解心头的忧愁。

可是，无论发手机短信还是打电话，都不能解决相思之苦。

不知道是不是距离的缘故，这种相思之情日益浓厚。

也许，我心里舍不得放下芸儿；也许，芸儿心里也舍不得放下我。

这是爱情无奈和痛苦的历程。我们只能选择坚持。

一个远行的计划已装入囊中。

买好了去往杭州的车票。行程的时间是第二天的上午。

正想告诉芸儿之际，收到了她发回的电子邮件。

我迫不及待地打开来看：

阿昆，收到你的电子邮件，确实让我感到惊喜。

走出大学校门后，这些天，我也挺想你的。

你说你还未找到工作，我劝你别急。找工作是急不来的，你越急心态越差，还是顺其自然吧。

你说你要来看我了，我很高兴。你最好是周末过来哦，因为我刚进报社，平时工作挺忙的，也不好意思向领导请假，何况对岗位工作还不够熟悉呢，需要花大力气去学习，所以只好委屈你一下了。阿昆，你不会怪我吧！

你什么时候过来，提前跟我说一下，也好让我有个心理准备。我尽量腾出时间来陪你，好吗？

说到这份工作，虽说不是正式的，但跟专业比较对口，所以也就欣然接受了。当时，我是看到杭州本地的报纸，知道报社在招人。招聘的名额只有三人，而报考的人数却有七八十个，可以想见，竞争是相当激烈和残酷的。

我当时是抱着试试看的心态去的，要是自己未被录用，也无妨，毕竟自己刚进入社会，着实需要一番磨砺。当我看到那些三十来岁的人都来应聘，说真的，我的心里确实是没底的。但是我刚大学毕业，对知识方面并未遗忘，这是我的优势所在。除了这点，我还真找不出其他方面的优势了。我要工作经验没工作经验，要工龄没工龄，只好拿自己的优势来弥补了。

再来说说这些天在报社上班的情况吧。办公室很忙碌，热线电话接二连三。我的任务就是接听电话，做好新闻点的记录，让编辑通知记者去采访。虽然工作烦琐，但我乐在其中。

好了，就说到这儿吧。记得早点来杭州看我哦！

细细阅读芸儿发回的电子邮件，我能读出她找到工作的那份开心，也能读出她迫切期盼我过去的那份心情。我也能理解芸儿的忙碌。她刚开始工作，在岗位上确实是个新手。我不能过多地打扰她，不能过多地给她发手机短信，特别是在她上班时，不能分散她的注意力，万一出了点差错，那我的罪过可就大了。那么，我只能选择在芸儿空闲时给她发发手机短信了。在那封电子邮件中，芸儿已经介绍了她的工作任务，我为她能找到一份靠谱的工作而欣喜，同时对她的能力暗自佩服。在这份工作中，我相信芸儿定能将她的才学发挥出来。

我想到芸儿的出色，也想到自己的无能——找不到工作，也不能将才学发挥出来。不过芸儿说得没错，找一份工作，急是没有用的，越急就越难找到工作。这话中听，芸儿也没有贬损我的意思，更多的，是出于对我的安慰和鼓励。我知道，找工作是需要机会的，要把握住机会才行。

话说回来，我买了车票，还未告诉芸儿我要去的时间。

芸儿是想让我周末过去的，可明天是星期三呀！这可怎么办呀？要去还是不去？不去的话，车票是退不回钱的了，只能作废，这买车票的钱就损失了；去的话，又怕打扰了芸儿，影响到她的工作。

到底去还是不去？我很纠结。

都怪我买车票太过积极，没有提前问问芸儿，就自作主张地买了，要怪只能怪自己。

正当我踌躇之际，芸儿似乎心有灵犀，给我发来了一条短信："阿昆，你什么时候过来呢？若是不过来，该怎么处罚你呢？"

我和芸儿之前有过约定，一个月内至少要过去看她一次，这个约定是雷打不动的。看来，我只好如实相告了："芸儿，在收到你的电子邮件之前，我已买好了车票。你在电子邮件中说，最好让我周末过去，可我的车票是星期三的。我很矛盾，这张车票要作废了。"

想不到，芸儿很快就回了短信："你傻呀，都花钱买了车票，就过来吧。我有很多空闲时间，没事的。你早点来，也可以在杭州多待几天呀。"

我赶紧回短信："芸儿，有你这句话，我就放一万个心了。那我明天真的过去了。"

芸儿回复："过来吧。不过说好了，在我上班时间内，你得规矩一点，不要老给我发短信哦。"

我快速回复："放心了，这个我明白的。"

就这样，明天是铁定要去杭州了。

……

第三章

那晚，一想到第二天就能见到朝思暮想的芸儿，我兴奋得睡不着觉。

我脑子里飞快地浮掠着过去的画画，画面都是自己和芸儿在校园相处的情景，种种关于两人开心、悲伤、误解、怄气的画面，一幅幅地闪现在脑海，慢慢咀嚼和回味，是如此美好……

记忆回到校园生活。

自芸儿脚伤事件后，我和芸儿的感情急剧地升温。两人内心的小秘密，都被彻底地“曝光”了。不过这样也好，让彼此心里萌芽着爱情的种子。

同学们都对我抱芸儿上女生宿舍楼那件事议论纷纷，有褒有贬，不一而足。我不在意别人的眼光，我只遵循内心的声音：来吧，芸儿，让我们一起跳入爱情的旋涡。

有天中午，在阶梯教室，我和阿刚两人坐在最后一排热聊着。

阿刚说：“阿昆，你可真爷们！众目睽睽之下竟然敢抱着芸儿上楼，换做我是绝对不敢的。”

我说：“阿刚你知道吗？这段时间上下课都是我背芸儿的，她对我有了依赖呢。她脚伤好了，让她自己行走，她反而有点不习惯了。对我来说，以后再也没有机会背她了，心里会有一种失落感。所以那天我冲动地抱着她上去，我一点都不后悔。”

阿刚说：“我能理解老兄的心情。这段时间老兄你应该蹭了不少便宜了吧！”

我说：“说哪儿的话，我可没有什么非分之想。你觉得我是个乘人之危的人吗？”

阿刚说："你规规矩矩的，在跟大美女零距离接触中，不动什么歪念头，怪不得芸儿会喜欢上你这样的人。"

我有点自豪地说："是啊，我心无旁骛地照顾她，不图回报。不过呢，说我自己没有一点私心，那是假的。"

阿刚说："这点很正常啊。你不就是想抱得美人归吗？我也一样啊，老是接近巧儿，就是想跟她在一起。"

我说："老天给我创造了绝佳的接近芸儿的机会，我此时不接近芸儿更待何时呢？我用心去呵护芸儿，她感受到了我的真诚。"

阿刚问："那你觉得我跟巧儿有戏吗？"

我说："巧儿对你如此仰慕，你的每场篮球赛她都必看，她心里肯定喜欢你的。不过，巧儿有点任性，遇到一些事儿你要顺着她一点，不要跟她对着干。你只要对她真诚一点就好了。"

阿刚赞同地点点头。

我抬头发现巧儿不知什么时候已站到了大课教室的门口。

"你们两个男生坐在最后一排，叽叽歪歪的，在聊什么呢？"巧儿发话了。

阿刚见到巧儿，礼貌地起身，说："巧儿，你怎么在这里呢？"

巧儿说："我就不能来这里吗？"

阿刚说："能来，能来。"

见此情景，我觉得自己是多余的，准备走人。

"我有其他的事，你们两个聊吧。"我对阿刚使了个眼色，让他好好珍惜这么好的机会。

阿刚会意。他拉过巧儿，巧儿就坐到了我刚才坐的位置。我赶紧撤退。

回到教室，芸儿在温习功课。见我到来，芸儿魂不守舍地合上了课本。

"阿昆，你来了。"芸儿甜甜地说。

"嗯，回来了。"我回之微笑。

"我看你跟阿刚一块出去的，你怎么一个人回来了？"

"阿刚跟巧儿两个人躲在大课教室私聊呢！"

“你怎么知道的?”

“我本来跟阿刚聊得好好的，巧儿过来搅局了。”

“怪不得我找不到巧儿了，她满世界地找阿刚，这也太主动了吧?”

我刚凑近芸儿，想在她耳边说“是的”，不巧进来一位女同学，我赶忙正襟危坐。

“阿昆，亲就亲吧，就当我什么都没看见!”女同学说时，不由笑了一声。

想来刚才我的举动，都被她看得一清二楚。芸儿被女同学这么一说，脸瞬间就红透了。

我很尴尬。我本意并不是想亲芸儿，而被女同学误解为亲嘴的举动，现在百口莫辩了。

这时芸儿起身，我忙问：“芸儿，去哪儿?”

“你跟我来。”芸儿轻声说。

我默默地跟着芸儿。

走出教室，走过廊道，走到学校的草坪上。

因是中午，草坪四下无人。

“坐吧。”芸儿示意我跟她坐在草坪上。

“芸儿，我们是不是要比阿刚和巧儿浪漫呀?”我说着就肆无忌惮地搂过芸儿的肩膀。

“别跟人家比好不好?我们有我们的相处方式。”

“嗯，不跟他们比了。”

“阿昆，刚才在教室里，你是不是真想亲我呀?”芸儿眼神里充满了期待。

我不知该如何回答。回答是也不是，不是也不是，真是纠结。

“你快说呀!”芸儿有点急了。

“我……我……”

“好了，就当我没问。”芸儿把头侧了过去，假装不理我。

沉默片刻，我紧张兮兮地说：“芸儿，我想……”

芸儿说：“别吞吞吐吐的，你想怎样?”

我鼓足勇气：“我好想亲你!”

芸儿甜蜜地闭上眸子，将脸凑了过来。

“芸儿，得罪了。”我捧住芸儿的脸，对着她的红唇，小心翼翼地亲了下去。

芸儿身子一斜，侧躺在了草坪上。我顺着也躺了下去。

四目相对。芸儿“噗嗤”一笑，我也跟着傻乐。

“不想再亲我了？”芸儿温柔地问。

“想，特想，非常想。”我的额头已碰到了芸儿的额头。我能感觉到芸儿局促的气息。

芸儿一改过往的矜持，主动堵住了我的嘴。

阳光照在身上很温暖，热血也快沸腾了。

我和芸儿万万想不到的是，刚才那位女同学出于好奇，竟然偷偷地跟踪了我们。而我和芸儿的一举一动，全被她窥见了，就差一部摄影机将此情景拍摄录制下来。

这一猛料很快在班级上炸开了锅，并疯传开去。

我所担心的是，芸儿能不能经受住别人的议论，倘若能，那自然最好了，我跟她还能继续浪漫下去。

然而好景不长。事情又被学生处的领导知晓了。领导又找我谈话。

领导说：“我们三番五次警告过你，不准在校园内谈恋爱，你却偏偏不听，一意孤行。”

见我一声不吭，领导又说：“你写一份检讨书，明天就交上来，我们酌情处罚你。”

我心烦意乱，一个人跑到校外的酒吧喝闷酒。

在酒吧，一个摩登女郎凑了过来，娇滴滴地说：“小哥怎么一个人喝酒呀，来，陪我跳支舞吧！”

“抱歉，我不会跳舞。”

“那你会些什么呀？”女郎妩媚地问。

“我都不会。”

“我不相信哦。”女郎凑过来，在我的脸上亲了一下，说：“亲嘴也不会吗？”

“给我走远一点！”我厌烦地说。

我本想说“滚远一点”，可怎么也开不了口，谁叫我是个文艺青年呢？

“真扫兴！”女郎又去找下一个目标了。

我故意关了手机，好一个人静会儿。

其实这个时间，阿刚正满校园地找我，不见我的踪影，他已急成热锅上的蚂蚁。阿刚又联系了巧儿和芸儿，一起帮忙寻找，未果。

等我微醉着从酒吧回学校，被阿刚一行人撞见。

“阿昆，你身上有酒味，你去哪儿了？”阿刚问。

“酒吧呗。”我意志有点消沉。

“去酒吧怎么不叫上小弟我啊，你一个人去有意思吗？”阿刚见我这个样子，有点责怪地说。

“有意思。嗨，你们怎么都在这里啊！”我似乎才发现边上还有巧儿和芸儿。

“我们都在找你呀。你手机关机，我们担心你出什么事儿了。”巧儿的语气里也有责备。

“我不是好好的嘛……学校领导又批评了我，还让我写检讨书，这不，我就出去喝闷酒了。”我意识还是清醒的。

忽然，芸儿在我的脸上发现了什么，气愤极了，扭头就跑。

“芸儿！”我叫了一声。

芸儿理都不理我。

“芸儿她怎么了？”我丈二和尚摸不着头脑。

这个时候，阿刚和巧儿都发现了我脸上鲜艳的红唇印，惊讶万分。

“阿昆，你脸上怎么有个唇印啊？怪不得芸儿气跑了。”阿刚说。

“是啊，你脸上的唇印哪儿来的？”巧儿不解地说。

我一惊，恍然想起酒吧的那个女郎，她在我毫无防备下亲了一下我的脸。

“对，就是那个唇印，没错了！”我激动地叫道。

“哪个女人的唇印啊？你要对芸儿说清楚，不然她会恨死你的。”阿刚比我还急。

我把当时的情况细细地说了一遍。

巧儿听后，说："阿昆，我信你。我可以向芸儿说明情况。不过，解铃还须系铃人，你们的误会还得你们自己来消除。"

我急着说："巧儿，你赶紧回去告诉芸儿吧！帮我说说好话，让她不要生气。"

巧儿说："好，我先把情况告诉芸儿，这回她真误解你了。"

巧儿走后，阿刚陪着我往学生宿舍走。

"老兄你看惹祸了吧？都是你一个人去酒吧惹的祸！"阿刚说时搭过我的肩膀。

"那我以后不去了，去一次就惹了这么大的麻烦。把芸儿给气跑了，真心过意不去。"我开始自责。

"我觉得，巧儿只是帮你传个话，你明天还是亲自跟芸儿认个错吧，我想芸儿通情达理，也不会对你怎么样的。这事就算翻篇了。"阿刚认真地说。

"现在摊上事儿，也只能这样了。"我无奈地说。

在寝室，我打开手机一看，提醒业务显示阿刚、巧儿、芸儿都给我打过电话。我却在紧要时间选择关机，真是作践自己啊。

我想，巧儿一定在芸儿面前，为我说了不少好话。这不，第二天碰到芸儿时，末见她有气愤的表情。

"芸儿，我以后再也不去酒吧了，请原谅我的过错，好吗？"我诚恳地说。

芸儿点点头，说："巧儿已经跟我说了你当时的情况，我也相信你不会去拈花惹草。好吧，这次我就原谅你。下次要是被我发现唇印，我真不理你了。"

得到芸儿的谅解，心里比喝了蜂蜜还要甜。

然而，仅过了一个多星期，我发觉芸儿开始不对劲了。

我见芸儿郁郁寡欢的，学习也提不起劲儿，阅览室也很少去了，到图书馆借书，也避开了我。这让我很是纳闷：芸儿忽然来个大转变，她到底怎么了？难道她在意别人的闲言碎语吗？难道我们的感情就此终结了吗？

巧儿偷偷地告诉我："阿昆，你还不知道吧？芸儿精神很抑郁，我估计呀，她是不是得了什么抑郁症？”

我回答：“你别胡扯，抑郁症是很严重的，芸儿还没到那种严重的地步，你不要瞎想。你是她的闺蜜，应该多跟她沟通，疏通她的心结。”

巧儿无助地说：“你叫我怎么疏通呀，学校都通知到芸儿的家长了，学生处领导都把芸儿的父亲叫到办公室谈话了，我想，芸儿一定是受了她父亲的责备，才这样不快乐的。”

“啊！”我惊讶至极，说，“怪不得芸儿这些天对我爱理不理的，原来是这样啊。学校领导也真是的，都没通知到我的父母。”

“因为芸儿是杭州本地人，学校对芸儿的成长很重视，而对你，显然就不屑一顾了。”巧儿有点偏激地说。

我觉得也有道理，像我这样的异乡人，父母又是农村的，文化程度又不高，学校领导就懒得联系了。而芸儿不同，她是知识分子家庭，又是杭州城镇户口，学校对她的重视程度可见一斑。

“巧儿，麻烦你做通芸儿的思想工作，让她心里不要有负担，好好地学习，别去想感情的事。”我似乎明白事理。

“我知道你这人老是说反话，你让芸儿不去想感情的事，这怎么可能呢？你干脆说不喜欢她得了，快刀斩乱麻，长痛不如短痛呢！”巧儿做事任性，说话也任性。

要是换作别人，听了一定很生气。而我了解巧儿，她是为了芸儿好，为了芸儿能快乐起来。

“好，那你就告诉芸儿，说我不喜欢她了，让她把过去的事儿都忘了吧！”我顺水推舟，想到只有这样，才能让芸儿摆脱痛苦。也许，我的做法是不对的。但，我也是为了芸儿好，我也不忍心看到芸儿整日闷闷不乐。

没过数天，芸儿主动找到我，对我说：“阿昆，我们好好谈谈吧！”

我和芸儿默默地走在树荫下，一路上无语。

我终于忍不住开口了：“听巧儿说，你爸来过学校了？”

芸儿点点头，说：“学校领导把我跟你谈恋爱的事情告诉了我爸，他就过来了。”

“你爸怎么跟你说的？”我迫切地问。

“他不允许我在大学时期谈恋爱，说大学恋爱是不靠谱的，让我认认真真学习，不要谈恋爱。”

“芸儿，你爸应该不知道我的情况吧？”

“我没有跟他说，他怎么知道你的情况呢？他反对我谈恋爱，对你，他是不感兴趣的。”

“哦，那你听你爸的吗？”

“我很矛盾。”

“那就不谈呗！”我赌气地说。

“可是，巧儿说你不喜欢我，我想证实一下。我想让你亲口告诉我。”

“我……我……”我吞吞吐吐。

“我知道，你说这话一定是违心的。你是为了我好，还是有别的原因呢？”

“我是为了我们都好。不谈恋爱，多清净呀！我们就可以专心去看各类书籍了，还可以自由地去创作了。”我想到了不谈恋爱的各种美好。

“可我最近心烦意乱，写不出好的故事了。自从那篇关于脚伤的故事发表后，我现在都灵感枯竭了。”芸儿无奈地说。

难道是恋爱激发了灵感不成？我不确定。但值得肯定的是，恋爱是一种经历，这种经历可以写成故事。

“文学社最近也没什么活动，要是有活动就好了，你就把精力放在活动上，不去想恋爱的事情，心态放松，就文如泉涌了。”我这么分析。

“那就暂且不谈恋爱吧。我爸的话我还是要听的。阿昆，只要你心里喜欢我就好。”芸儿勉强露出一丝微笑。

我默默地点点头，认同自己心里是喜欢芸儿的。

两人嘴上说得好听，不谈恋爱了，内心却是骚动不安，恨不得跑到小树林里，吻个天昏地暗才罢休。

我和芸儿若即若离，特别在众人面前保持应有的低调，不牵手也不勾肩搭背。这么一来，众人对我们的关注度就大大降低了。随着时间的推移，关于我们的话题也就减到了零头。

自那以后，我和芸儿经常躲到偏僻的地方谈情说爱，还要观察一下周边有没有眼睛盯着我们。所幸的是，已经没人那样做了。

我每天在心里“芸儿，芸儿”地呼唤着，我想芸儿应该能感应得到。我除了欣赏芸儿的美丽和善良，也欣赏芸儿笔下的文字。每每读到芸儿创作的优美的散文和那天马行空的诗歌，我都会有一种莫名的感动。是的，芸儿有貌又有才！

芸儿知道我平时节俭，不铺张浪费，她平常跟我来到校外，都点便宜的菜，还争着埋单。读书时代没有经济来源，花父母辛辛苦苦挣来的钞票，我心里不好受。芸儿宁可自己贴点钱，也不希望看到我捏着口袋时那副穷酸的狼狈样儿。所以，我对芸儿是充满感激的。

我发誓会用时间和行动来证明我是爱芸儿的，芸儿听后备感欣慰。每当我们聊文学、聊人生，时间就如同精灵般在跳跃，一个上午或者一个下午就欢快地过去了。而到晚间分别时，我都会在芸儿的手背上亲一下，以示我对她的爱意。

其实这些还不够，真正的爱是落到实处的，是在对方最需要你的时候关照她，守护她。有次，芸儿感冒发烧，我送她到杭州医院挂点滴。我每时每刻都守在芸儿的身边，陪着她，跟她聊天，让她开心。虽说阿刚和巧儿也到医院看过芸儿，但根本不及我一刻不离的陪伴。芸儿为我动容，不止一次感动落泪。女孩为我落泪，我还有什么不知足的？那就好好地爱她吧。

自认为我和芸儿暗地里建立的恋爱关系已牢不可破，那就大错特错了。文学社的社长因欣赏芸儿的文笔而接近芸儿，并对芸儿产生了暗恋的情愫。我本来对社长是心怀尊敬的，他如此一来，反而成了我的情敌。当时社长还不确定我和芸儿已是恋爱的一对儿，他的主动介入，打乱了芸儿的生活。

后来社长知晓了我和芸儿的关系，不过他陷入太深，很不甘心，最后不得已找我谈话。

“阿昆，你如果能退出，我这社长的位置让给你。”社长为了追求芸儿，用情很深，连权力都不要了。

“这是不可能的。”我回答得很坚决。

“那什么条件能让你退出呢？”社长仍抱着一线希望。

“什么条件我都不答应。社长，文学社美女如云，女孩哪个不崇拜你？干吗非得找我的芸儿呢？这有意思吗？”

“她与别的女孩不同，我很欣赏她。”

“那你直接问芸儿，她接不接受你。她如果接受你，我二话不说，立马退出。”

“只有你先退出，我才有机会追求她。社长的位置给你，你想想吧！”

“不用想，当社长只是一时的，而拥有芸儿却是一辈子的事。”

“那看来你是不想退出了？”

“在这件事上我是不会让步的。”

“好吧，那就请你退出文学社吧。从现在开始，文学社不需要你了。”

就这样，我被社长赶出了文学社。我没有把社长卑鄙的手段告诉芸儿，时间会给芸儿答案。

文学社组织的好几次活动都没有我的人影，社长也未公布我的情况，芸儿被蒙在鼓里。

终于，芸儿开口问我：“阿昆，你怎么都不参加文学社组织的活动呢？”

我说：“这个你要问社长，他跟你走得这么近。”

芸儿听得云里雾里的：“社长跟我走得近，跟你不参加文学社的活动，有关系吗？”

我说：“关系可大了。不信你可以亲自问他。”

芸儿真的跑去问社长。

我有点担心，社长会不会对芸儿使坏？

果然，芸儿回来时眼圈红红的。

“芸儿，怎么了？你哭过？”我关心地问。

“社长说喜欢我，你不答应，把你赶出文学社的。”芸儿气愤地说，“他怎么可以这样，不分青红皂白地把你赶出文学社，他的气量哪儿去了?!”

“他终于向你表白了。那你接受他吗？”我迫切想知道答案。

芸儿摇摇头，说："这怎么可能呢！我心里有你了，你已把我的心房填满了，我还能装得下别的男生吗？可气的是……"

芸儿想说却没有说出口，她似乎说漏了嘴，似乎有什么隐情，连我也不能告诉吗？

我急着追问："可气的是什么？芸儿，你快说啊！是不是社长把你怎么了？"

芸儿黯然神伤。

我扳过芸儿的肩膀，说："芸儿，看着我，快告诉我，社长到底把你怎么了？"

芸儿泪流满面，说："社长他强吻我，我拼命挣脱跑了回来。"

"啊！这个人面兽心、禽兽不如的家伙！我找他算账去！"我意识到自己爆粗口了。打从进校园到现在，我从未如此愤怒过。

芸儿拦住我，说："阿昆，别冲动。你已经被学校记过了，你去打架，学校肯定会责令你退学的。还是算了吧！"

我怒不可遏地说："我实在咽不下这口气！"

芸儿央求我："阿昆，别再惹事了，好吗？我决定退出文学社，这样跟他们就不会有任何接触了。"

"芸儿，你退出文学社，这对你很不利，你不想得到发展吗？"

"你不也退出了吗？多一事不如少一事，就当什么事都没发生过。阿昆，这次你要听我的，千万不能再惹事，那样会影响你的前途，你明白吗？"芸儿苦口婆心地说。

"那就这样忍气吞声了？"

"只能这样。不然我们的事情又要在全校曝光了，别人又要议论纷纷了，闹到不可收拾的地步。"芸儿还是很理智的。

我像泄了气的皮球，说："好吧，就忍忍吧。芸儿，你可长点心呀，以后别跟社长这种人交往了。"

芸儿说："他都这样对我了，我还会跟他交往吗？理都不理他了！"

我抱住芸儿，轻拍她的背部，以示安慰。

芸儿的泪水濡湿了我的衣服。

从这之后，我们陶醉在百般恩爱中，好像外界的任何事情都与我们毫无关系。我们只追求内心的甜蜜和快乐。

大学实习是段难忘的日子。我三天两头见不到芸儿，心里就发慌。而恰在“发慌”之时，芸儿就会打来电话，嘘寒问暖的，令人好不温暖。

转眼间，大学实习就结束了，我和芸儿都交出了厚厚的毕业论文，之后是论文答辩，我和芸儿都顺利地过关了。等到红彤彤的毕业证书拿到我和芸儿手上时，我们会心地相视而笑。我说这是爱情的力量，芸儿非常认同，依偎在我的肩头，什么也不想说。

也许，我和芸儿以前在校园发生的所有愉快或不愉快的事儿，在现在看来，就像一部戏剧里的插曲，让整部戏剧显得那般曲折、灵动、美妙。我们的爱情之舟就在波澜壮阔的水面上前行。爱情之舟经历了风雨和浪涛的洗礼，变得更为稳固，也更为坚强。

第四章

那个晚上，我回忆了校园生活，睡得太晚，不过第二天却起得很早。一觉醒来，就早早地起了床。洗漱完毕后，去检查了一下昨晚已准备好的行李箱，看看还有什么行李被落下。

经过核查需要带的东西都带齐了，百无一漏后，就来到厨房间，看看有什么吃的，可以填一下肚子。

老妈这回比我起得晚。

老妈显然看到了我放置于楼梯旁装得鼓鼓的行李箱，知道我要出门了。

我之前并未告诉老妈今天要到哪里去，可能在她心里，也不希望自己的儿子出远门。可这次，我是非出去不可了，不管她答不答应。

老妈察觉到我脸上兴奋的表情，可能猜到了什么。她关切地问了一句："阿昆，要去哪儿？见谁去？"

我不知该如何回答。

其实我不想瞒老妈的，再怎么瞒也是瞒不过她，但我还是对她撒了谎。我暂且不想让她知晓我的恋情，一旦知晓，她可能会阻止我出去。

"妈，我要出去了，找不到工作，在家闷得慌，我想出去散散心，过几天就会回来的，您别担心。"我说得有点紧张，眼睛不敢正视老妈，生怕她会察觉出异样。

知子莫如母，我这点小伎俩要是真瞒得了老妈，那真是绝了。

老妈竟没说我什么，"哦"了一声，随后低声问了句："缺钱吗？"

说到钱，我正想提呢。我没工作，正缺钱用呢。现在好了，老妈问我缺不缺钱，我很快"嗯"了一声。

老妈从裤兜里掏出仅有的几百块钱，全部递给了我，说："拿着吧，在外头当心点儿，早点回来。”

我的眼眶一下就潮湿了，感动得不行，真想说一句：妈，我不想走了。

可我还是克制住了想说的话。我仿佛看到芸儿就站在远处向我招手。

我说：“妈，这钱我先拿着，等以后我找到了工作，赚到了钱，我一定会还给您。”

老妈说：“傻孩子，妈不需要你还的。”

捏着老妈给我的钱，心里特别温暖。

……

从家里拖着行李箱出来，徐徐地来到了车站。

出门，目的只有一个，便是去见心中的女孩。

那一天，我瞒过了我妹，瞒过了老妈，我的行踪似乎显得那样诡秘。

在车站的候车厅，我揣着那张提前就买好的车票，心里还是格外激动。

像以前在车站那样，我在小卖部买了个肉粽，虽然肚子并不饥饿，但还是掏钱买了，想来归于自己嘴馋。

那些等车的人们，他们也在为各自的生计劳碌，为各自的梦想奔波。

不知什么时候，我的座位前已站着一个老头。这个老头竟向我伸出手来，我知道他是在向我讨钱。

我不由得想起上回在闹市见到的那个可怜的小孩。说句良心话，那个小孩确实是蛮可怜的。我当时毫不犹豫地将身上仅有的五毛钱给了他。

而这个老头，给我的第一感觉，是有点职业乞丐的味道了。他衣着并不破烂，精神矍铄，神情自在，觉察不出落魄感。更为可笑的是，他脚上还穿着一双锃亮的皮鞋，这跟他行乞的身份有着天壤之别。这也是我反感的原因。

当我断然拒绝施舍于他时，他神情依然自在，像是司空见惯，不气也不恼，转身朝下一个目标走去。这也是我所见到的最有“风度”的职业乞丐了。

还是想想芸儿吧，想想见到她后，该对她说些什么，或者表白些什么。我能体会得到，在候车厅等待的每分每秒都变得那么美妙。

时间很快过去，我拖着行李箱进了检票口，直至上了那辆开往杭州的客车。

心情不错，一路的风景似乎变得更为美丽了。

看着窗外流动的风景，心里却一直呼唤着芸儿的名字，以至于忘了旅途的劳顿，将不愉快的事儿统统抛到九霄云外。

早在读书时，我和芸儿就去过一趟乌镇。乌镇隶属于桐乡。都说桐乡是个好地方，这是大家所公认的。桐乡是茅盾的故乡，这恐怕妇孺皆知。桐乡有个著名旅游胜地——乌镇，可谓闻名遐迩。

我坐在长途车靠窗的位置，边看窗外流动的风景，边遐思不绝。我想得最多的便是什么时候能和芸儿真正地在一起，什么时候有个真正的两人世界。也许这还只是一个美好的愿望，也许这样的愿望还离我们太过遥远，但我们不能抛弃做梦的权利，有梦的明天就有希望，有希望就有未来，就有实现的可能。

车子上播出了一部影片，这部影片剧情比较搞笑，很多旅客都将目光投向了它。影片讲的是有关赌神的故事，我也不由自主地看了起来。说实在的，老是看外面的风景，难免会产生视觉疲劳，而观看影片就是一种很好的调剂。不过有些旅客却闭目养神，也有的戴着耳机听着流行音乐。

影片看到精彩处，车上的旅客不由得发出阵阵笑声，让人觉得这样的氛围是多么的和谐融洽。

中途，车子在服务区停了下来。

车上的旅客大部分下了车子。我也跟着下去透透气，顺便去服务区方便一下。

此时，芸儿发来了一条短信：“阿昆，现在到哪儿了？”

我回复短信：“车子停在服务区呢。大概开了一半的路程吧。”

芸儿回复：“我估计呀，你到杭州车站差不多是中午了。呵呵，正好我有空呀，到时我到车站接你哦！”

我回复：“那最好不过了！”

芸儿回复：“现在我在办公室，不跟你多聊了，下班后再聊。”

在服务区如厕后，我坐回到客车内。

待整车旅客坐满后，车子缓缓启动。

大概过了半个小时，客车竟然在路上停了下来。

客车司机转头告诉大家：“前面堵车了，可能出了什么交通事故。”

这下，客车里一阵骚动。人们在议论纷纷。

有人开始发牢骚，有人埋怨见鬼了，更有人直起身子，想推开车门到前面看个究竟，却被客车司机阻止了。

时值夏天，天气闷热，虽然车内有空调，但还是觉得很热。

我站起来看了看前方，车子已排起了一条长龙，再看看车后面，也紧跟着排起了车队。

旅客们都在焦灼地等待着。

我没事做，就给芸儿发了条短信：“我这边堵车了，堵得水泄不通。”

芸儿马上回复：“阿昆，路上发生什么事了？”

我回复：“前面可能出了交通事故，司机不让我们下车，所以情况还不是很清楚。”

芸儿回复：“如果再这样等下去，你中午到不了杭州了。别急，慢慢等吧。”

我回复：“谁让我这么倒霉，路上碰上这种事儿。”

芸儿回复：“路上发生交通事故是很常见的。以前碰到一起交通事故，一个男的横躺在地上，想着就后怕。如果中午接不了你，你下午就在车站附近逛逛吧。”

我回复：“那也只能这样了。真是好事多磨啊。”

刚发了这条短信，我就看到有交警过去了，便赶紧补发了一条：“芸儿，没错，被你说对了。我看到好几个交警过去了，前面应该发生了交通事故。”

芸儿回复：“耐心等吧，我一定好好陪你吃顿晚餐。”

我回复："现在只能这样了。还好有你陪我共进晚餐，呵呵！"

没办法，我只能待在车里，等待前方处置交通事故。

就这么又过了差不多一个钟头，我看到前面的车子动了起来，客车司机跟着快速地发动了引擎，车子总算是启动了。接着，原本有点骚动的车厢渐渐恢复了平静。

车子进站时，我看了下时间，都快下午 1 点了，我还饿着没吃午饭。芸儿还要上下午班，就不来接我了，我只好依照她的吩咐，在车站周边瞎逛一通，等到下午五六点钟时，再让她接我去吃晚饭。

……

出了杭州的车站。

我其实是"路痴"一个。虽说在杭州待过四年，但对杭州还是不太熟悉，因为平时忙于学业，很少出来逛街。

看到前面有个小卖部，估计有卖杭州的地图，那就先买份地图再说。

说实在的，一张地图在手，不怕自己走丢，心里也不会没谱了。在我看来，什么路什么街的，时间长了都会忘记，唯一靠谱的，就是地图。

本来计划得好好的，中午可以到站，芸儿可以来站接我，可全被路上的交通事故给耽搁了，心里有说不出的窝火。假如路上不堵车，我现在早就被芸儿接走了，被她安顿好了住处。

期盼时间能再过得快点，好让芸儿早点下班过来接我。

现在拖着行李箱，真有了在异乡漂泊的感觉。这种感觉只有身临其境，才会如此强烈。试想，我在家乡，不管将我置于哪条街上，我都能回到温馨的家。在家确有归宿感。

在杭州的街头一路瞎逛，也能看到以乞讨度日的人，心里有种挥之不去的酸楚感。由此，我想到贫富悬殊的社会问题：有的人富得流油，有的人穷得叮当响。当然，我心中有一个美好的宏愿，就是希望普天下的穷苦百姓都能摆脱贫穷的帽子，都能过上小康的日子，都有一个幸福美满的家庭。

也许是我想得太多了。

街上琳琅满目的物品和令人馋涎欲滴的美食确实挺诱人的，无奈兜兜里钞票有限，还是忍忍吧。

从我的家乡台州来至杭州，这一路下来，我都未曾进食，的确饥肠辘辘了。所幸出门时已备了面包，可以拿出来充充饥。

除了想念芸儿，盼她早点来接我，我再也没有其他的欲望了。

要说一个人没有欲望，那是一种虚伪的说法。其实，每个人都是有欲望的，只是欲望的程度有强弱之分。我千里迢迢来见芸儿，本身就是一种情感的诉求，是情感的欲望催使我这么义无反顾地过去，也是情感的欲望让我觉得这一趟旅途和这样的付出是值得的。只要自己觉得这种欲望没有遗憾没有后悔而付出了行动，那就可以了。

一个人逛逛西湖也是蛮有意境的。不去想太多儿女情长，不去看别人成双成对，徒步在西湖边上，漫不经心地走，偶尔用手机拍几张风景照，也可以美其名曰“游过西湖”了。

由于时间充足，我边走边歇，时而凝视着湖水发呆，时而坐在长石凳上发愣，时而拿出手机欣赏一下拍来的自己的“杰作”，时间就这样被我慢慢地打发掉了。

我不时地看着时间，生怕误了点儿。手上有了地图，我会记得回车站的路。

逛了一趟西湖，我还逛了杭州其他景点，很快到了下午5点多钟。

我徒步回到公交站，坐公交车回汽车站。我跟芸儿约定好的，在车站附近碰头。

我本打算跟芸儿在浙江大学校门口碰头的，后来想想路程都差不多，也就作罢了。

坐公交车到了汽车站，我准备给芸儿打电话，问问她到底几点过来接我，好让我心里有个数儿，不至于到时东游西逛的，碰不到人儿。

在车站内，我打开手机，看到芸儿已经给我发了两条短信，而我都没有查看。许是公交车上太嘈杂的缘故，我竟然没有听到短信提示音。

打开短信，第一条，芸儿问我是不是还在车站等待；第二条，问我现在人在哪儿，她快下班了，好去找我。两条短信间隔时间只有十分钟。

在这个时刻，直接电话联系更快捷，可以减少不必要的等待。

我拨通了芸儿的手机号码，她接了电话。

我先发问："喂，芸儿，下班了吗？"

芸儿回话："嗯，刚下班。你都不回短信，我很着急呢！阿昆，我刚想给你打电话，这不，你电话就打过来了。现在待在哪儿呢？我过去接你。"

我解释说："我在路上没听到短信提示音，没看到短信，所以就没给你回了。我现在待在汽车站呢。说好在这儿等你的，下午逛了街，又回到这儿来了。"

"哦，我现在就过去接你。你肚子一定饿了吧？"

"没有，饿不了，我吃过面包了。"

"还说呢，吃面包，真让你受委屈了，你大老远到这儿来，我招待不周，阿昆，你不会怪我吧？"

"不会啊，都是路上交通事故惹的祸，这怎能怪你呢！再说，你本来想让我周末过去的，我却偏偏买好了车票，在工作日就过来了，你应该怪我才对。"

我是在掏心掏肺地诉说。身在异乡，我只有芸儿这么一个可以亲近的人了。

芸儿说："好了，不多说了，你在车站门口等着吧。"

我说："好的，不见不散喽。"

"不见不散。"

很快，我看到芸儿从一辆出租车上下来了，下车后的芸儿在东张西望。

我叫了一声"芸儿"，我的声音被嘈杂的人流声吞没了。于是我又喊了一声，芸儿还是没有听到。

不过，芸儿的脚步正从不远处向着车站门口的方向靠近。那一刻，我几乎是屏住了呼吸，心在怦怦乱跳。

我想了一个吸引芸儿注意力的好办法，那便是将手举得高高的，对着芸儿不停地招手。

这招果真有用，芸儿马上在人群里注意到我了，她也用同样的方式，对我招招手，示意已经看到我了。

芸儿挤过人流，开心地跑了过来，兴奋之情溢于言表。

“你来了！”

“你来了！”

几乎是异口同声。

随后，我和芸儿相视而笑。在人多的场合，我们不好意思拥抱。

“累了吧，我帮你拖。”芸儿说完，握住了行李箱的拉杆。

“不累，不累的。”我说。

“你不是说逛了一个下午的街了吗？还说不累呀！”

说不过芸儿，行李箱还是被她夺了过去。

……

我和芸儿到了车站的对面。

我能察觉到芸儿脸上洋溢着的幸福。

在芸儿心里，我这回履行了自己的承诺，老远过来看她，不容易哦。也许，爱一个人是要付出行动的，光靠嘴皮子说说是没有用的。

芸儿说：“阿昆，先给你找家旅馆吧。”

我笑着说：“不能住到你家里吗？”

芸儿说：“现在还不行呀！我这么草率地把你领进我家，我爸妈一定会觉得惊讶的。”

我说：“我们的恋情，你没跟你爸妈谈过吗？”

芸儿说：“还没呢。你也没跟你爸妈说起过吧？”

我说：“嗯，我也没说。不过，我妈可能察觉到我这次外出有点诡异。可我妈没再过问，也没阻止我出来，还给了我好几百块钱，我妈够通融的吧。”

芸儿说：“你都没跟你爸妈提起过我，你好意思说我吗？”

我说：“我只是问一下，可没说你什么。来到这里，你是主人，我是客人，怎么安排由你来决定。只要你安排我吃好玩好了，我就不会说你什么了。”

芸儿说：“那就好，不过，你就不要老想着到我家去，以后会有机会的，那要看你好好表现喽。”

“芸儿，我表现得还不够好吗？”

“不够。因为你是第一次毕业后跑过来见我。虽然你这次表现让我动容，但我更相信时间能考验你对我的爱。如果以后你还这样爱我，那我就信了。”

“我也相信时间能证明我们之间的感情。不过呢，我也有一个小小的要求。”我说。

“你说，什么要求？只要我能接受的，我都会答应你的。”

“以后，你也可以到台州来，不要老是我来杭州。”

“这个要求我能接受，以后我也会去你那边的，只是我去你那边的次数比你来我这边的次数要少，毕竟我是女孩子嘛，外出不安全，这你应该照顾一点喽。还有一点，我有工作了，要去你那里，得事先请个假。现在我刚进报社，就想着请假了，这有点不太好吧。等我工作稳定下来，我会去你那里的。我想，时间不会太久的。”

芸儿说得我心服口服，我怎好意思再向她提其他要求呢？

不知不觉，芸儿就带我到了一家旅馆的门口。

芸儿问：“这里可以吗？”

我说：“可以先进去看看吗？”

芸儿说：“那就先去看看房间吧，你看了如果不满意的话，我们就去别的旅馆吧，反正旅馆遍地都是，价格都差不多的。”

我说：“我这人要求不高，能住就行了。不过，床最好宽一点哦。”

芸儿说：“你一个人的，要什么大床！”

我笑着说：“你想，一男一女在床上，还能干吗？”

“你想得美！”

“这种美事，你难道真的一点都不想吗？”

“可是，我不能住旅馆的。那样，我妈会起疑的。”

“我又没让你住旅馆。你只要来旅馆一刻半钟的，陪一陪我就好了。”

“要痞了，臭不要脸！”

说着玩笑，两人进了旅馆。

我看了房间后，觉得还可以，芸儿就交了押金，算是订下了。

办好旅馆入住手续后，我和芸儿一同进了房间。

我往床上一躺，真是舒服极了。

经过一天的旅途劳顿，人确实很困，现在总算可以休息会儿了。

芸儿见我累成这个样子，没有催促我下去吃晚餐，而是欣然地坐在床沿，看着我横躺着的疲态，嘴角露出甜美的微笑。

莫名地，我的左手伸了过去，攥住了芸儿的手臂，芸儿下意识地缩了回去。

芸儿说："不正经了。"

我没说什么，又一把攥过芸儿的手。

芸儿避之不及，被我这么一拉，仰在了床上。

我侧过身，芸儿也侧过身来，这样，我和芸儿四目相对了。

芸儿"扑哧"一声，笑了。

我也跟着乐。

"你笑什么?"我说。

"你笑什么?"芸儿说。

我说："是你先笑的好不好?"

芸儿说："扯皮！我们同时笑的好不好?"

"是是，服你了行不?"我说时，伸手摸了一下芸儿的脸蛋。

芸儿的脸还像读书时那样润滑。

"我是在笑你呀，都累成这样了，还想着那事儿。"芸儿说完这话，也伸手摸我的脸。

待芸儿摸了我的脸后，我顺手将掌心附在芸儿的手背上，芸儿的手背也是那样的润滑，润滑得我都不忍释手。

我说："好长时间没摸过你的手和脸了。"

"不长呀，才一个多星期呢。"

"还说呢，一个星期，不够长吗? 在我看来，已经够长了!"

芸儿忽然想到了一件事儿，说："你看，扯着扯着，都不想吃晚饭了吧。"

我笑着说："晚饭当然记着，我的肚子早已咕咕叫了。"

"哦，我还以为你忘了呢。"

“怎么会呢，总不会连吃饭都忘了吧。我只是想多休息会儿而已。”

“我知道你这人向来做事挺细心的。嘿，你是担心我出了房间就不回来了，是吗？”

“嗯，是有一点。你走了，丢下我一个人空落落的。”我可怜兮兮地说。

芸儿埋怨说：“你傻呀，你都这么远的过来了，我就不能多陪陪你吗？”

我问：“那你妈不怀疑你迟点回家吗？”

芸儿说：“这个倒是不会怀疑的。我现在在报社是新手，工作上的事儿不顺手，老妈理解我的，我迟点回去她也不会说什么，顶多会问一下我为什么这么晚才回来。这个最容易应付了，我就说自己加班呗。不过，我最好先打个电话到家里，向老妈说清楚了，免得她担心我。”

“呵，想不到你也会撒谎呀。”我笑了笑。

芸儿认真地说：“为了你，我只能出此下策。谁让你过来的，真是的。”

我假意说：“呦，这么说，我下次就不过来了，为了不让你对家里人撒更多的谎。”

芸儿急了：“我是情非得已呀，你还好意思这么损我，该打！”

“那你打我吧，我绝不还手。”

话音未落，芸儿轻轻地在我胸口拍了一下，我差点笑出声来。

“芸儿，你这也叫打呀？”说时，我已将她的手牢牢地抓住了。

“阿昆，你捏得我好痛。”芸儿一脸痛苦的表情。

“看你以后还敢说打我不？”

“不说了，不说了，我投降了。”芸儿似在哀求我。

我将手松开，盖在了芸儿那高高耸起的部位。芸儿的脸，因我的这一举动，瞬间变得通红。

芸儿喃喃地说：“你又乱来了。”

这句话具有挑逗的意味，激起了男儿的本能，这种强烈的欲望突然一下子从脑际闪过，一发而不可收。

我的手不停地在芸儿身上摸索，像是在探索宝藏似的。

芸儿来了一句：“你别猴急嘛，还没吃晚饭呢，有力气吗？”

芸儿这么一说，我的手迟疑了一下，脑袋似乎清醒了。

我听从了芸儿，从床上直起了身。

我说：“天这么热，穿了一天的T恤有点臭了。芸儿，要不我先洗个澡换身衣服，再下去吃晚饭吧。”

芸儿点点头，说：“嗯，那你快点洗吧。”

我打开行李箱，从箱子里翻出要换的衣服，扔在床上。

“芸儿，你转过身去。”我说。

“干吗？”芸儿问。

“那还用说，我脱衣服了。”

“你不能到卫浴间脱呀！”

本来我还想在芸儿面前展示一下肌肉的，却被她这么一说，激情即刻被扫落一地。心想，芸儿怎么这么不懂情调呢？

在进卫浴间之前，我故意不把干净的衣服带进来。

大约过了十分钟，我扯着嗓子叫：“芸儿，你能不能帮我把干净的衣服送进来？”

只听芸儿在外面传话进来：“想得美！你洗好后，自己不能出来穿呀！”

我只好裹上一条浴巾，从卫浴间出来。

芸儿转过脸来，笑着说：“看你这个熊样，像个柔道选手。”

我说：“别笑话我，我有那么胖吗？”

“别以为自己身材怎么的，先照照镜子再说。”

我走到镜子前，怎么看，要肌肉有肌肉的，芸儿不是在故意损我吗？

“芸儿，你别损我了好不好？虽然我现在比以前稍胖了一点，可还不至于走形吧？不至于像你说的成了柔道选手吧？嗨，你是不是在报社见到了英俊潇洒风流倜傥的帅哥，有点嫌弃我了？”

芸儿说：“你这人呀，老毛病改不了，还是那样的小心眼儿。我哪遇到什么帅哥了？我刚进的报社，人都没认识几个，要说损，你才损呢！”

我不服气地说："那你为什么说我胖呀？"

"我说你围着浴巾，像个柔道选手，又没说你胖呀。真是心眼十足！"

我恍然，原来芸儿是这个意思，是我误解她了。

"看我不教训教训你！"我边说边过去，想把芸儿摁倒在床上，解解心头的恶气。

"小心走光！"芸儿叫道。

我这才意识到自己身上围着的浴巾掉落了下来，被芸儿一览无遗。

我赶紧遮住羞处。

芸儿乐着说："嗨，还真来劲了，谁会看你那臭地方呀。赶紧穿好衣服下楼吃饭去。"

被芸儿这么一说，我一看时间，呦，都快晚上7点半了，我们还没吃饭呢。芸儿为了我，忍受着饥饿，我实在过意不去。

于是我三下五除二，很快穿好了衣服，拉着芸儿一同下了楼。

我们走进一家小炒店，各自点了两道菜，外加一碗汤。

我说："都一个多星期没跟你吃饭了，你是不是挺想念的？"

芸儿说："那还用说，你都说出来了，看来你心里也是这么想的。"

"我还想着，要是我们能经常在一起吃饭，那该有多好啊！"

"我也这么想过，也许，我们以后会有这么一天的，只是现在说出来，还有点早。"

"不早呢，我们都已毕业了，有些事需要我们自己做主，比如爱情，比如婚姻，别人是无法干涉的。只有我们自己才能决定我们的未来。芸儿，我说得对吗？"

"嗯，没错。只是我们现在事业都未成，你觉得没有面包的爱情牢靠吗？"

芸儿这句话，让我陷入了沉思。

芸儿说得没错，面包和爱情一样不可或缺。在现实生活中，没有脱离了面包的纯粹的爱情。我们曾经看过的那些言情剧，那种不食人间烟火的唯美爱情，在现实环境里，确实很难寻觅。想到自己，也同样离不开面包。我不是为了找一份好工作而四处奔波吗？不是为了能多赚点钱经营爱情而劳心劳力吗？不是为了能见芸儿一面而为钱发愁向父母索取吗？诚然，我脱离不开物质，没有物质，哪来精神？没有面包，我以后恐怕就会失去拥有的爱情，也就失去了心爱的女孩。这不是我想要的结果。

在餐桌上，面对已有一份较为满意的工作的芸儿，恰巧说到“面包”这个让男儿身心俱疲的词儿，我竟无颜抬起头来。

我不敢迎触芸儿火辣的目光，知道自己很无能，未能找到适合自己的工作，心里很不是滋味儿。

“在想什么呢？菜已上来了，快吃呀！”芸儿这么催了我一下，我像从梦境中蹦了出来，赶紧拾起桌上的筷子。

芸儿往我的碗里夹菜，嘴里说着：“别想着不开心的事。”

“我自己来，”我说，“大庭广众的，你给我夹菜，多不好意思呀。”

“告诉我，你在想什么不开心的？”芸儿发问。

“没，没有。”我辩解着。

“嘿，对着我笑一个，好吗？”芸儿请求说。

这么小小的要求，我应该很容易办到的。

我抬脸，勉强地笑了笑。

芸儿说：“笑得不自然，太勉强了吧，再来一次。”

我说：“拜托，我又不是什么演员，没他们有水平，一会儿笑一会儿哭的，你想折磨我呀！”

芸儿说：“我又没让你哭呀。对我笑一个，有这么难吗？”

我说：“芸儿，一想到现在我是无业游民，我真的笑不出来。”

一语道破心中所想，芸儿明白了。

“你别自卑好不好？我不是跟你说过吗，工作会有的，你怎么就振作不起来呢？何况，你才出社会一个多星期，就自卑成这个样子了，那以后怎么面对纷繁复杂的生活呢？怎么面对生你养你的父母呢？怎么面对我呢？”

芸儿说得有点激动，她的肺腑之言，令人为之一振。可不是吗？我应该振作起来，乐观地面对生活。

两人吃过晚餐，在餐馆闲坐了二十来分钟。

这顿晚餐是芸儿埋单的。在异乡，芸儿是主人，我是客人，主人请客人，应是情理之中。可我心里并不好受，我是男人，芸儿是女人，此时，男人的风度都跑到哪儿去了？是囊中羞涩，困住了男人的心。以至于在埋单时，那位漂亮的收银员不经意地多看了我一眼，意思很明白：这个男人怎么这么抠呀？

对芸儿的亏欠，我只能记在心上，待以后有机会再慢慢补偿了。

第五章

我和芸儿在街头并肩散步。

夏日的闷热，在晚间似乎并没有消退的迹象，心头的欲火反而因着天气的闷热而莫名地往上蹿，烧得人很是难受。

其实，我散步是心不在焉的。我骨子里充满了欲望，那是人类最原始的冲动。

“芸儿，我们回旅馆好吗？”我试探着说。

“干吗这么急着回旅馆呀？刚吃好晚饭，散散步呀！”芸儿忽然想到了什么，又说，“哦，差点忘了，我还没打电话给老妈呢！”

“晕，这事你跟我说起过，我也忘了给你提个醒，那你赶快给你妈打个电话报个平安吧。”

芸儿拨通了她母亲的电话号码。

“妈，今天单位的工作任务还没完成，晚上还得继续加班。妈，我晚点回家，您就别等了。”芸儿说好后挂了电话。

“好你个芸儿，竟然对你妈撒谎，欺骗你妈！”我说。

“还不是为了多陪陪你吗？这回为了你，我豁出去了，跟我妈撒了谎，你不说感谢也就算了，还说什么风凉话，存心气我吗?!”芸儿说时，瞟了我一眼，脸上挂着不满。

“好好，算我说错了行不?”我看到一家卖冷饮的小卖部，随口说，“为了表示我的歉意和对你的感谢，我请你吃冰棍行吗?”

芸儿说：“什么?”

“嗨，你可别想歪了，我说的冰棍是冷饮，你还以为是什么呀！”

“好呀。什么时候这么大方了?”

“瞧你说的，冰棍才几块钱呀，这个我还请得起的。”

芸儿显然也看到了那家小卖部，说：“行，那你过去买吧。”

“不一起过去吗？你们当地人，可以用方言砍砍价呀！”

“你怎么知道店主是当地人呢，现在外地来的也挺多的，我们这边有好多的外来务工者。再说，阿昆，你买个冰棍，还好意思跟人家砍价呀，我真服你了！”

“要不我们打个赌吧？”

“赌什么？怎么赌？”

“如果卖冰棍的是本地人，今晚你就在旅馆陪我过夜；如果是外地人，你怎么处置我都行。”

“这不行的，我要回家去的，除了读书时跟你在外面厮混过，我在家从来不在外面过夜的，这个赌我打不了，换一种方式吧。”

我看了看时间，已经晚上八九点钟了。

“不赌了，买个冰棍直接回旅馆。你已跟你妈说过晚点回去，那就晚点回去吧。”我没辙了，只能这么说。

“不能太晚回去，那样我妈会担心的。你想想，我妈不会怀疑吗？”

“要是你妈问起，你就跟你妈说，今天情况特殊，需要加班到很晚，这就行了呀！”

“瞧你，骨子里竟然有这么多的坏水。表面看上去挺老实的，其实一点都不是。你为了达成自己的私欲，不择手段。”

“呦，芸儿，话说重了吧，我为了私欲？不择手段？哪儿跟哪儿了。晕了，我的私欲还不是想跟你一起多说说话吗？我的手段，还不及你欺骗你妈呢！我只是顺水推舟而已，始作俑者，还不是你吗？”

说得芸儿答不上来。

我补充说：“好了，买了冰棍跟我回旅馆吧，我不会耽误你很多时间的。”

“现在，也只能这样了。你个坏家伙！”

我和芸儿吃着冰棍，往旅馆的方向走去。

……

夜晚的杭州，和台州相似，宁静中透露着喧哗。

在芸儿的陪伴下，我并不感到孤单。内心温暖的感觉，在见到芸儿之后，便已滋生。

在回旅馆的路上，我很自然地将手搭在芸儿的右肩上，身子紧挨着芸儿前行。

两人挨得很紧，以至于我有某种燥热。特别是生理上原始的本能欲望，在两人身体的接触中，越发强烈。

而街头买的冰棍，只能暂时解解口干舌燥。夏日炎热难耐，身体需要大量补水，更需要洗个冷水澡解解暑气。虽然我进旅馆时已洗过一次澡，但我更想同芸儿来一次“鸳鸯浴”，那会带给我无与伦比的刺激感。

对于“鸳鸯浴”，不知芸儿愿不愿意，所以不好贸然启齿。如果我冒昧地问芸儿，遭到她的拒绝，那岂不是很尴尬？当然，这种概率还是偏小的。

我又换了个姿势，这回是搂着芸儿前行。

我的右手轻轻地贴着芸儿的腰际，像是触碰着滑滑的枕垫，让人欲罢不能。芸儿脸上的表情相当甜蜜。

行至旅馆门口，芸儿的手机响了。

我一看来电显示，是她老妈打给她的。

芸儿求助的目光投向我，说：“怎么接才好呢？”

我毫不犹豫地说：“你就说今天加班到晚上十二点钟才能到家。”

芸儿这才迟疑地接了电话。

“妈，报社热线部晚上加班，到家可能是后半夜了，您就别等我了，先洗洗睡吧！”

“这么晚的，路上要当心！”那边关切地说。

“哦，知道了，妈，您放心吧！”芸儿挂断手机后，无奈地觑了我一眼，意思在说：唉，你这个无赖，真拿你没办法！

可我心里掠过一阵惬意。芸儿为了能和我在一起，又一次欺骗了她的母亲。这种喜悦之情不是平常的娱乐就可以获取的。这是一种偷来的喜悦。

如释重负，我和芸儿相拥着进了旅馆的房间。

按上房门的那一刻，我们疯狂地接起了吻。为了这一刻，我们实在等得太久了。

我们全部的激情似乎要在接吻中迸发出来。

正当我摸索着芸儿敏感部位想要进一步动作时，芸儿却止住了我。

她喘了一口气，说："阿昆，让我先洗个澡吧！"

碰巧芸儿提出洗澡，我何不借机提出"鸳鸯浴"呢？

我说："芸儿，那我们洗个'鸳鸯浴'好吗？"

芸儿马上红霞满脸飞，说："你不是洗过一次澡了吗？"

"你看看我，早已汗流浃背了。"说时，我抖了抖T恤。

芸儿显然是默认了。

不待芸儿再说什么，我一把抱起她，颤抖着身子往卫浴间走去。

"你这个坏蛋，快放我下来，快放我下来！"芸儿边叫，边捶着我的肩膀。

我只得用脚去关卫浴间的门。

我的脚往后一踢，只听"哐"的一声，卫浴间的门被我给关紧了。

都说异性相吸，这话一点都不假。人类是异性相吸中最高级的动物。

在卫浴间里，我与芸儿再一次疯狂接吻。

我们似乎都忘了这个宇宙的存在，只有心与心的相通，情与情的相连。

虽说我们已不是第一次在卫浴间接吻，但这次却有点特别，是我们"阔别"一个多星期的首次亲密，就好比干柴等待了烈火一个多星期。

我们吻得虽笨拙，但很卖力，用流行的话说，就是太给力了。

我们直吻得昏天暗地，不知天上人间。

也许，当相爱的人重逢后，这种原始的激情就不可抑止地喷涌而出。压抑太久了，是该宣泄的时候了。

当我与芸儿面对着面，脱得一丝不挂，我们都开心地笑了。笑过之后，我们赤裸着拥在一起。

我能感觉到芸儿肌肤的柔滑和身体的温热。

我情不自禁地在芸儿的脸颊、颈项、香肩上亲吻着。这种状况，就好比磁铁的正负极，强力相吸，让人怎么掰都掰不开。

芸儿顺手打开了花洒，水流瞬即倾泻而下，溅到背上，感觉一阵沁凉。

我与芸儿彼此摩挲着肌肤，当摸到对方的敏感部位，我们都无法自控地“咯咯”笑出声来。刹那，水流声被爽朗的欢笑声湮没了。整个卫浴间都有余音绕梁的感觉。

虽说这种淋浴并不是真正的“鸳鸯浴”，因为真正的“鸳鸯浴”需要一个大澡盆，然后两个人泡在大澡盆里相互嬉戏，相互逗乐，但对我们而言，这样彼此相拥着淋浴，已显得那么的弥足珍贵。这家旅馆卫浴间的条件有限，没有浴缸，更别说大澡盆了。可我们还是能创造出属于我们的快乐，不是吗？两个人相拥着淋浴，也是那么的妙不可言。

“芸儿，我来帮你涂沐浴液吧！”我说。

“哦，那好呀！”芸儿很开心。

我撕开沐浴液的封口，用右手挤出来，倒入左手的掌心，然后均匀地涂在芸儿的身上。在涂芸儿背部的时候，我用力捏了一下芸儿浑圆的臀部。

“讨厌，占我便宜，你捏疼我了！”芸儿叫道。

我没说什么，从芸儿的背后伸手过去，用沾满了沐浴液的双手抚摸芸儿的胸部。

这么箍着芸儿，芸儿显然有了被抚摸的快感，也报复性地往后伸手，捏住了我的下面。

“芸儿，你够狠的，饶了我吧。”我恳求说。

芸儿放开，转过身来，霸道地堵住了我的嘴。显然，我的抚摸先激起了她占有我的欲望。

于是，我与芸儿又开始了接吻。我都分不清流在我们嘴角的是清水还是口水。

花洒还是那样肆无忌惮地喷洒下来。这种光着身子湿漉漉的感觉，真好。

现在反过来是芸儿主动抚摸我的身子了。我前胸都沾满了沐浴液，那是从芸儿身上蹭来的。不过，水流很大，身上的泡沫很快就被冲洗掉了。

淋浴得差不多了，芸儿关掉了水龙头。

我们为彼此擦干身上的水珠。然后，我们又相视而笑。

……

杭州的夜，开始静下来了。

我和芸儿在窗前望着万家灯火的温馨景象。

“夜晚的杭州，真的很美!”我不由得赞叹道。

“可不是嘛，那你以后经常过来哦。”芸儿说。

“那一定会的!”我似乎在承诺着什么。

“那就好，可不许耍赖哦!”芸儿笑了。

没想到，看似一句脱口而出的话儿，竟真的放在了我的心上。

看过窗外的夜景后，我随手拉上了窗帘。真的觉得，这个空间，现在只属于我和芸儿了。

抬头看到墙上的钟表，时针已指向晚间十点。

“室内还是有点闷。”我说。

芸儿打开房间的空调，驱散夏日的闷热。

没过十分钟，室内温度已降下来，人感觉凉快多了。

我的心却火热得紧。

我一直惦记着一件事，这件事不需要太直露地说，只需要那么一点点亲昵的举动，芸儿就会心领神会。

我先调调情，笑着说:“芸儿，可不可以让我欣赏欣赏你的美体呀?”

芸儿听了，假装不乐意地说:“不要脸，你还没看够呀!”

“你的玉体，我怎么看得够呢!”我挑逗着说。

“你这张臭嘴，真恬不知耻的。”芸儿转过脸去，装作不理睬的样子。

“别这么说我，好不好?”

“那还能怎么说你?”

不由分说，我就将芸儿摁倒在了床上。

“你的力气好大哟。”芸儿说。

“你才知道呀!”

我说时，整个人压了上去。芸儿在床上折腾几下，就没有招架的余地了。

芸儿喘着气，说："你想干吗？"

我厚着脸皮说："这样子还能干吗？"

待芸儿娇羞地侧过脸之际，我急忙俯下脸去，用嘴巴扯着裹在芸儿胸前的浴巾。

芸儿被我这么一弄，羞红着脸说："什么时候学的？"

"这个还用学吗，自己不能有点创意吗？"

我说毕，嘴又凑了上去，牙齿一用力，扯下了芸儿裹着的浴巾。

芸儿条件反射一般，用手遮住前胸，但还是慢了一拍。

芸儿欲掩还羞的样子，更激起我的斗志。

我的嘴唇开始在芸儿身上亲吻，如同鸡啄米似的，从头开始向下慢慢舔舐。

我先亲吻芸儿的脸颊，接着是她那滑滑的双肩，之后便在双峰上逗留。芸儿在我的抚摸之下，嘴里呢喃着什么，任由我这么放肆地玩弄着，连一点抗拒意识都没了。

和芸儿在一起，有一种很踏实的感觉，让人真实地感到灵魂的踏实。

两个人的世界，真的很美。

美在没有约束、自由自在，美在排除外界的纷纷扰扰，美在两性最真诚、最罗曼蒂克的交流。爱是一种无偿的全部的给予，在给予之中自然而然产生了能震撼灵魂的力量。

想来，我的前戏做得已够充分，已然激起了芸儿藏在灵魂深处的原始激情。当相爱的双方，如此默契地配合着，做着属于两性的肢体语言，还有什么比人类的原始之爱更出彩的呢？

在芸儿的感召之下，我慢慢地做着入侵的动作。

这是一种无法言语的美妙体验，这让我顿然觉得，这世界可有可无，唯独和芸儿融合，才是人间仙境。

"好了，我得起床回去了。"芸儿说。

"晚上真的不能陪我吗？"

“我跟老妈说好了，不能言而无信，你懂的。”

我只能眼睁睁地看着芸儿穿好衣服，转身下了旅馆。

芸儿走后，房间只剩下我一个人了。

只身待在异乡，突然间想到了父母，想到了妹妹，还有我的爷爷奶奶，心里酸酸的。

芸儿的陪伴固然令人振奋，可以让人暂时忘却世俗的烦恼。但，芸儿的陪伴是那么的短暂。我清楚，她白天要上班，不可能每时每刻都陪在我左右。

我又回归孤寂。

已是午夜时分，却没有丝毫的睡意。也许是旅馆这样的环境所致，加之我的环境适应能力较差，睡不着觉是正常的。

我尽量去回味与芸儿相处的场景，那样可以排遣内心的寂寞。

正当我想入非非时，芸儿发来了短信：“阿昆，我到家了，向你报声平安哦。”

我马上回复：“正想问你呢。到家就好。”

芸儿回复：“你有这颗心就足够了。呵呵。”

我回复：“要不是我心里惦记着你，我早就睡着了。”

芸儿回复：“谢谢你的关心哦。”

我回复：“哈哈，芸儿，你中奖了！”

芸儿回复：“什么奖？”

我回复：“傻呀，爱情大奖呗！快来领奖吧！”

芸儿回复：“我刚到家，你又要我过去领奖，你安的什么心呀！”

我回复：“我又没让你晚上过来呀。你只要有空过来就行了。我去你家你是不肯的，那只能这样委屈你了。”

芸儿回复：“好了，不跟你多说了，这么聊下去，早晨起不来了，有什么要说的，留着白天再告诉我吧。”

我回复：“主人，听你的，晚安喽！”

芸儿回复：“晚安！”

对我来说，起床和赖床没什么区别的，因为我没工作，赖床到中午也无妨。芸儿可不一样，她有工作。我告诫自己：要有点志气，不许赖床。

在床上辗转着，脑袋里竟想些与芸儿风花雪月之事。想到妙处，嘴角还不时露出一丝笑意。为了芸儿，仅仅为了所谓的爱情，我不后悔自己的选择。走自己的路，让别人说去吧；走爱情的独木桥，让别人笑话去吧。

迷迷糊糊中，我已睡了过去。

睡梦中，我梦见自己站在悬崖边上，往下俯瞰，望到芸儿正在悬崖下向我招手。

于是，我也在悬崖上向芸儿招手。芸儿的意思我明白，她是让我勇敢地下去。

可我一时想不出好的办法来。望到芸儿那焦急企盼的样子，我恨不能纵身跳下悬崖。

我隐约能听到，芸儿在下面喊："阿昆，快下来呀，快下来呀！"

我一慌，脚下一打滑，真的从悬崖上摔了下来。

我摔下来后，竟然发现自己能悬浮在空中，想下就下，想上就上，很是自在。

我如同蝙蝠侠一般，轻盈地降落到悬崖下。

芸儿见我如同天神下凡降到她的跟前，不由得吓了一跳。

我在芸儿面前显得无比得意，说："芸儿，怎么样？没想到我会下来这么快吧！"

芸儿说："你别逞能了，过不了一会儿，你的双腿就会剧烈地疼痛。"

"你是怎么知道的？"我有点疑惑地问。显然，我不相信。

"我有先知能力呀。"

芸儿竟出此言，更让人疑窦丛生了。

"我不相信。"我有点固执地说。

"你不信呀，那我们打个赌好不好？"

"好！赌什么？"

"如果我说准了，你就留在悬崖下，不要再上悬崖了；如果我说错了，我愿意跟你走，决不后悔。你看这样行吗？"

我思忖了一下，觉得这个赌，我获胜的概率很高，芸儿不可能有先知之明的，赌就赌吧，谁怕谁呀。

想过之后，我说："这个赌，我赌定了，你可千万别反悔哦，谁反悔谁是小狗！"

"切！你只要不后悔就行了。"

"好，那就一言为定。"

"君子一言驷马难追。"

于是我开始在地上打坐，静静守候着。

没过片刻，我的双腿开始有了隐痛。我立刻将注意力分散到别处。可是隐痛越来越厉害，以至于我不得不站立起来。

没过多时，双腿痛得我站也不是坐也不是，我不得不在原地踩踏。然而，越这样，疼痛变本加厉，最后，我不得不"啊"的一声，叫了出来。

"痛吗？"芸儿关切地问。

我只得点头认痛。

"怎么办好？好痛啊！"我说。

"别急。你这痛呀，熬过半个时辰就会好的。"

我更疑惑，说："这半个时辰，我可怎么受得了啊，你快帮我想想办法吧！"

"我也没办法呀！这是你的一道劫难，躲不过的。"芸儿无助地说。

"那你怎么骗我下来呀？"

"别说得这么难听好不好，你若是心里没有我，你就不会冒险下来了。不过，你现在后悔还来得及，我不会强求你留在悬崖下的，那样对你太不公平了，因为你还有更多的抱负要去施展。在抱负和爱情两者之间，你只能选择其一。你好好选择吧，我不为难你的。"

"我已赌输了。按照事前的约定，我愿意留在悬崖下。陪着你，是幸福的一件事。"

芸儿听了，感动得热泪盈眶。

……

凌晨醒来，我清晰地记着梦中的情景，就连梦中的对话，也能记起来，真是绝了。

醒过之后，我就再也睡不着了。

我老是回味着梦中的情景，觉得这种情景特有意味。虽然梦境有些离谱，也可以说显得荒诞，但表现出的情感却不谋而合。俗话说日有所思，夜有所梦，在某种意义上说，梦中所反映的事物，也有它现实生活的基础。

我不是什么蝙蝠侠，也不可能真的能从悬崖上摔下来而全身无恙。可以说，梦境带有某种神话色彩，我竟能在梦中来去自如，可我在现实生活中根本无能为力。抑或，我将现实生活中暂时无法实现的愿望和无法满足的欲望，完完全全地寄托在了梦中，在梦中完成不能完成的目标，给自己找到一个心理平衡的支点。

下了床，匆匆洗漱完毕，就不知道干什么了。也许我没工作，太过于清闲，以致都不清楚下一步该何去何从。比之于芸儿的忙碌，我实在太丢男儿的颜面了。

总不能一天到晚都窝在旅馆吧，出去逛逛街也是不错的选择。

刚要准备出门，收到了芸儿发来的短信。

“阿昆，醒了吧?”

我赶忙回复短信：“是啊，起床了。你怎么知道的?”

“就不能猜呀，呵呵。”

“哦，你可猜得真准!”

“没吃早餐吧，去吃吧，旅馆附近都有的。”

“这个我知道，我正准备去呢。”

“你不能太节省了，不能吃个馒头就完事，要吃点营养的，知道吗?”

“芸儿，我觉得你呀，越来越婆婆妈妈了。”

“人家这是关心你，你可别好心当成驴肝肺了!”

“知道了，我的姑奶奶，我一定遵照你的吩咐去做，这样行了吧?”

“这还差不多。可不要口是心非哦!”

芸儿对我的关心，早在读书时就显山露水了。可我通常将她的话当成耳边风，依然我行我素，倔强执拗到了极点。为了能省点钱，我可以不吃早饭，可以一块方便面吃两顿。更有一次，在学校食堂，盛来免费的汤，拌着米饭，狼吞虎咽，匆匆了事。这也是很多人看不惯我的原因，更会遭到别人的鄙夷，但我仍旧那样。

我在旅馆旁的早餐摊，点了一根油条和两个馒头。摊主问我还要不要豆浆之类的，我断然回绝了。

正当我在早餐摊前悠然坐定，我的后肩被人拍了一下，着实吓了我一跳。

我转过头去，不由得叫出声来："芸儿！"

我满肚子疑惑：她什么时候过来的？她怎么这么早就过来了？

我刚才点了油条和馒头，也许芸儿已看在眼里。

芸儿埋怨说："阿昆，我不是嘱咐过你吗，你怎么就不听呢？"

"芸儿，你怎么过来了？"

"我就不能过来吗？从给你发第一条短信开始，我就走在路上了。我问你起床了吗，你说你起来了，所以就过来看看你。你如果没起来，我就不过来了。"

"原来这样呀，那你上班不是要迟到了吗？"说时，我看了一眼手机上显示的时间。

"不急呀，单位上下班不打卡的，要不真的迟到了。"

我不好意思地笑了笑，为自己的食言感到一丝内疚。

"还好意思吗？要不是这次被我逮住了，你又犯傻了。以后呀，油条之类的最好别吃了，我又不是跟你说第一次了，你这人呀，就是听不进去，不当回事的，真拿你没办法！"

我只好用求饶的口吻说："芸儿，我下次真的不会这样了。身体是自己的，我会对自己好点的。"

芸儿说："江山易改，本性难移。要你改掉这个坏毛病，恐怕难了。"

我催促着说："还不去上班呀！再跟我磨蹭，真要迟到了。"

"好吧，这回算饶过你了，下次再被我逮到了，有你好看的！"

"不会了，不会再有下次了。"

芸儿走后，我长长地舒了口气。

依照芸儿的意思，早餐摊的油条，以后是不能再吃了。再吃油条，恐怕芸儿要炒我的“鱿鱼”了。为了尊重芸儿，也更为了珍爱自己的身体，我坚决不吃油条了。

于是，我向摊主要了一碗豆浆，刚才买的那根油条，还原封不动地放在那张餐桌上。

……

第六章

闲来无事，我又走在杭州的各条街道上。

逛到一处商场，见前面一家店铺前发生激烈的争吵，我便匆忙赶了过去。

只见店主跟一个顾客在据理力争，两个人争得面红耳赤，就差没动手干上一架了。

只听那店主吼了一声："滚！"

话音刚落，那个顾客上来就是一个巴掌。

这么一来，两人就撕扯在了一起。

我见状，情急之下上前阻止。

却不想，店主误以为我是帮凶，便一脚踢过来，不偏不倚，正好踢到我的胯下。我痛得"嗷嗷"直叫，蹲在地上，一时间站不起来。

此时，围观的人越来越多，有人看到我手捂羞处，一副痛苦不已的样子，竟然笑出声来，简直缺德至极！不来阻止也就罢了，还嘲笑别人，什么世道呀！

显然，有些迟来的围观者并不知情，错把我当成了参与斗殴的对象。

店主和顾客又缠在一块了。真要命，真是扣人心弦！

两人就像发疯的狮子那样缠在一起，这样下去，恐怕真的会出人命。

正在紧要关头，巡警过来了。

围观的人们将目光齐刷刷地投向巡警。

巡警奋勇上前，阻止了斗殴的双方。

随后，巡警走到我跟前，关切地问我："你没事吧？"

“我没事。”我强忍着疼痛说，“过一会儿就好了。”

巡警又问我：“有伤着吗？要不要到医院看看？”

我摇了摇头，心想：我一个老实本分的人，不想在外面生出事端来。其实，我也不清楚自己究竟是伤着还是没有，反正觉得下面很疼很疼，让人很难受。

巡警弄来一把凳子，扶起我，让我坐在凳子上歇息。

我痛得说不出话来了。我本想跟巡警解释自己并不是参与斗殴的人，可是，我连说话的力气都没有了。没有办法，谁让我这么爱管闲事，当了一回好人呢。别人袖手旁观的，一点事儿都没有。诚然，大多数人都将个人的安危放在了第一位，都成了不管闲事的旁观者，真是可悲可叹。像我这样的见义勇为者，反倒成了别人取笑的对象，难道社会文明倒退了不成？

“这个小伙子是来解围的，哪知道被人家给踹了一脚。”一个围观者出面，向巡警讲述道。

我对那人投以感激的目光。看来，具有正义感的人还是大有人在的。

此时，有个围观者对我说：“你不向踢你的人索赔吗？”

另一个说：“你最好到医院检查一下，万一有什么闪失的，也好向踢你的人索赔。”

但我并未在意。我觉得下面被人踢了一下，应该不会有什么大碍，一时半会的疼痛是难免的。更何况，我在异乡也不想惹什么麻烦。

“我没事的，歇一歇就好了。”我苦笑着回答。

巡警处理完了事儿，见我仍坐着未走，又问了句：“小伙子，你真的没事吗？”

我再次摇摇头，吃力地挤出几个字来：“我没事，谢谢。”

巡警走后，我仍坐在凳子上，想起立走人，却感觉腿已发软，使不上劲儿了。那就干脆再坐着歇一会儿。

这时，刚才踢我的人过来了。我以为他是过来跟我道歉，哪知他不屑地说：“你这是自作自受。”

我听得气不打一处来，真想以牙还牙，也踢他一脚，让他尝尝钻心般疼痛的滋味。可是，我浑身使不上劲，只能忍气吞声了。

过了会儿，他态度极其不好地说："你坐在这里妨碍我做生意了。"见我不吭声，他以为我想要点钱，于是打开钱包，抽出一张百元大钞，甩给我，说，"不就是想要点钱吗？给你！从哪儿来滚哪儿去！"

真是太欺负人了，这不是羞辱人是什么？我恨不得跟他拼了小命。但我现在手无缚鸡之力，哪里是他的对手。何况，打斗根本解决不了任何问题，只会招来更大的麻烦和不堪设想的后果。

不知是哪来的力气，我缓缓地站起身，朝街上慢慢地挪动。依照现在的体力，走回到旅馆，那是不现实的事情。他扔给我的一百元，我收了，权当是打车费。

我打车回到了旅馆。怕影响芸儿工作，我没有把刚才的遭遇告诉她。我不想让芸儿知道我被打的消息，觉得这么点小事不需要告诉她。

刚开始时，那一脚踢得我痛彻心扉。现在两个小时过去，感觉好了点，可还是很疼。

很快就到了芸儿下班的时间。

芸儿发来短信："阿昆，还待在旅馆吗？"

我回复："嗯，在旅馆呢，你过来吧！"

芸儿回复："知道了，我下班后直接去你那里。"

……

门开了，毫无疑问，是芸儿。

芸儿进来，给了我一个拥抱。

"怎么了？看你愁眉苦脸的，有什么不高兴的事儿吗？"芸儿发问。

"没有，我没什么不高兴的呀。"我辩解说。

"还说呢，你的表情已经告诉我了。说吧，你是不是想家了？"

"我……是的，有点想家了。"我欲说却止，只好违心地回答。

芸儿没再追问。

"我们下去吃饭吧。"芸儿说。

"外面这么热，我都不想出去吃了。旅馆有外卖电话，我们干脆叫外卖得了。"我指了指外卖电话说。

"行，叫外卖吧！"芸儿没有怀疑我的举动。

我们叫来了外卖，一份炒糕和一份汤糕。

中午，我和芸儿就在旅馆里将就着吃了。

吃好午饭后，芸儿就赶回单位上班了，而我待在旅馆里，动也不想动。

我打开电视看了起来。

我频繁地切换着频道，确实看得心不在焉。在房间里，能消遣时间的方式，除了看电视，我还真找不出比这更好的了。

也许电视里的那些娱乐节目，在感官上确能掩盖内心的忧郁和烦躁。电视所制造的娱乐氛围，从某种角度上说，是为了迎合某类观众的口味。我现在受伤，哪儿都去不了，只能看看电视消磨时间了。在这个环境，在等待芸儿下班的间隙，我需要精神上的帖剂，至少可以说，我内心对娱乐节目的需求是正常的。

片刻，我收到一条手机短信。咦，是我妹发来的，她怎么给我发来了短信？她很少给我发短信的。

“哥，在外头还好吧？我和爸妈都挺想你的，挺挂念的，盼你早点回家。”

倏然间，泪水夺眶而出。

我不知道自己怎么了，一条亲人的短信，竟能令我无限伤感。

我妹没有问及我在外头究竟做些什么，想来我也不会轻易说出口的。就是这么一句简洁明了的关爱，让人的心灵不由得为之震颤。显然，这句亲人的关爱抵过了千金，触及了灵魂的最深处，让人想不感动都难。

我回复：“妹妹，哥在外头挺好的，你不用担心。哥过两天就回家，到时再跟你慢慢地聊。请转告一声爸妈，就说我很不孝，不能待在他们身边，不能为他们分忧解愁。”

我妹很快回复：“哥，你别这么说好不好！你这么说，我和爸妈都会伤心的。你看，我中专毕业就没读书了，爸妈将你供到大学毕业，为了你的学业，欠了一部分的外债，你还好意思这么说吗？”

我为自己的违心话感到愧疚不已。

我回复：“妹妹，请转告爸妈，我会尽快找到工作的，家里的债务让我一个人去偿还，我相信自己有能力偿还的。”

我妹回复：“哥，你别赌气了好不好！家里的事情需要大家一起分担，一起解决，不能让你一肩挑，那还不把你压垮吗？我知道，大道理是说不过你的，但有些事，我还是拎得清的。现在，只要你回家就好，其他的事，待以后再慢慢解决吧。”

我回复：“妹妹，你比哥更懂事，哥很欣慰。可有些事，哥真的难以启齿。让哥现在就回家，哥恐怕做不到，哥只能说，等过两天再回去了。”

我妹回复：“哥，你别犟了好不好?！到底是什么事情，非得好几天吗？你就不能说出口吗?”

我回复：“是的，妹妹，哥现在不能说，以后你就会知道了。放心吧，哥受过高等教育，不会干什么坏事的。妹妹，你相信哥吗?”

我妹回复：“哥，我信你。那你可要早点回来哦，全家人都在盼着你呢!”

我回复：“哥知道了。”

嘿，身在异乡，也能感到家人的温暖。其实，我很想将外出的原因告诉我妹，可是转念想到，我妹怎能管得住那张嘴巴，她不会将情况原原本本地告诉爸妈吗？这么重要的事情，她会守口如瓶吗？这关系到我将来的幸福问题，我妹要是知道后怎会不说？所以，我暂且不告诉她，这是明智之举。

都说当局者迷，旁观者清，也许在我看来是明智的事情，在旁人看来，未必就是了。说实在的，我内心也是迷茫的。我和芸儿的事情，本该可以光明正大地告诉爸妈的，可就是因为心中有太多顾虑，怕爸妈阻拦我们的恋情，所以就藏着掖着了。

我和芸儿的恋情，恐怕除了我的同学知晓外，不会有别人知晓了，包括我的家人，除非我对他们说起。芸儿跟我一样，除了同学，她也没跟其他任何人说起过。

时间很快就到了下午 5 点半。芸儿如果没有其他事情，这个时间她会准时下班的。现在有我的存在，她不准点下班就说不过去了。我想，芸儿心里也巴不得早点下班呢。

我感觉下体没有之前那么疼痛，人勉强能够下床走动。在芸儿面前，我要打起十二分的精神，让她看不出有任何的破绽。

天气热，夏装一天要换一次，不换就有一种难闻的汗臭味。

我来杭州之前，行李箱已备好了几套要换的夏装。

为了不使芸儿闻到我身上的汗臭味，也为了让自己清爽一点，我脱下穿了一天的脏衣服，光着身子进了卫浴间。

一番沐浴后，穿好干净的衣服，静待芸儿下班到来。

当我听到敲门声，激动的心快要跳出胸膛。

我迅速开了门。

芸儿满脸歉意地说："阿昆，你等久了，肚子一定饿了吧?"

"没关系的，你来了就好。"我笑着捧住芸儿的脸蛋，说，"我们就在旅馆边上的面馆凑合着吃吧。"

我不想走太远的路，生怕下体又疼起来，那多难堪呀。

"听你的。"芸儿没有质疑我。

于是，我和芸儿去了那家面馆，找了空位坐下。

芸儿说："菜单在这儿，你点吧。"

我一眼瞄到最便宜的面条便是青菜肉丝面，脱口而出："我来碗青菜肉丝面吧。"

"瞧你，老是点最便宜的。"芸儿有点责怪的意思。

"我不省着点，过两天就没钱了。"我无奈地回答。

"又不让你埋单，你瞎操心什么!"

"不能每次都让你埋单吧，那样，我怎么好意思啊!"

"有什么不好意思的，你到我这边，我为主你为宾，我埋单是理所当然的。"

"说不过你，唉，只能等以后我攒到钱了，再慢慢补偿你吧。"

"说哪儿话了，只要你不把我当外人，我就心满意足了!"

"不会的，我都把你放在心上了，更别说当外人了。"

"真是那样，还说那么多见外的话！现在我有工作，你没工作，我来埋单是情理之中的，等你也有工作了，你再来埋单吧。"

我点了点头，说："芸儿，你说得没错，我没意见，都听你的!"

"这还差不多，那我再给你加个鸡蛋吧!"

“说了这么多，你自己还没点呢！”我笑了。

“哦，说着说着，我倒把自己给忘了。”芸儿也笑了。

……

面馆的生意特别红火。

时值夏日，火辣辣的太阳还未下山，仍炙烤着大地，面馆内尽管开着空调，但因人流进进出出，热浪丝毫不减。

想我这么大热天的，远赴杭州来见心爱的芸儿，心中若没有一个情字，恐怕就没有这么大的决心和这么强的毅力了。

芸儿竟然也点了和我一样的菜，青菜肉丝面，外加一个鸡蛋。

有惊讶，也有惊喜。我不想刨根问底地询问芸儿，为什么也点相同的面，为什么要省吃俭用，为什么要跟着我一同受苦。显然，这些问题，对于相爱的男女双方来说，都是多余的。

此时，两人之间无须太多的对话交流，只要在吃面时，偶然抬头，默契地相视而笑，一切尽在不言之中了。

吃过晚餐，芸儿说：“外面实在太热了，我们就在这儿坐会儿吧。”

我说：“我们可不能挡了别人的财道。你看，进来吃面的人这么多，他们都没空位了。面馆老板表面不说，心里头也不会高兴的。我们就体谅体谅人家吧。”

芸儿说：“亏你想得这么周全，那我们赶紧撤吧。”

推开面馆的门，一股热流就迎面而来。

“真要命，热得难受死了！”我嘴里嚷嚷道。

我们边说边走，又回到了旅馆。

片刻，我的手机铃声响起，一看来电显示，是老妈打来的。

“我妈打电话过来了。”我对芸儿说。

“嗯，那你赶紧接吧。”

我按下了通话键。

“妈。”

“阿昆，你在哪儿？”

“妈，我在外面一切都好，您不用担心。”

“告诉妈，你现在到哪了？”

“妈，我现在在嘉兴。”我假意说。

“阿昆，你跑那么远干吗？”

“我……我……”我抬眼瞟了一下芸儿，不知该怎样回答才好。

“阿昆，老实告诉妈，你在外头干什么？可别做什么犯法的事儿。”

“妈，您都扯到哪了，儿子打小规规矩矩的，还能去干什么坏事？”

“你不告诉妈，你心里有鬼。什么事情大不了的，不能跟妈商量一下吗？”

“妈，我真的没事，过两天就回来了，您就放一百颗心吧。”

“阿昆，你以前有什么事都跟妈说的，现在长大了，翅膀硬了是不是？你出去做什么都不说，你心里还有没有我这个妈？”

“妈，等我回来再告诉您吧。先这样，我挂了啊。”

没等我妈再开口说话，我就挂断了电话。

芸儿在一边，静静地听完了我和老妈的对话，心里很是不爽。

芸儿说：“阿昆，你就这么对你妈的吗？人都出来了，连出来做什么，都不能告诉你妈吗？你就不能坦白告诉你妈出来是为了见我吗？真是的！”

我说：“芸儿，套用你曾跟我说的一句话，‘己所不欲，勿施于人’，可不是吗？我到杭州来，你有没有跟你妈说起过？你好意思说我吗？我现在没有告诉我妈，是让她有一个接受的过程，不管怎样，我都不会放弃爱你的，也许你也一样，芸儿，不是吗？”

此时，芸儿若有所思，沉默了一会儿，说：“阿昆，也许你说得对。我们现在都各自瞒着爸妈，生怕他们知道后会反对我们继续相恋。可我们能瞒住爸妈一时，却不能瞒住爸妈一世。我们的恋情迟早会被他们知道的。阿昆，你看这样可以吗，再过几个月，或者到年底前，我们一起把恋情告诉爸妈吧。不管他们答不答应我们相爱，我都愿意陪你一生一世。你看这样好吗？”

我高兴地说：“你这么说了，我还能怎样！”

“那你是答应了？”

“那当然了！”

……

两个人就在旅馆里闲聊着。

时间过得好快，转眼就是晚间 8 点半了。

“我们出去走走吧!”芸儿的双眸里闪过一丝甜蜜。

我犹豫了一下，不知道身体能不能吃得消。

“看你好像不乐意哦!”芸儿像是发现了什么。

“好吧，听你的。”我勉为其难地说，随后牵过芸儿的手。

走在杭州的街上，因为有芸儿的陪伴，所以备感幸福。

一个男子出门在外，能有一个女子做伴，那是几世修来的福气；一个女子，如此看重并疼惜一个外来男子，此番情意，岂是三言两语就能道尽的？是的，芸儿已将我当成了心上人，而我也将芸儿当成了心上人。

芸儿问：“阿昆，去吃点夜宵吗?”

我说：“嗯，就近吧，我不想走太远的路。”

芸儿想了想，说：“嘿，阿昆，我们去吃龙虾吧。现在龙虾正值旺季，很多人都在吃呢!”

“是吗，我怎么就没想到呢!”提到吃龙虾，我来了兴趣，问道，“远吗?”

“不远，就在附近。你呀，向来对吃的不感兴趣。”

“别这么说我好不好？我现在经济拮据，囊中羞涩，要是我有钱了，我也会去饱饱口福的。”我辩解道。

芸儿说：“都说人的性格很难改变，我看你呀，即使有钱了，也还是老样子。”

我有点委屈地说：“拜托了，芸儿，别这么损我，伤不起哦。”

一番斗嘴后，我们来到一家排档的门口。

“就在这儿吃吧。我没来过这里呢!”芸儿说。

“你是当地人，怎么会没来过呢?”我不解地问。

“谁会一个人到这儿吃呢，你傻呀!”

我憨笑不语。

随后，我们就在排档的空位上悠然坐定。

服务员见有人坐下，就笑盈盈地过来，问：“两位，点什么呢?”

芸儿说：“来一大盘的龙虾吧。”

服务员问：“要红烧的还是要椒盐的？”

芸儿对服务员说：“我们都想尝尝，那就红烧的来一份，椒盐的也来一份吧。”

“好的，请稍等。”服务员微笑着转过身去。

我心疼地说：“芸儿，你点了两份，我们吃得完吗？”

芸儿说：“笨！吃不完打包呗！”

我又说：“你点之前怎么不问问价格呢？”

“排档应该不会贵到哪儿去。你等下就放心地吃吧，不会叫你掏钱的。”

我听后，心里美滋滋的。心想：芸儿真好，每次不让我埋单，我又可以尝一顿免费的夜宵了。这份情意，我只能等以后再回报了。

夏日的夜晚虽然闷热，但人们来排档吃龙虾的热情丝毫不减。

来吃龙虾的人们，有的一男一女，卿卿我我，你侬我侬的；有的带着孩子，一家子显得特别温馨；有的三五成群的，围坐成一桌，你一句我一句地神聊。

我和芸儿，也是凑着热闹来吃龙虾的。

说实在的，我不是没有吃过龙虾。我在读中学时，就已尝过老妈亲手烧的龙虾。但这次和芸儿一起吃龙虾，感受不一样。

等到红烧和椒盐两份龙虾齐齐上来后，我和芸儿争先恐后地吃了起来。

此时，我们只知道享受美味，哪还会去留意其他食客呢？

也不知是从哪儿冒出来两名姑娘，毕恭毕敬地立在了餐桌边，着实吓了芸儿一跳。

我仔细留意了一下这两名姑娘，看两名姑娘的着装和打扮，不像是乞丐的模样，那她们究竟是谁呢？

正当我疑惑不解时，其中一位姑娘开口说了：“您好，先生，我和妹妹都是从外地来的，路上钱包被人偷走了，现在身上一分钱也没有。我和妹妹都还没吃晚饭。您看，能不能施舍点钱给我们，好让我和妹妹吃顿面条呢？”

我正准备掏钱，芸儿立即拦住了我，说：“阿昆，这个你也信呀?”

我笑着说：“就让我做回好人，暂且信她们一次吧。”

芸儿说：“你傻呀!”

还没等我开口说，那位姑娘又哀求我：“先生，给我们几块钱吧，我和妹妹去吃碗泡面也行。”

真挨不过她们，心想：就几块钱而已，给她们算了。

我从兜里摸出几个硬币来，顺手递给那个姑娘。那个姑娘和她的妹妹，竟连声谢谢都不说，调头走开了。

“真没礼貌!”我嘟囔着说。

“你才知道呀!”芸儿的话音里有点讽刺的意味。

看样子，我这钱还真给错了。但泼出去的水是收不回来的，要责怪，也只能责怪自己心软。

“不就几块钱么?”我爱面子。

“看你出手这么阔绰，那这顿龙虾你来埋单吧。”芸儿诡异地笑道。

“那可不行。”我咽了一下刚咀嚼的一只龙虾，说，“都说好了，这顿龙虾是你请我的，怎么又推到我身上了?”

“因为你有钱呀，我可没那么多钱施舍呀！要不，你也施舍一点给我吧，我很乐意的。”芸儿得意地笑了。

“我……”

“怎么了?答应不了是吧?”

“我请就是了，这点钱我还是付得起的。”我心疼极了，这不是自己的左脚踩右脚吗?

芸儿乐不可支地说：“瞧把你激成这样子，可怜的阿昆!”

我不语，自顾自地剥着龙虾，心里一凛：兜里又得少去一张百元大钞了，就因为刚才的施舍和要面子。

“给!”芸儿竟将一只剥好的龙虾送到我的嘴边，说，“吃吧，别闷闷不乐了!”

我着实受宠若惊。

我不知道该怎么办才好，张嘴不是，不张嘴也不是。在芸儿看来，我一旦张嘴，就是什么气都消了；而我若继续闭嘴，那肯定是气不过。

“吃吧！”芸儿深情地瞅着我。

我不张嘴都难了。

为了刚才芸儿的这一举动，就是让我付双倍的龙虾钱，我也心甘！

饕餮之后，我和芸儿走在去往她家的路上。

此时，已是晚间10点多钟。

夜晚城市的街道人流依然熙熙攘攘，大概是夏日的缘故吧，路上频见那些穿着汗衫和短裤纳凉的人们，有的就直接蹲在街边，手里扇着蒲扇；更有甚者，在路边铺上草席，人往草席上一躺，若无其事地睡起觉来。

我的手随意地搭在芸儿的肩上，说：“要不，我们也在外面乘凉乘凉?”

“都这么晚了，你不睡可以，我明天还得上班呢！”

芸儿嘴上这么说，但心里情愿多陪陪我，因为她知道，身处异乡的我，是多么需要有人陪伴。

我多么希望夜晚的时间能尽可能地延长，甚至时间能够停滞不动，好让我们相处的时间能多一点，再多一点。但天不遂人愿，时间不以人的意志为转移，它对每个人都是公平的，所以，我无可奈何。

“你可不可以让我进你家坐坐呢?”我试探着说。

“那不可以，你真要进我家，我只能将你丢这儿了。”芸儿说。

“好好，我不进去坐，这总可以吧。你这次带了路，下次我就知道你家的住址了。”

“那可说不准。你路盲一个，保不准下回照样迷路。”

“那我们来打个赌吧。”我不服地说。

“赌什么?”

“下回我如果能找到你家，你就让我进你家一次；假如我迷路了，你怎么处罚我都行。你就是让我走人，我二话不说，立马走人。”

“这个赌我不能打。”

“为什么呢？你就这么怕你妈吗?”

“不是的，你误解我的意思了。”

“你说，那是什么意思？”

“这个赌，结局都是你赢。即使你赌输了，我又能拿你怎么办呢？我能忍心将你赶走吗？除非我对你一点都不留恋。”

“你说的也对，那这个赌就不打了，只能等你哪天心甘情愿了。”

“这还像句人话。”芸儿笑出了声。

“切，难道我先前说的都是鬼话不成？”

“哈哈，这可是你自己说的哦，那可怨不得我。”

“你嘴巴这么厉害，我实在说不过你。”

我只好住嘴，否则，再往下说，就真成“鬼话连篇”了，那我不是自己打自己的嘴巴吗？

在芸儿的指引下，走了十多分钟的路，在一个小区前驻足。

“阿昆，就送到这儿吧。”芸儿说。

“到了吗？”

“嗯，到了，就在这个小区。”

“哪一幢呢？”我问。

“从左边数来第七幢，你数数看吧。”

我边数边点头，点一下头，就相当于数了一下。这样，一共点了七下头。

“你真逗！”芸儿又笑了。

“笑什么呀，人家在数数，你笑什么啊！”我心里不爽。

芸儿说：“哪有你这么数数的。别人都用手指，你倒好，点头数数，不是很逗吗？”

“这有什么呀，别人有我这么仔细吗？”

“服你了，你总是说自己强，真没辙。”

“芸儿，都送到这儿了，你真不让我进去坐会儿吗？”

“以后吧，以后会有机会的，你再不走，我妈等下就看到你了。”

“那好吧，你过去吧，我站这儿目送你进去后就走，这个要求不过分吧？”

“嗯。这么晚了，你一个人回去，路上要当心点儿。”芸儿嘱咐道。

我点头会意。

目送芸儿去后，我才转身从原路返回。

为了不使自己改天忘了芸儿家怎么走，我特意拿出手机，记住一些该记的，比如，向前三四百米，左转，某某标志物，等等。

很顺利地回到旅馆，这一夜平安无事。

许是走得累了，不到晚上11点，我就睡了过去。

……

又是新的一天。

闲着也是闲着，我在芸儿单位附近转悠。

我本想进去参观一下的，却被大门口的保安拦住了去路。

“你干什么的?”那个保安发问。

“我能进去逛逛吗?”我说。

“那不行!”保安的口气很硬。

没办法，我只能在外面瞎逛。

我给芸儿拨了个电话：“芸儿，怎么回事，你们报社的保安不欢迎我进去呀!”

芸儿说：“你到我们报社了呀?”

“是啊，被保安挡在门外进不来呢!”

“你跟他怎么说的?”

“我说是来你们报社逛逛的。”

“这就难怪了，像你这么游手好闲的，保安当然不欢迎你了。”

“别说得这么难听好不好?”

“你就不能学聪明点吗?你就说自己是来报社办事的，保安会让你出示身份证，在门口登记一下，你就能进来了。”

“现在都到这步了，我再跟保安说，他还会相信我吗?芸儿，要不，你出来一下，领我进去算了。”

“好吧，看你这猴急样儿，我马上下来了。”

我回到报社大门口，就见芸儿走了过来。

芸儿跟保安说：“他是我的同学，是来看我的。”

这回，保安不吭声了，已默许我进去。

我在心里嘀咕：这保安真是狗眼看人低，以为我是个外地人，根本不把我放在眼里。现在有芸儿出面，保安拿我一点办法都没有。

进了报社后，我轻声对芸儿说："芸儿，你怎么说我是你的同学了？"

芸儿说："你不是我的同学是什么？难道说成是我的老乡吗？"

"不是了，你就不能说我是你的男友吗？"

"得了吧，说你是我的同学，已经给你面子了，你还想得寸进尺呀！"

"这是事实啊！"

"你是我同学，这有错吗？你本来就是我的大学同学呀！"

"可是，同学跟男友是有着本质区别的。"

"你就这么在意呀，低调一点好不好？"见我闷闷不乐，芸儿又说，"好吧，下回碰到类似情况，我一定会说你是我的男友，这样总可以了吧？"

芸儿都这么说了，我还能说她什么呢？除了感动还能怎么着？要不是芸儿，我连进报社参观的门儿都没有，光凭这一点，心里头就暗暗感激她了。

我说："芸儿，你回自己的岗位吧，我在你们报社逛逛就行了。"

芸儿说："好吧，记住哦，你别装酷，别人还以为是哪位领导在我们报社视察工作呢，呵呵。"

我说："你就别抬举我了，我这人没官相，纯粹是个书生。他们看到了，会以为报社新来一位年轻记者呢！"

"你就别王婆卖瓜，自卖自夸了。"芸儿搡了我一下后，说，"先这样，我去上班了，你自个儿慢慢逛吧。"

"知道了，尊敬的芸儿姑娘！"我说出这话，自己先笑出声来。

芸儿也跟着"噗嗤"一笑。笑过之后，她进了那幢采编大楼。

我抬头仰视那幢采编大楼，真觉得像我这等无用之辈，实在高攀不上。

等到芸儿下班，我们选择了附近一家面馆吃中饭。

一拨拨的人流进进出出的，可见该面馆生意比较红火。

点了三鲜汤面后，芸儿开口了："明天休息，阿昆，你想好没，我们到哪儿玩呢?”

我迷茫地说:“心里没底儿,芸儿,你来安排吧。”

芸儿说:“阿昆,那我们明天去逛商场吧。”

我无奈地说:“好是好,可我兜兜里没钱哦。”

“傻呀,逛商场,没人强迫你买,你可以只逛不买呀!”

“这能忍受得了吗?”

“阿昆,这要看你的自控能力了,有些东西,饱饱眼福就行了,不一定非得去买,你说呢?”

“你能忍受,我就能忍受。”我坚定地说。

“那行呀,就这么说定了。”芸儿知趣地浅笑。

真是郁闷,没钱寸步难行啊。看着别人风风光光的,很是羡慕。无奈自己赚钱意识淡薄,赚钱能力相当有限,只能望“钱”兴叹了。

我说:“芸儿,等我找到工作,积攒了钱,我们再去一趟乌镇好吗?”

“好呀,你有这个雅兴当然好了。”

“嗯,那边风景独好,挺让人怀念和向往的。”

“下次我一定陪你一起去喽!”

“有你陪伴,那自然荣幸得很。”我不忘说句恭维话。

说到这儿,三鲜汤面已端上来了。我的是大碗的,芸儿的是小碗的。

我问:“芸儿,现在出社会了有什么不一样的感觉呢?”

芸儿说:“感觉到生活压力了。以前读书时,无忧无虑的。”

“嗯,是的。”

“以前嘛,多多少少有点浪漫。”

“那现在没了吗?”

“现在也有呀,浪漫中带着甜蜜,你觉得呢?”

“这点我认同,不过,现在比以前更现实了,连吃饭都要算计着花多少钱,以前可不一样,我们都花爸妈的钱,不知道赚钱的艰辛;如今我们要靠自己养活自己了,当然更现实了。”

“我记得你以前说过,浪漫是需要共同创造的。人的心境不一样,对浪漫也就有不同的看法,不是吗?”

“我们不谈这个，吃饱了再说。”我只得将这个剪不断理还乱的话题打住。

由于天气炎热，吃着热腾腾的三鲜汤面，竟吃出了满身的汗水。我抽出餐桌上的纸巾，不停地擦拭着额头、鼻翼、脸颊以及下巴上的汗水。

这家面馆没有空调，只有数台悬挂在墙壁上的电风扇。而电风扇吹出的不是凉风，跟热风没什么区别。

结了账，从面馆出来，我已汗流浃背了。

“芸儿，到旅馆坐会儿吧，那里有空调。”我说。

“行，我顺便冲个澡，再去上班。”芸儿回答。

于是，我们回到旅馆暂行歇息。

……

在旅馆，芸儿脱下衣服，进了卫浴间冲澡。

我在外面能听到花洒喷下来的声音。

以前我听到那样的声音，就会想入非非，生理上就会有反应。可现在怎么了，我即便想到了两人缠绵的情景，我的下体一点反应都没有。

我有点担心了，但我不好跟芸儿说起发生的事儿。

芸儿裹着浴巾出来，说：“阿昆，我要穿衣服了，你转过身去。”

我竟极其冷静地侧过身去。要是以前，我肯定会猛扑上去。我这是怎么了？

由于下午上班时间紧迫，芸儿穿好衣服后，就匆匆回单位去了。

旅馆房间只剩下我一个人。

我把自己脱了个精光，用冷水刺激身体下面，可没有一点效果。

我沮丧地躺在了床上，想死的念头都有。

第七章

在芸儿下班前，我就早早地在她单位门口等候了。

芸儿下班还算准时。

见到我，芸儿诧异地问道："阿昆，你怎么来这儿了？"

我憨笑着说："我就不能等你下班吗？"

芸儿有点埋怨地说："你来之前怎么不打个电话发个短信什么的，万一我要加班，你不是在门口瞎等吗？"

"瞎等就瞎等呗，反正在你单位门口等你，总比整天待在旅馆里来得快活。"

"傻呀你，大热天的，旅馆有空调呢，你在外面不是活受罪吗？"芸儿无比关切地说。

"一想到就能见着你了，受点罪又算得了什么呢？"我带点煽情地回答。

就这样，我和芸儿边走边聊。

"晚上到哪儿？"我说。

"先去吃点快餐，肚子有点饿了。"芸儿回答。

"吃了快餐后干吗去？"我又问。

芸儿想了想，说："要不，今晚我们去新华书店逛逛吧。"

"嗯，去新华书店当然乐意了。"一说到书店，我的脸上就绽放出笑容，谁叫我这么喜欢看书呢？

"瞧你这么高兴的，说到书店，就说到你心坎上了。你要怎么感谢我呀？"芸儿笑了。

"你想要我怎么感谢你呀，要不，晚上的快餐我埋单吧！"我说。

“嘿，现在不心疼钱了?”

“钱当然心疼了，但比起去书店看书，还是看书重要了。”

“要是书架上有本你想买的书，你准备怎样?”

“还能怎样? 拿下呗!”

“唉，真是书呆子一个!”

被芸儿说成是书呆子，已不是第一次了，总觉得心里有些不快。“书呆子”本来是个中性词，现在在我看来，活生生是个贬义词，有点讽刺的意味了。

“芸儿，你能不能换个词儿呀?”我不高兴地说。

“那能说你什么呢?”芸儿乐了。

“你就说我是秀才好了，我乐意接受。”

“切，你想得美!”

在一家快餐店，我和芸儿又东拉西扯地说了一通。末了，在芸儿的带领下，我屁颠屁颠地去了新华书店。

进去后，我说：“芸儿，新华书店晚上也营业哦。”

芸儿说：“嗯，大门口写着营业时间，要到晚上 9 点关门呢!”

我说：“那工作人员很辛苦哦。”

芸儿说：“不付出哪来回报呀！不像你，整天闲着没事做。”

这句话像利剑一般刺穿我的胸膛，我顿时感到天都要塌下来了。

我的脸色很难看，眉头紧锁着。

芸儿见状，问：“阿昆，怎么了?”

我赌气地说：“你不是说我没工作吗? 等着瞧吧，我一定能找到一份工作的!”

“行呀，我就等你这句话!”芸儿说，“别不高兴了，说你一句，是为了你好。”

“我知道。”

“好了，在书店我们不谈这些了，好好看书吧!”

……

我们逛了新华书店的每一个角落。

我捏了捏干瘪的口袋，心里犹豫着。

我确实看到了好多喜欢看的书籍，比如文学类、哲学类，还有其他自己想看的书籍。无奈囊中羞涩，顾虑再三，还是不买为妙。我先前展露的购书欲望，被现实的处境，彻底撕了个粉碎。

芸儿已然体会到我此番的心情。

她说："阿昆，想买就买吧，别跟自己过不去。"

我内心还在挣扎着，要是买了书后，我的手头更紧巴巴的了，可能上顿不接下顿，对不起自己的肠胃；要是不买，精神的土地将贫瘠不堪，那一道道龟裂的缺口，就是自己犯下的错，若不及时修复，精神将有塌陷的可能。真是两难之抉择呀。

见我不吭声，芸儿进一步问道："阿昆，你看中哪一本书了？"

芸儿的意思我明白：若是我挑中了哪本书，她可以帮我买下。

我摇了摇头，假意说："没，还没挑到中意的书。"

"瞧你纠结的样儿，一定是左右为难了。跟你相处这么久了，我还不了解你吗？你皱一下眉头，我就知道有什么不对劲了。你别自欺欺人了，好不好？"

"芸儿，看样子，真瞒不过你了。"我耸了耸肩，摊了摊手，自嘲地说，"看来，我以后，真的连书都买不起了，什么车子、房子的，就更别痴心妄想了。哎，真悲哀！"

"阿昆，你别说丧气话，好不好？你才多大年纪呀，怎么就跟个小老头似的，不思进取了？"芸儿有点责怪的意思。

"芸儿，你嫌我了是不是？"在书店的一个角落，我面无表情地重复了一遍，"你嫌我了是不是？"

我也不知道为啥会忽然冒出这么一句话。我觉得自己的脑袋还没有发热到胡言乱语的地步。也许在芸儿看来，这句话绝对是刺耳的，无异于惊天之雷。

"说什么了，阿昆？"芸儿不解地问。

"我……我刚才说得有点重了。"我解释说。

"阿昆，你变得不像以前的你。现在的你，脾气越来越坏了，你自己不觉得吗?”芸儿认真地说。

“是的，芸儿，你说得没错。自从毕业后，我找不到工作，莫名地，我的压力越来越大，又找不到疏通和解压的途径。或许在某一天，一根稻草都能将我彻底压垮。”我懊恼地说。

“你怎么能说这样的丧气话呀!”芸儿的眼眶湿了。

“对不起!”我微微侧过身去，不让自己在芸儿面前显得那般难堪，继续说，“刚才，也不知道怎么了，说了丧气话，请你原谅。”

“好了，不多说了，我们回去吧。”芸儿温和地说。

看来，芸儿并没有生我的气。

我的心稍稍平静了下来。

这回，空着手进新华书店，又空着手出去。

我安慰自己：等以后有钱了，我一定带走想看的书。

从新华书店出来，已是晚间8点多。比起书店内的凉爽，外面的温度着实闷热多了。

外面虽热，但人们丝毫不减逛街的热情。那些俊男靓女们，悠闲自得地逛街散步，脸上洋溢着幸福的甜蜜。偶见一两个乞丐路过，构成一笔灰色，让城市的色彩更富多样。

“晚上我们一起去逛夜市，怎样?”芸儿说。

“好啊。”我有点不情愿。

芸儿微笑着，脚下的步履更为轻盈。

众所周知，夜市卖的东西相对于商场来说实惠得多。商场的租金非常昂贵，夜市的租金低廉，有的甚至不要租金，这是夜市东西价格低的重要原因。当然，夜市卖的东西以杂牌为主，而商场卖的以品牌为主。

我和芸儿挤在夜市的人流中，原本闷热的天气就愈显闷热了。我能感觉到汗水不停地渗出，身上的T恤被汗水濡湿了。

前面有一家小型照相馆，上面写着“大头贴”三个字。

“嘿，芸儿，这里有家拍大头贴的。”我说。

“嗯，看到了，阿昆，你想拍吗?”芸儿问。

“当然想了，我们还没拍过大头贴呢!”我略显兴奋。

“那我们去照一张吧!”芸儿说着，高兴地拉过我的手。

我想起读书时，曾路过拍大头贴的地方，觉得自己和芸儿天天见面，拍大头贴没什么意思，所以就一直没拍过。现在与芸儿两地相隔，思念之情溢于言表，拍张大头贴，置于钱包中，就可以天天拿出来看，解解思念之苦，未尝不是一件美事。

这家大头贴照相馆开在夜市，确实有人气。这不，在我们到来前，就有两位情侣在此等候。

大头贴照相馆张贴着很多成品，照片的背景各式各样，直看得人眼花缭乱，真不知选哪种背景为好。

我说:“芸儿，你来挑吧!”

芸儿说:“你的鉴赏能力比我要强，还是你来选吧。”

“你别夸我，我这人是经不起夸的。”

“那我们一块选吧!”

我们开始精心挑选起来。

“这款背景怎样?”芸儿问。

“嗯，还行，就用这款吧!”我回答。

挑选好大头贴的背景后，很快就轮到我们照相了。

“要不要来张合影呢?”店老板问。

我和芸儿几乎异口同声:“要!”

除了合影的大头贴，我们还各自单独拍了一张，留给对方，平日里可以拿出来欣赏。

我将已裁剪成名片大小的大头贴小心翼翼地插在钱包内，算是大功告成了。

从夜市大头贴照相馆出来后，我和芸儿继续挤在夜市人流中。夜市人来人往的，好不热闹。通道的两侧都摆满了各种各样的摊位，有卖衣服裤子的，有卖各种光碟的，有卖生活百货的，更有看相算命的，不一而足。

一个摊儿位前，我见围了不少人驻足观看，在好奇心的驱使下，和芸儿凑了过去看个究竟。

只见一个大约二十出头的小伙子，右手拿着如同铅球大小的圆球，往两米开外的篮筐里扔圆球。第一下，小伙子使的力道不足，圆球连篮筐都没碰到；第二下，力道不偏不倚，圆球投入篮筐，可又从篮筐里弹了出来。两下未投中，小伙子显得有点急了。我看了看，小伙子的脚下还有三个圆球。此时，那个摆摊的中年人劝小伙子别急，他拿圆球演示了一下。中年人投出的圆球，碰到篮筐后面的挡板，借着挡板，圆球竟然弹到了篮筐里。

这不是很简单吗？要是换成我，可能早就扔进去了。我心里这么想着，觉得小伙子的失利完全是由紧张造成的。

小伙子看了中年人的演示后，开始扔第三个圆球。许是受了中年人的启发，第三下，小伙子依此方法，将圆球扔了进去。

扔进圆球后的小伙子，脸上的兴奋之情展露无遗。听旁人说，他还有两个圆球，只要他再扔进一个，那么，他就赢了，而赢的金额将是投注金额的 5 倍！好诱人哦。我和芸儿都拭目以待。

第四下了，小伙子全神贯注，没有丝毫马虎，圆球抛出一道弧线后，和第三下一样，先碰到挡板，再落入篮筐之中……本以为胜券在握，可不知为什么，圆球竟从篮筐里蹿了出来。这就奇怪了，我看不出什么猫腻来，只是觉得，要是小伙子扔的力道稍稍轻一点就好了。

剩最后一个圆球了，成败在此一举。此刻，小伙子已紧张得不行，他的手心都已冒汗了。

圆球在小伙子手上拿捏了半会儿，还是没有被他扔出。紧要关头，小伙子对站在一旁“观战”的年轻女孩说：“宝贝，你来帮我扔吧。”

那女孩“嗯”了声后，接了圆球，竟半闭着眼睛用力一抛，圆球打在挡板上，直接飞了出去。

“谁叫你用力这么猛的？”小伙子有点火了。

说得那位女孩眨巴着眸子，委屈得半晌吐不出话来。

明眼人都看得出来，女孩是小伙子的女友。

小伙子灰着脸挤出了人群，那个女孩急了，喊了声：“你这人怎么这样！”眼圈一红，随后也挤出了人群。

我看着那一对，竟为这事儿闹起了别扭，转头问芸儿："芸儿，你觉得，小两口为了这事闹别扭，值得吗？"

芸儿说："值！你没看到吗？这两人说闹就闹，说牵手就牵手了。"

我定睛一看，果然如此，叹道："真有意思！"

说真的，若这些圆球不存在什么猫腻的话，我玩一下应该没什么问题，或许可以从中获利。我看着心里痒痒的，真恨不得马上赌上一把。

此时，芸儿扯了扯我，意思很明白，让我不要重蹈前面那个小伙子的覆辙。

可我赖着不想离去，毕竟自己从来没玩过这把戏，都到了这儿，总该玩一玩吧？

"芸儿，让我玩一下好吧，我觉得我一定能赢。"我信心满满地说。

芸儿见我说得如此坚定，只好依了我，说："好吧。不过，丑话说在前头，你只能玩一次哦。"

"这个我明白。"说着，我转头问那个摊主，"玩这个要多少钱？"

那个摊主笑脸相迎，说："5 个圆球只要 10 元钱，只要你投进 2 个圆球，就算你赢，你赢是 10 元的 5 倍，也就是说，我要还你 60 元钱。"

摊主话音刚落，芸儿就递过去 10 元钱，并对我说："阿昆，钱我给你付了，你只能玩一次哦。"

我点点头，心里想着：我一定要赢，一定要赢。赢了之后，我晚上就可以拿 50 元跟芸儿撮一顿夜宵了。

接过摊主递来的 5 个圆球，站在他指定的位置，瞄了瞄那个近得只有两三米距离的篮筐，真想一气呵成。

"只要你将圆球扔进篮筐，进 2 个就够了。"摊主说。

"这个我知道。"我听得有点不耐烦了。

"要不要演示给你看一下？"摊主又耐心地说。

"不用，不用！"我真想说一句：你婆婆妈妈的，让不让我玩？可一想到这是公众场合，不能太过张扬，所以就将话儿给打住了。

第一个圆球，我由于力道把握不准，用力过小，圆球连篮筐都没碰到，真是让围观者笑掉牙了。

第二个圆球，我吸取了第一个的经验教训，稍稍加了点力，圆球划出一道弧线，很顺利地进了篮筐。

我简直不相信，觉得这个赌局太简单了，摊主不是送钱来着？

第三个圆球，我跟第二个一样，将圆球扔过去，却碰到篮筐弹了出来。我讶异了。

“怎么回事？明明是进去了，怎么又被弹出来了？”我疑惑地唠着。

“你要这样，”摊主从他的另一个盒子里拿出一个圆球，说，“我演示给你看。”

说着，摊主就熟练地扔了出去。圆球先是碰到挡板，再落入篮筐中，跟演示给上个小伙子的伎俩如出一辙。

第四个圆球，我只好依照摊主的方法去扔，结果圆球打到挡板后，弹出老远，连篮筐边缘都没碰到。

只剩最后一个圆球了。这个圆球要是进了，我就赢得 50 元人民币；要是不进，这 10 元就拱手相送了。

我暗自较着劲儿。

这回，圆球打到挡板后，总算进了篮筐。可让我不愿看到的一幕出现了：圆球在篮筐旋转了好多个圆圈后，竟然弹了出来！真是不可思议！

输了，输得很彻底！

我还待着想不明白。这怎么可能呢？难道真有猫腻？我扔的圆球跟摊主从另一个盒子里拿出的圆球是不一样的？这就不得而知了。

反正，摊主是在忽悠顾客，不忽悠，他哪能赚得到钱？

最后，我是被芸儿拉开的。

夜市这一路下来，我和芸儿玩得很尽兴。虽被那个扔圆球的摊贩忽悠了 10 块钱，但想到人家也是靠此混饭吃的，为了谋生，也不容易，心里也就释然了。

送芸儿到她家门口，我就回到了旅馆。

第二天芸儿休息，说好一起去逛超市的。

那天，我早早地被设置好的闹钟吵醒了。起床洗漱完毕，就等芸儿的“指令”了。

还没等来芸儿的电话，却等来了老妈的电话。

“阿昆啊，什么时候回家呀?”老妈的问话显得有些急切。

“妈，我明天就回家。”为了不使老妈担心，我做好了提前回家的准备。本来还想在杭州多待些日子的，可家人的担心，不得不让我改变已有的计划。

“明天一定要回来啊，妈盼着你回来!”老妈说话的声音有点嘶哑了。

“妈，您放心吧，明天我一定会回来的!”我坚定地回答。

好说歹说，老妈这才挂了电话。

见芸儿那边没动静，我主动给她发去短信：“芸儿，还没起床吗?我都等你老半天了!”

“我到旅馆了!”芸儿很快回了短信。

我赶紧穿上鞋子去开门。

“还没吃早餐吧?”芸儿见到我就问。

我点点头，说：“那就一块去吃吧。”

在临近旅馆的小吃摊，我们点了相同的早餐：豆浆和肉包。

“芸儿，告诉你一件事儿。”我说。

“什么事儿，这么神秘兮兮的?”芸儿问。

“我妈打电话催我回去了，我明天就回去。”我不得不吐出实情。

“哦，你妈一定急了吧?况且你出来没有告诉她实情，够她担心的。她催你早点回去，我能理解。”芸儿抽出纸巾抹了抹嘴。

我说：“芸儿，那你是同意我明天回去了?”

芸儿说：“你都决定好了，都答应你妈了，还问我同不同意呀!”

“芸儿，有你这句话，我就宽心了。”

“走吧，超市去。”

我们来到杭州的一家超市。超市内的物品真是琳琅满目。

“阿昆，你提着篮子吧。”芸儿吩咐。

我心想：芸儿不是说不买东西的吗?怎么要我提着篮子呢?这回肯

定要“出血”了。

令人欣慰的是，芸儿并不像别的女孩一看到东西，也不看看价格，直接往篮子里放。芸儿的购物原则是，挑物美价廉的，只买对的，不买贵的。

这么一圈逛下来，少见芸儿往篮子里放东西，我手里提着的篮子分量还是较轻的。

“阿昆，你也来挑点东西吧！”芸儿说。

“我什么都不缺。”我说。

“那就买点吃的吧！”

拗不过芸儿，我只得买了一根火腿肠，算是敷衍了事。

我想：等以后我经济条件好了，我一定不会亏待自己。

和芸儿在一起的时光是那么短暂，因为明天，我要离开杭州了，回到台州，心中不免有些伤感。

回想这几日，顶着酷暑，为的就是跟芸儿好好地相处一回。可时间不等人，不允许我再与芸儿耳鬓厮磨，实是无奈。

那么，在最后一天的时间里，我应该抓住时间的尾巴，和芸儿不分不离，珍惜再珍惜。

我们从超市回到下榻的旅馆，把买来的一大摞东西摊在床上。

“阿昆，吃吧，尽情地吃吧。”芸儿说。

依我平素的习惯，我是绝对舍不得吃的。

见我愣着，芸儿又催了一句：“你呀，还愣着干吗？挑自己喜欢的零食吃呀！”

我只好坐在床沿，挑了一包山楂片，撕开来吃。

“这就对了，不要舍不得吃。你若不吃，食品过了保质期就浪费了。”芸儿边吃着刚撕开的薯片，边笑着说。

芸儿真说到了我的心坎上。想到以前，我曾买过一串香蕉，由于舍不得吃，一天只吃一根香蕉，后来有一半的香蕉竟白白地烂掉了，真是可惜。现在摆在眼前的食品，除了水果保质期短点，其他零食的保质期还算长的。

我吃完山楂片，芸儿又剥开牛肉片，递到我的嘴边。芸儿这么主动，看来，我不吃也得吃了。

“芸儿，我光着膀子，可以吗?”还未等芸儿回话，我就脱下了T恤。

“我没答应，你就脱衣服了，注意点形象哦!”

“这旅馆内又没旁人，什么形象不形象的!”

“真没素养，不理你了!”

我不知羞耻地说:“芸儿，要不，你也一块脱了吧!”

“你……”芸儿竟答不上来。

“要不要我帮你呀?”我嬉皮笑脸地说。

“阿昆，你再这么戏弄我，我真不理你了!”

其实，对于两个相爱的人来说，光着身子同处一室，又不是什么见不得人的事儿。

我赶紧穿回T恤。

芸儿“噗嗤”一笑，说:“脱都脱了，干吗又穿回去?”

“你不是嫌我光着膀子不雅观吗?”

“是有一点儿。”

“那你怎么不脱呀?”

“现在开着空调，我不觉得热。”

……

白天，在我们的说笑间很快就过去了。

到了晚上。华灯初上，万家灯火。

那晚，是我此行在杭州的最后一个晚上，我和芸儿都很珍惜。

旅馆的房间里，我和芸儿就这么静坐着。

电视里播放着情感类节目。主持人很煽情，语言感动着现场的每一个人。我和芸儿都听得差点儿掉泪了。

静默了一会儿，芸儿打破了沉默，说:“阿昆，下次，你什么时候过来?”

“等我找到工作，我就过来看你，时间不会太长的。”我自信地说。

又是一阵沉默。

此刻，我凑过身去，手抚着芸儿的秀发，安慰说："芸儿，别难过了，我又不是不回来。"

芸儿不无担忧地说："要是你找不到工作，就不来看我了吗？你以前不是说过，一个月至少过来一次的吗？"

我认真地说："芸儿，我找不到工作，真没脸来见你了。芸儿，请相信我，我一定能找到工作的，一定能的！"

芸儿情不自禁地靠在我的肩膀上，嘴里呢喃着："阿昆，真舍不得让你离开。"

我动情地说："芸儿，今晚，你能多陪陪我吗？"

"傻瓜，我现在不是陪在你身边吗？"芸儿笑了。

是的，此刻，我能真真切切地感受到芸儿就依靠着我，我的手能触摸到她的肌肤，那是最真实的感官体验。芸儿让我不再孤独，不再失落，让我的心有了一湾温暖的避风港。

可是，这样的相处时光，对我们来说，是那么的短暂而又奢侈。因为过了这个晚上，我和芸儿又将两地相隔。看不到对方的音容笑貌，这种痛苦不言而喻。

我们也明白，解决这种痛苦的最佳方式就是两个人能长长久久地相处在一起。要么，芸儿放弃工作，来到我的家乡；要么，我离开故土，义无反顾地跟随着芸儿，厮守在她的身边。这种相守的愿望，以后真能如愿以偿吗？我不敢再去想象。

就这么和芸儿紧紧靠在一起。两人生怕过了晚上，就再也见不到对方。

真希望时间能停滞，停滞在我们的相依相偎中。

我试探着问："芸儿，今晚，你能不走吗？"

芸儿说："我巴不得自己不走呢！可是，我不能让我妈为我担心的。你也知道，我是个孝女，不是个野孩子，所以，我更应该回家了。"

我知道，我是说服不了芸儿的，唯一可行的，便是让芸儿多待一会儿，再多待一会儿。

"芸儿，晚上，请允许我再送你回去吧，这样的要求不算高吧?"我说。

"阿昆，你傻呀，你都送过我两回了，我还会拒绝你送我吗?你送我回家，我心里特别踏实。"芸儿感动地说。

我看了看时间，才晚上8点半，便说："芸儿，现在还不回去吧?"

"你想我回去吗?"

"不，我希望你能陪我到10点半呢!"我亲了一下芸儿的额头。

"好呀，就依你。"

我由衷地笑了。

就这么和芸儿傻坐着。

旅馆房间的灯光有点暗淡，配合电视荧屏的亮光，营造出房间内别样的氛围。

芸儿掰了一根香蕉递给我，我接了过来，她自己也掰了一根。

"芸儿，我还没买车票，明天上午能买到车票吧?"我心里没底儿。

"杭州至台州的车票肯定有。"芸儿肯定地回答。

"那我就放心了。"

聊着聊着，不觉到了晚间9点钟。

我说："芸儿，今晚，你能让我完成最后一个心愿吗?"

芸儿问："什么心愿呢?"

我直截了当地说："能那个吗?"

芸儿"咯咯"地笑了，说："还以为你要完成什么心愿呢!瞧你这副样儿，一定藏着什么坏主意了。你怎么不早说呢?早点说就顺着你了。你看现在都几点了，你还让不让我回家呀!"

"芸儿，都这个点了，不说真来不及了，请你不要笑话。"

"你这人呀，这有什么好难为情的?你我没有夫妻之名，早就有夫妻之实了，还不好意思说呀!看在你明天就要走了，晚上，你有什么心愿，我都满足你。这样，你满意了吧?"

我抑制不住内心的激动，冲动地箍住了芸儿。可是，我的下体却没有一点反应。我有点恐慌了。

“你不想先洗个澡呀！”芸儿被我箍得紧，喘了口气说。

“好，我去洗澡。”我松开手，掩饰着内心的恐慌。

我想：可能洗完澡后，生理上会有反应吧。

但是，我在洗澡时，更加恐慌了。即便我用冷水刺激下体，也毫无起色……

我从卫浴间出来，低着头，不敢看芸儿。

“阿昆，怎么了？”芸儿察觉到了什么。

“芸儿，可能这几天累了吧，晚上就不那个了。”我尴尬地说。

芸儿信以为真地点点头，说：“嗯，你可别把自己的体力透支了，晚上好好休息。”

……

夜晚的杭州显得幽静了。

走在去往芸儿家的路上，内心有诸多的不舍。

我一边走着，一边回想着这几日与芸儿相处的情景，心里不由得漾起一圈圈甜蜜的涟漪。只是，过了今晚，这种甜蜜，是否还能延续下去？

我觉得，和我并肩走在一块的芸儿，她内心肯定也荡漾着涟漪。都说两个相爱的人，他们的思维举止，会有某种默契。芸儿对我的离别，肯定充满了不舍和依恋，我能从她那迷人的眼神里，读出那种隐藏着的情愫。这种情愫，不需要两人非得用言语表达出来，只要两人默契地感应到了，那就可以了。

“阿昆，你的手心冒汗了。”芸儿说。

“哦，我看看。”我说着，抽出手来，瞧了个究竟。果然，手心沁出了湿湿的汗水。

“芸儿，要不，我们手挽着手怎样？”我说。

芸儿笑着回答：“你呀，时时刻刻想着占我的便宜。”

我马上辩解：“芸儿，明天我就要走了，都碰不到你的身子了，还能怎么占呀？”

芸儿说：“你不是想象力很丰富吗？你就凭你的想象呗，呵呵！”

我苦笑着说："芸儿，那你不如直接说我意淫得了，那样，我可能会好受一些。"

"你真该打！"芸儿乐了，接着说，"你就不能说些文雅一点的吗？你不在我身边时，只要你心里始终想念着我，那我就心满意足了。"

我试问自己：大学毕业离开芸儿的日子，我什么时候不想念她了呢？至少现在是，那以后呢？我不是卧龙凤雏，就不好先下诳语了。若干年后的事儿，谁又能说得准呢？假使我不抛弃芸儿，芸儿到时抛弃我也说不定呢！那些所谓的海誓山盟、海枯石烂，在现实生活中，纯粹是一种美好的向往——至少对我和芸儿这么一对两地相隔的恋人来说，更是如此了。

手挽着手，跟刚才手牵着手的感觉，几乎是一样的。古时男女授受不亲，而今这样自由和谐的社会，是多么的来之不易啊。

快到芸儿家门口时，芸儿泪眼婆娑了。

"阿昆，明天我上班，不能送你到车站了，你要多保重，路上注意人身安全，记得以后常来看我啊！"芸儿哽咽着说。

我一激动，紧紧抱住芸儿，说："芸儿，路上我会注意安全的。以后，我一定会常来看你的。你如果有时间，也可以过来看我的。"

"既然你这么说，好吧，下次我就去你那儿，不过，只能碰到双休日才能去哦。"芸儿迷离地看着我。我知道，她舍不得让我走。

"那你爸妈同意你出远门吗？你妈不是每天晚上都盼着你回家吗？"我忽然想到了这点，心里不好受。

"阿昆，你说得也是，那到时再说了。"芸儿泪水悄然滑落。

我和芸儿依依不舍。芸儿一步一回眸，对我招招手。我也一样，目送芸儿到家后，才含泪转身离去。

翌日，我起得特别早，为的是不耽误行程。

整理好所有行装，结清了这几日的旅馆入住费，开始往车站的方向赶。

为了赶时间，不延误班车，我顺便在一个临时小摊前，买了个食饼筒，边走边啃，权当是吃了早餐。

进入车站，第一件事就是争先恐后地挤在窗口买票，唯恐自己买不到车票似的。

我本想在杭州西湖再逗留会儿的，一想到家人盼我盼得望眼欲穿，只好忍痛割爱，先打道回府了。

买到车票后的第一反应就是把这个消息告诉芸儿。给芸儿发了短信后，我舒了口气。

没想到，真的没想到，在我发出短信十几分钟后，芸儿竟然来到了车站。这大大出乎我的意料。

见我惊讶地张着嘴巴，芸儿带着调皮的口吻说："怎么，不认识我了吗?"

"芸儿，昨晚，你不是说今天上班不过来送我的吗?"我满腹狐疑地问。

"正常情况下，上班时间是不能外出的。可是，特殊情况只好用特殊办法来应付了。为了能送送你，我偷偷溜了出来。幸好这个时间段还没开始忙活，要不然，还真出不来了呢!"

"都怪我，给你发了短信，害得你溜出单位来。要是被领导抓住了，该怎么办呀?"我替芸儿着急了。

芸儿在我的胳膊肘上拧了一下，说："我都不急，你急什么呀！要是我为你丢了工作，你怎么报答我呀?"

我笑着说："我唯一能报答你的方式就是陪你痛痛快快睡觉了。"

"你呀，又不正经了。"

"芸儿，我要钱没钱，要房子没房子，要车子没车子，要命倒是有一条，全搭在你身上了，你要是把我一脚踢了，我也没办法呀。"

"瞧你，嘴这么贫了，哪像以前的你呀！以前，你沉默寡言的，看看现在，油嘴滑舌了。"

"我要是不讨好你，你还会这么心疼我吗?你冒'单位'之大不韪来送我，这让我很感动。"

"那你记住我的好哦!"

谈着谈着，不觉到了钟点。

“芸儿，我要走了。”我深情地说。此时，我无须粉饰自己，说得很真切。

在这公众场合，我自然地将双手搭在芸儿的双肩上，本想来个拥抱什么的，但见人多，也只好作罢了。

“保重！”芸儿只说出这两个字，却意味深长。

相互给对方飞吻后，我挤上了班车。芸儿还痴痴地站在候车厅不忍离去。我真想跳下车不回家了。

也许，不回家，只是一种可怜的幻想。

我不由得轻声哼起一首歌来：也许，全世界我都可以放弃，至少还有你值得我去珍惜，而你在这里，就是生命的奇迹……

第八章

我回到了温馨的家，卸下了沉重的行囊。

第一个见我到家的，是我妈。我妈常年操持家务，很少出门。

见到我时，老妈眼里掠过欣喜，笑容随后就绽放了。

“阿昆，你可回来了！”老妈放心地说。

“妈，我就说过，我这么大的人了，出趟远门，你们不用担心的。我不是平平安安回来了吗？”我一脸的轻松。

“阿昆，在外面没少受苦吧？”老妈询问道。

我知道老妈是关心我的，这一回来，肯定会问这问那，问个没完没了。

“我受什么苦呀！旅游，本来就是很享受的事情。”我心里清楚，我把去外地见女孩说成是去旅游，这不是明摆着“瞒天过海”吗？

可能我的心事老妈略有知晓，只是她一时抓不住我的“把柄”。再过些日子，若是芸儿来台州见我，那真的不好再隐瞒老妈了。纸是包不住火的，何况那是关乎我终生幸福的事情，怎能一而再地瞒老妈呢？

老妈未看出破绽，接着问：“你说去旅游了，到哪儿旅游了？”

老妈可真是“打破砂锅问到底”呀！我若不伪装下去，恐怕就招架不住了。

我来个自圆其说：“去嘉兴桐乡旅游了。”

“桐乡有什么好玩的？”老妈还不放过我。

“那儿有个乌镇，您知道不？乌镇有个茅盾故居，您不懂的。”我得继续将这出戏演下去。

“你别以为我什么都不懂，乌镇是个水乡，我在电视上看到过。以前放的专门介绍乌镇的电视专题片，我一看呀，跟咱们台州路桥的十里长街有什么不同嘛！”老妈津津有味地说。

“妈，您连乌镇都知道啊！那茅盾呢？知道不？”我暗自佩服老妈。老妈足不出户，也知晓天下的景点，看来，电视机功不可没哦。

“这个真不知道。他多大了？”老妈说。

我有点忍俊不禁。老妈不知道文学家茅盾也就罢了，还问起年龄来了。

“妈，您笨呀，人家早就作古了。您还这么问，传出去会笑掉牙的。”我说着，不由得笑出声来。

“你呀，不是妈说你，那边有什么好玩的？你要真想玩，你好好地去观赏我们台州路桥本地的十里长街，要路有路，要桥有桥，要流水有流水，总不比那个乌镇差到哪儿去吧？”老妈有点埋怨地说。

“妈，您可真会说笑，我们台州路桥的十里长街，要真是旅游胜地，早就名闻遐迩了。十里长街跟国家级风景区乌镇比起来，真是小巫见大巫了！”我不以为然地说。

“十里长街的历史也很久呀，你要是静下心来，好好去欣赏十里长街，你会发现，十里长街也很美的。”

听母亲的口气，她似乎也不服输。

“好了，妈，不跟您争辩了，我有点困，得去休息一会了。”

说实在的，对于老妈的唠唠叨叨，我是有那么一点烦了。

过了两天，我给芸儿寄了一封电子邮件。

电子邮件中我这样写道：

前天，我做了一个美梦。梦中我们划过一条河流，走上一片林荫，我们在一个亭子里坐下歇息，随后站起。我面对着你，深情地说：让我抱抱你吧。

你的眼里含着晶莹的泪珠。不等你启齿，我鼓起勇气，动情地伸出双臂，将你拥入怀中……你的柔情感动着我，我为之陶醉，为之流泪。

你也就这样依偎着，似乎这个世界只有我们。我流着泪说了一句：

我不会背叛你的。你没说什么。我们都感到了浓浓的真爱，心里都洋溢着甜美的幸福。

醒过来，我看了一下表，才凌晨两点多。我翻来覆去睡不着，反复体味着梦中的意境。真奇妙啊！

爱本身不存在过错，亲爱的，没有任何外在势力可以阻止我爱你的脚步。活在这个世上，除了你，除了理想，好像已没有什么可以值得我死心塌地去依恋的了。

在这个望不见你的日子里，当我闲下来的时候，我首先想到的就是你。我心爱的人儿，你真的放在了我的心上。

如果我可以的话，我要写不少爱你的诗篇。因为我现在不管写什么都很顺手，都有涌不完的情感，一旦情感占了上风，一首小诗就出来了。

我尽量尝试着写每一种文体，包括应用文体在内。我都会把每一次的习作当作很好的锻炼的机会，在以后的人生路上会有益处。我原本以为夏日是可怕的，但没想到它在我们爱的语言里变得那么的清凉。

当就餐之时，我会想到亲爱的你吃过了没有，会想起我们在一块就餐的情景，心头总是热乎乎的。这种感觉将伴我度过今后的岁月。

你要好好工作，好好生活。你是我的榜样，我的精神支柱。你不能垮掉，你垮了我就要跟着垮。

我的美丽爱人，你在我的心中永远是纯洁的天使。你用你那兰心蕙性麇集粗糙残字，呈现思想之花。当一切都演变为古老的往事，你是否也像我一样，温存着我们的感情？

芸儿，你很有气质。这种气质表现在你清秀的脸蛋上，表现在你的沉思默想中，表现在你处事不惊的神态里。我想，你是一个乐观随和的女孩。不像我暮气沉沉的，好像有想不完的问题，把自己折腾得够呛。

我想，在现实中，我依旧很孤独，孤独地徘徊在生活的圈子里。我的生命原本就是一叶脆弱的飘萍。若是能得到你的肯定，我此生无憾。

我的幸福就像前夜梦到你那样自我陶醉。我希望还能继续梦到你。

我安详地躺在暗室里。我感到这一刻的幽静，只有手机的亮光能照透我的心壁。我情愿在梦里心生柔情。

希望以后能再见到美丽温存的你，希望能在某个月淡风清的夜晚享受你给予的难得的温情。

躺在床上，我一直默默地祈祷着。

但愿我能梦想成真。

这段时日里，我通过自己的努力，考取了摩托车的驾驶证。随后，老爸就给我买了辆崭新的摩托车。

上苍还是很眷顾那些有准备的人的。

一个偶然的机会，我从一张当地的晚报上看到一则招聘启事，启事上说招聘数名快递员，只要具备高中文化程度即可。想到自己是一名堂堂大学毕业生，去做高中毕业生就能做的活儿，心里有点不平衡。可转念想到，芸儿不就期盼着我有一份工作吗？现在倒好，快递的工作就摆在自己的面前，自己该不该心平气和地去接受？

当我把这则启事告知爸妈时，老妈有些犹豫，而老爸则毫不犹豫地赞成我先去当一名快递员。

老爸说："万事开头难。阿昆，你大学毕业，没有什么社会经验，去磨炼磨炼也是好的，何况你现在高不成低不就的。"

老妈反驳说："你怎么也不替儿子想想，快递这份活儿，整天在外头跑，有多累有多苦呀？"

老爸说："吃得苦中苦，方为人上人。你懂什么！惯着他，在家里白糊糊，大学不是白读了吗？"

老妈争辩说："你鼓励他去做快递员，大学不也白读了吗？这份活儿没什么技术，不说高中生，人家初中毕业生都会做，我是不会同意的。"

真是公说公有理婆说婆有理。老爸和老妈争了半天，也没争出个所以然来。最后的决定权还是取决于我。

我只好开口解围了："爸，妈，你们别争了。我已考虑过了，决定去做。"

“这就对了！”老爸得意地瞥了一眼老妈，说，“阿昆，你要对自己有信心，现在吃点苦头对你有好处，眼光放长远一点，以后说不定还有发展空间呢！”

既然我做出了决定，老妈也就不再说什么了。

在那天下午，我就去快递公司面试了。由于我是本地人，对本地的道路和环境相当熟悉，快递公司的负责人让我填了表格后，第二天就通知我去上班了。

上班第一天，负责人让我跟随一名老快递员，熟悉一下快递的相关程序，积累快递的经验，以便日后可以独立完成快递工作。

和老快递员在一起，我能感觉出他对人的热情和友善。

不待我开口问他叫什么名字，他就自我介绍：“你好，我姓李，别人都叫我老李，很高兴认识你。”

“你好，我叫阿昆。我也很高兴认识你。”

于是，我们开始了忙碌而愉快的一天。

……

跟随老李一整天，确实感到这份工作的不易，特别是在烈日炎炎之下，跑上一天半日的，那更是难受得要死。

可是没办法呀，人家也是为了养家糊口。体验了快递这份工作的苦与累，我真想打退堂鼓。可是转念想到老爸对我说的那些话，觉得工作没有贵贱之分，先让自己受点苦，也未尝不是一件好事。也许现在吃苦对以后会有莫大的裨益。

于是，我就忍受着坚持了一天又一天。

时间过得很快，转眼就是秋天了。而我，却因工作的忙碌，并未去杭州看芸儿。我违背了当初对芸儿的承诺。我食言了。

芸儿应该不会怪我找了这么一份苦差事，至少比没有工作无所事事要强得多吧？

我买的摩托车在快递工作中派上了大用场。开着摩托送快递，这是最基本的要求。快递公司给每个员工适当的交通补助费，我就不必考虑汽油费的问题。

这段时间，我已适应了快递这份工作，虽然辛苦，一个星期最多一天休息，有时一天也没有，但想到这是为人民服务，心里也就踏实多了。

我想，我不可能一辈子做快递工作，这只是我人生的第一步，没有第一步，哪来第二步？先苦后甜，苦尽甘来，老爸如此中肯的教导，我会认真听取和对待的。

芸儿知道我工作忙去不了她那儿，虽然满肚子的气无处发泄，但她还是会隔三差五地问我工作得怎样，顺不顺心。我说自己已适应了这份工作，不过风吹日晒的，人都成黑炭了。芸儿话语间尽显对我无尽的关爱。

做过快递工作的都知道，快递这份工作需要认真仔细，需要将每份包裹准确无误地送达每家每户，这样的功力，可不是一天两天就能练就的。老李告诉我送快递的小窍门：面对一个个的包裹，可不能慌了手脚，最好做个标记，依顺序投递，那样就能少走“冤枉路”。若包裹实在是多，干脆在本子上注明要投递的门牌号，那样就不会搞乱了。

老李实在是经验之谈，我要多多学习才对。所以，我一直在他们面前表现得谦恭有礼，不因自己是个大学毕业生就傲慢无礼。在快递这个岗位上，我还算是不折不扣的小学生呢！试问，你有什么资格蔑视他们？

夜深人静时，忽然有一种情愫涌上心头。脑子里猛然闪现出一个女孩的背影，那就是芸儿。

记忆定格在那美丽的校园——我和芸儿不约而同地在校园的操场上碰面。彼此微笑，打过招呼。那时天公作美，下起了微雨，我情急中打开伞，与芸儿共撑一把伞。芸儿含羞地笑了笑，默默应允了。

这让我记忆犹新。如此美妙的景象反复在我的脑海浮掠，我恍然，自己是多么喜爱那美丽的天使。我知道，我和芸儿以后会有很多的故事。

读书的那段日子，我经常能看到芸儿的信笺，都是某某杂志社寄来的。由此，我明白，芸儿喜欢文学，我也不例外。

我慢慢地感觉到芸儿的好，现在这种感觉越发强烈。我知道，只有芸儿才是我的唯一。我不会轻易放弃的，就如同我不会轻易放弃文学一样。

芸儿让我学会了包容，学会了谅解，可以说，芸儿是我的一所学校。当然，我也是芸儿的一所学校。爱是互补的。

芸儿也许会在心里怪我，快递这么苦这么累的活儿都愿意干。其实我也很无奈，那纯粹是生活所迫。我不能老被爸妈说我没工作；我也有我的自尊，需要自立自强，不管什么活儿，我都要试着去做，要脚踏实地地去做，一步一个脚印，以后才有幸福的日子可言。

从天亮到天黑，总是那样的忙忙碌碌。

清晨的美丽，午后的失落，傍晚的彷徨，深夜的心酸，习惯，还是要习惯。

偶尔会以为心已经平静了，依然是错觉，因为，心好像平静不了，心还在不平静。

已分不清更喜欢哪个自己，激情的自己，伤情的自己，疼痛的自己，微笑的自己，偷哭的自己。可不可以不再伤感，可不可以不再哭泣。不可以软弱，所以必须坚强，必须微笑，必须更爱自己。

脚步很重，脚下的路很沉；心事很多，想事情很伤神；眼圈很涩，哭过的眼睛很酸。或许是想让自己活得更像个男人吧。人生的历程常常不很清楚，没有明细，辗辗转转只得把路走远走长走好走完……

我从内心，看到了一个情感丰富、自省自悟的自己。

自从有了工作后，爸妈就四处托媒人给我相亲。

那时，我还没有过相亲的经历，对相亲还是充满好奇的。

对于相亲一事，我内心是矛盾的。一面想着去揭开相亲的神秘面纱，另一面却心存芥蒂，毕竟心中已有女孩，芸儿要是知道我背着她去相亲，她心里会怎么想？还不以为我拈花惹草吗？

然而，相亲的神秘感，还是促使我最后答应了爸妈的要求。说是去相亲，也许只是想去体验一下，顺便敷衍一下。

那次相亲，我是开着摩托车过去的。父母没有去，媒人就坐在我的摩托车后座帮我引路。

来到电力大厦前面，约十分钟，女孩来了。

我定睛一看，这女孩长得不俗，瓜子脸樱桃嘴的，容貌还算过得去。

见面不失礼貌，我道了声："你好!"

她听了微微一笑，回了声："你好!"

媒人见状，乐呵呵地说："你们两个好好聊吧，爱去哪里去哪里。这一小段路，我自个儿走回去，不麻烦了!"

媒人走后，只剩下我和那个女孩。

我试探着问："我们去哪儿?"

女孩说："随你啦。"

我指了指摩托车，说："那你坐我的摩托车吧。"

女孩点头同意，坐上了我的摩托车。

我心里没底儿，不知道带女孩去哪里好。

路上，我开着摩托车问女孩："你叫什么名字?"

女孩回答："我叫鱼儿，你呢?"

我说："这名字蛮好听的。我叫阿昆。你多大呀?"

鱼儿回答："二十一岁。你呢?"

"我大你三岁呢。"我接着问，"你高中毕业吧?"

"我中专毕业。我听媒人说你大学毕业，是吧?"

"嗯，上半年大学毕业。"

说着说着，摩托车开到了新华书店的边上。

我转念一想：新华书店里面光线又亮，可以更真切地一窥鱼儿的容貌。于是我说："鱼儿，要不，我们进新华书店看看书，怎样?"

"好呀，我好久没去过书店了。"鱼儿说。

我和鱼儿进了新华书店。

书店里的灯光确实很亮，我不由得转过脸，仔细地打量着她。

鱼儿下意识地垂下头。

"你中专毕业，怎么不读大学呀?"我好奇地问。

“中考失利，就读了职业高中了。”鱼儿回答。

“那你现在做什么工作呢?”我好奇地问。

“在做出纳呢，整天跟钞票打交道呢。”鱼儿笑了。

鱼儿笑得很自然，很真实。

我心里在纠结：这么清纯的女孩子，我到底是交往下去还是匆匆了断呢?

说实在的，有女孩立在身边，我看书是心不在焉的。趁着亮堂堂的灯光，我偷偷地多看了她几眼。或许，我以后就没机会看到她了，心里不免有些惆怅。

不知道鱼儿有没有注意到我如此纠结的表情，也许她只是觉得我这个人有点好色，眼神老是在她身上瞄来瞄去，却不会想到我已心有所属。

“你是读文科的吧?”鱼儿问。

“嗯，是的，你是怎么知道的?”我说。

“看你挺文气的，对文学类的书籍挺有兴趣，我猜的。”鱼儿莞尔而笑。

看来，我还真找到知已了。可我隐约觉得，周围仿佛有另一双眼睛注视着我，令我不敢有非分之想。

既然来相亲了，我得把相亲这出戏演逼真了，免得让人瞧出破绽来。

“你猜得真准。”我继续说，“你做出纳，这活儿忙吗?”

“有时忙有时闲，忙的时候经常加班呢!”鱼儿说。

快到书店打烊时，彼此互留了手机号码。

我说：“我送你回去吧!”

鱼儿说：“麻烦你了!”

……

回到家，老妈就迫不及待地问我：“阿昆，这女孩长得咋样?你们聊得咋样?”

旁听者还有我爸和我妹。

见这情形，不回答还真不行，好歹也要敷衍一下。

我说：“女孩长得挺漂亮，不过……”

“不过什么？”老妈急切地问。

我说：“我不了解她。”

老妈说：“那还不容易，以后多约她出来聊聊喽。”

我妹附和着说：“是啊，哥，一般情况下都是男的主动追求女的，你可一定要主动哦！”

真拗不过家人。我不耐烦地说：“知道了，知道了，你们就别操心了！”

我说完就进了自己的卧室，门“砰”的一声紧紧关上了。

躺在床上，我心里在想：我该不该把相亲的事告诉芸儿？我知道我和鱼儿不会有什么好结果的。

隔了一天，媒人就打来电话，催我主动跟鱼儿约会，说什么不去约会就等于是自动放弃了。我却不以为然。

在我不紧不慢之时，爸妈又催促我主动联系鱼儿，不能让对方觉得是在有意冷落她。

如此一来，我只好硬着头皮给鱼儿发手机短信，谁叫我是个孝子呢。

鱼儿见我发短信给她，以为我对她有意思，也回了短信给我。这一来二去的，从陌生到熟悉。

其实，我一直在心里抗拒着，告诫自己：你可不要跟鱼儿约会哦。你是有芸儿的人了，可千万不能做对不起芸儿的事情；你隐瞒着芸儿偷偷去相亲也就算了，可不能让自己陷入三角关系中无法自拔；你是有理智的人，不能愧对了自己的道德和良心。

然而，媒人不是往我家里跑，就是打电话过来，让我赶紧提出跟鱼儿约会，这如同在我的前方埋好了很多的地雷，我只要往前随便迈出几步，就会遭到地雷的侵袭，好不凄惨。

几天来，在与芸儿电话或短信的交流中，我对相亲一事讳莫如深。

芸儿在电话那端说：“阿昆，你不是答应我，一个月至少来我这边一次的吗？现在都快三个月了，还不见你过来，看来是要黄了。”

我只好以工作繁忙为由敷衍塞责：“芸儿，我工作繁忙，休息天也没有，抽不出时间来呀。现在老员工都把任务压在我头上了，压得我透不过气来，真的不知道该怎么办才好。”

芸儿还是蛮通情达理的。既然我这么说，她也就没有责怪我。

“好吧，看在你工作忙的分上，就饶了你吧！”芸儿说。

我说：“芸儿，只要我有时间，我一定会过去看你的。”

芸儿听后，开心地笑了。

我也考虑过，我每个星期单休，去芸儿那，不说待多久，一个来回就要一天时间了。那样，时间不都浪费在路上了吗？我应该跟快递公司说说，能不能将两个星期的休息天合并在一起，也就是说，一个星期不休息，另一个星期休息两天。还有一种更理想的办法，一个月三个星期不休息，最后一个星期连着休息四天，那就更爽了。那样，我就可以跟芸儿多一点相处的时间了。这只是我个人美好的想法，快递公司能同意吗？

隔天，我就向快递公司的老板提出了这样的想法。老板听了很不爽，没有同意。

如此看来，我待在快递公司的时日也不长了。

那晚，媒人又催我去约见鱼儿。我着实过意不去，就答应了下来。

那天也真够倒霉的，忽然发现摩托车爆胎了。之前我已跟鱼儿说好老地方见面的，现在天黑了，我上哪儿修摩托车去？都约好了见面的时间，假如不准时到，那不失信于人吗？我想到唯一可行的办法就是骑自行车过去，一解燃眉之急。可我又转念想到：要是骑自行车，鱼儿会怎么想呢？那样会不会丢脸呢？她见到之后，会有怎样的反应？管不了那么多了，我约见鱼儿，也只是照顾一下家人和媒人的心情。我跟鱼儿压根儿没戏。不管鱼儿怎么看待我，最好是她一口回绝我，那样我就省心省事了。从现在开始，我尽量在鱼儿面前表现出丑陋的一面，让她对我产生厌恶感，那样就有理由不再约见了。

想过之后，我就骑着自行车，匆匆去了约见地点。

见到鱼儿，我如实相告。鱼儿会意。

鱼儿说：“阿昆，你每天骑摩托送快递，轮胎磨损会很快的。”

“嗯，我一天下来，要骑好多千米路哦。”

“呵，你一天差不多都在路上奔走了。现在虽是秋天，可天气还是有点热，你应该多补充水分哦。”

“嗯，我每天带一大壶的水，都不够我喝呢！”

“那真的很辛苦哦。”

“比起你们整天坐办公室的，确实辛苦极了。”

“那，如果以后有更好的工作，你就换份工作吧。”

我点点头，心想：鱼儿也蛮体贴人的嘛。

鱼儿坐上自行车后座，我用力一蹬，自行车就动起来了。

对我来说，骑自行车载个人绝对不在话下，何况还是个女孩呢。不过，骑着自行车载着女孩，这还是头一遭呢。

鱼儿侧坐着，手扶着后座。我比以往更用力地蹬车，以保持车子匀速前行。

蹬着蹬着，我很快就出汗了。我想，要是被鱼儿闻出我身上的汗臭味，那我的颜面可要丢尽了。也许鱼儿不会说什么。要是摩托车轮胎不爆胎，也就不会有这种尴尬的情形了。若不是媒人一而再地催促我约鱼儿见面聊天，我可能早把鱼儿晾在一边了，也就不会有什么麻烦事了。我应当以某种委婉的方式拒绝鱼儿，只是一时想不出好的方式来。

跟鱼儿聊天还算愉快。假如没有芸儿的存在，我愿意跟鱼儿继续交往下去，说不定也能擦出爱情的火花来。都说日久生情，人是有感情的动物，所以男女之间感情之事不能拖下去，应该尽快解决。那么，我该如何面对鱼儿呢？

这回，我载着鱼儿来到了世纪广场。

我说：“鱼儿，我们就在这儿坐坐吧！”

鱼儿说：“好呀！看你也骑累了，那就坐下来歇息歇息吧。”

我将自行车停好，和鱼儿坐在了石凳上。

“其实，我不累的。”我辩解说，“我天天干快递那样的粗活，体力好着呢！”

我能感觉到，刚刚骑了自行车，就连说话都会让人流汗不止。

“我给你买瓶矿泉水吧。”鱼儿说着，直起身，走到一个路摊前，要了两瓶矿泉水。

“有没有冰的？”我凑上去问摊主。

“有，有！”摊主笑呵呵地拿出一瓶冰的矿泉水。

见鱼儿准备付钱，我赶忙止住，说：“鱼儿，怎么好意思让你付钱呢？我来付吧！”

鱼儿说：“你也别客气了。”

鱼儿带了零钱，我的是五十元面额的纸币。我们几乎是同时伸过去，摊主见状，毫不犹豫地收下了零钱。

接过鱼儿递来的矿泉水，我说：“真不好意思让你埋单。”

鱼儿乐了，说：“这可不能怪我，你真要怪呀，就怪那位摊主吧，她收了我的零钱，我也没办法呀！”

瞧鱼儿这么开心，我也就不再客气什么了。

看着热热闹闹的世纪广场，喝着鱼儿买的矿泉水，心里却想起了远在异乡的芸儿。我不由得在内心呼唤：芸儿，你要是也在广场多好！

那晚回到家后，权衡之下，我决定给鱼儿发一条婉言拒绝的短信，那样，可以让自己早日不受情感的折磨，也好对媒人有个交代，不然，媒人老是催我去约会，我可怎么受得了？我哪有那么多的时间和精力？

思索再三，我按着手机上的字母，打出了一串文字：鱼儿，谢谢你这两次的陪伴，我很快乐。我觉得你是个很好的女孩，一定能找到一个比我更好的男子，我确信。我这两年还不想谈恋爱，因为我的事业还没成功，我一定要在事业成功之后再谈恋爱。所以，请你能谅解我的抉择。对不起！祝你幸福快乐！

我原本以为，这样婉拒鱼儿，鱼儿就会离开我的视线，断绝与我交往。然而，我的臆测是错误的。鱼儿竟然将我的原话告诉了媒人，媒人随即告诉了我爸妈。试想，我要真是两年不谈恋爱，谁信呀？

媒人的话掷地有声：“阿昆，你要是拒绝鱼儿这么好的姑娘，你以后真的会后悔的。”

我爸也说：“鱼儿有哪点你看不上的？说出理由来好让大家都信服。”

对于家人和媒人的问话，我一时半会儿想不出好的解决办法。

隔了一天，鱼儿竟主动给我发来短信：“阿昆，我不懂你的意思。你要是真想拒绝我，就直接说出我哪点不好吧，我愿意接受的。请给我一个答案吧。”

真想不到，我说了婉拒的话，鱼儿还会发短信给我，这让我如何应付？我还有什么更好的办法去婉拒呢？我想不出办法来。

正当我六神无主时，媒人又打来电话：“我说阿昆啊，你哪根神经搭错线了，你说自己这两年都不谈恋爱，你骗得了鱼儿可骗不了我。你再这样，我跟你急！”

我解释说：“我事业没成，真不想谈恋爱。”

媒人说：“我说你咋这么固执呢。你爸妈替你急了，你倒不急。告诉我实话，是不是看不上鱼儿？”

“不是的，鱼儿人挺好的。要我怎么说呢，我真的没做好谈恋爱的准备。”

“谈恋爱还要准备什么？多多跟鱼儿约会不就行了！别这么被动，主动约鱼儿出来玩，我保证鱼儿心里会很高兴。”

“可我，真不想谈恋爱。”

“这不是你的真心话，老实讲，是什么原因让你拒绝鱼儿？”

媒人问得我哑口无言，我绞尽脑汁都想不出好的回话来。我要是说鱼儿的不是，说她学历比我低，说她书读得比我少，说她还称不上是个大美人儿，这不是在损鱼儿吗？她要是听到，会有多伤心呀！所以，不能说的我坚决不说。尊重别人，那也是在尊重自己。

见我不说话，媒人很直爽地说：“鱼儿对你总体印象还是不错的，你要好好珍惜机会，不要这山望到那山高。恋爱可不是儿戏。要不，我让鱼儿打个电话给你，约你出来见见面。”

我赶紧回绝：“别，别，我已经拒绝她了，那多不好意思啊！”

“有什么不好意思的？你那也叫拒绝？拒绝别人要有说服力，要让人心服口服。我已跟你爸妈说了，你爸妈坚决不同意你这么做，你还是好好掂量掂量吧。”

过了半个时辰，鱼儿真打电话过来了，这让我接也不是不接也不是。出于礼貌，出于对鱼儿的尊重，最后我还是接了她的来电。

“阿昆，晚上有空吗？我想请你吃饭，想跟你好好聊聊。”鱼儿说。

“白天送快递很累了，晚上想好好补个觉，真不好意思啊。”

“没事，那等到你的休息天，我们再相约吧。”

想来，鱼儿还挺有耐心的，不仅主动打来电话，还主动约我见面。我想，意志再坚定的男人恐怕也抗拒不了吧。

“那行，那就等周末再相见。”我淡淡地说。

明眼人都知道，我这是缓兵之计，到时鱼儿说不定就不理睬我了。我只能采取这种拖延战术，用时间来击垮鱼儿的耐心，那样，我的意愿就达到了。

我原本以为这种拖延战术是行之有效的，因为我猜想，鱼儿会对我这种不冷不热的态度产生厌烦心理，从而主动放弃与我交往。可没想到，鱼儿却极有耐心。

第九章

在那个周末，鱼儿如约打来电话，我只好应允了下来。

那次，我是骑着摩托车赴约的。

我和鱼儿的约见地点放在了茶室。茶室不是包厢的那种，是开放式的，价钱相对比较优惠。以前我跟芸儿去过茶室，感觉那里的环境还算清静幽雅，那样的氛围也比较适合聊天。这次跟鱼儿待在一起，我会有什么样的感觉呢?

和鱼儿在茶室的一个角落坐定。服务员随即就拿着菜单过来了。

我说："鱼儿，你来点吧。"

鱼儿说："我第一次来，要不，让服务员帮我们推荐一下。"

服务员听了说："我们这边有套餐，你们点套餐比较实惠，还有代金券送呢！下次来喝茶，可以抵部分现金。"

我和鱼儿的目光落在服务员手指的地方，看到不同种类的套餐。这些套餐的价格少则近百，多则要数百块钱。我心想，两个人，喝茶喝上几百块钱，没那个必要吧，那差不多是我半个月的工资了。我干脆就点那个不到百元的套餐吧。

我说："就点这个套餐吧。"我说着，手指了指最便宜的套餐。

服务员解释说："这个套餐已打折了，是特价，所以没有代金券送的。你们确定点这个套餐吗?"

"是的，我们就点这个套餐。"鱼儿替我回答。

服务员说："好的，请稍等。"

服务员走后，我开口说："鱼儿，招待不周，还请见谅。"

鱼儿说："这次是我约你来的，当然由我埋单了。"

“那怎么好意思啊!”

“怎么不好意思了，不能每次出来见面，都让你来掏钱吧！你工作不久，工资也不高，我不能给你增添生活负担。”

我听得有点感动。

我本想借这次约会，当面回绝鱼儿的好意，却不想被鱼儿的话语感动了，所以怎么也开不了口。

在那一刻，我想到了远方的芸儿，她似乎在向我招手。我真的很纠结，该不该说出口?

还是再等等吧。我马上否定了自己。

“鱼儿，你想得太周全了，真的很感谢，谢谢你。”我客气地说。

鱼儿微微一笑，没说什么，但我能察觉出她眼里闪过一丝欣喜，显然，她接受了我的感谢。

此时，服务员已端上了套餐里的辅食，有各类水果及瓜子等零食。茶艺师傅向我们展示煮茶、斟茶的技艺，如行云流水，一气呵成。我们就像在欣赏一道美丽的风景，那么的赏心悦目。

茶艺师傅已给我们沏好茶。根据书上的间接经验，喝茶要有点风度，要细品慢咽才有味道，才能品出茶的真正内涵来。

“好香!”我闻到了茶香，赶忙伸手去端茶，手触到杯子，就大叫了一声：“啊，好烫!”

鱼儿看我这副窘样，笑出了声：“别心急哦!”

这跟心急吃不了热豆腐一个道理，可刚才我一闻到茶香，就忘了刚沏好的茶是那么的烫手。

茶室里弥散着茶叶的清香，这种香气很能提神。

“真不好意思，让你看笑话了!”我惭愧地说。

鱼儿听了，开心地笑了笑，不语。

幸好茶艺师傅已经走开了，要不然，我可真出丑了。

我随即抓了一小把瓜子嗑了起来，以掩饰内心的紧张。

我已在心里嘀咕了好多遍：要不要对鱼儿说出实情？若是说，鱼儿会不会将实情告诉媒人？一旦媒人知道，那我爸妈就肯定知道了；不说吧，觉得对不住鱼儿。我不能对她做出任何的伤害，否则，我的良心会坠入万丈深渊。我很茫然。这该如何是好？

“阿昆，上回你发的短信，我不会放在心上。这次我约你，你肯来，那说明你是对我有点感觉的，要不然你就不会过来了。那我们就冰释前嫌吧！”鱼儿微笑着说。

“鱼儿，谢谢你这么宽容我。”我说。

“好了，你也不要太责怪自己。事情都过去了，我们就不要再提了。来，我们喝茶。”

我不好意思地笑了笑。

我呷了几口茶。鱼儿提起茶壶，给我倒茶。

我说：“谢谢！”

鱼儿说：“给你倒杯茶而已，你客气什么！”

我说：“我也给你倒茶吧。”说时，我顺手接过鱼儿手上的茶壶，给她斟了一小杯。

鱼儿见状，也客气地说了声谢。

这回轮到我乐了。

听着茶室里舒缓的音乐，整个人有些陶醉。

过了会儿，鱼儿问：“阿昆，你以前相过亲吗？”

我说：“没有，你是第一个。那你呢？”

“我呀，不瞒你说，我不是第一次相亲了，跟你相亲，应该是第三次了吧。说真的，你知道我为什么上两次相亲都失败吗？”鱼儿呷了口茶，带点神秘兮兮地说。

“为什么呢？我很想知道，你能告诉我吗？”我顿时来了兴趣。

“嗯，那好吧，我就告诉你。第一次相亲经历，应该是在半年前吧，那时你还没大学毕业吧？”

“对，是最后一学期，我还在实习呢。”

“第一次相亲，印象还是比较深的。来的那个男的，看上去有些傻乎乎的，果然，见面后沉默寡言，很少说话。我当时是看不上他，后来觉得这样的人老实，较为可靠。可是，既然都回绝对方了，就不好意思再跟他交往了。”

“嗯，那第二个相亲对象呢?”我有点迫不及待。

“说来惭愧，第一个相亲对象，是我看不上他，而第二个却是他看不上我。”

“为什么呢?”

“他是个公务员，是城镇户口，他希望找的对象，也最好是城镇居民户口，最好是铁饭碗的那种，而我是农村户口，是个临时工，这在他的心目中还是很有差距的。也不知道当初媒人为什么把他找来给我相亲，可能是他的爸妈催他的吧。可他却不紧不慢的，这种态度可真的很像你哦!”

“鱼儿，你别把我跟他比，我可不是那种人，何况我也不是公务员。”我赶紧辩解道。

鱼儿听了，脸上露出迷人的微笑。

就这么跟鱼儿泡在茶室里，聊了很多不着边际的话儿。

在回来的路上，我不忘客气地说上一声：“鱼儿，谢谢你请我喝茶!那下次我请你。”

“那好啊，你可不要食言哦!”鱼儿开心极了。

我顿时清醒过来：糟糕，我怎么就说漏嘴了?下次请她，我跟她还有下次吗?我的天!

过了几天，那天我正好将快递投放完毕，打开手机，有一条未读短信。

匆匆打开，是鱼儿发来的。

“你在忙吗?有时间吗?说好的，你要请我吃什么呢?”鱼儿在短信中这样说。

我赶紧给她回复短信:“刚刚忙完呢。要不，我晚上请你吃牛排吧!”

那边很快回来短信：“好呀，那晚上几点钟?在哪儿等你?”

我看了看时间，才下午5点半，时间还有，先回家冲个澡也不迟。

我算了算时间，晚上6点半前应该能赶过去。于是赶紧发短信回去："晚上6点半吧，你就在电力大厦等我吧，我很准时的哦！"

那边传来短信："好的，那不见不散！"

我回复短信："不见不散！"

回到家里，我边进卧室边脱衣服，唯恐迟了赶不上约见了。

淋浴时，我发现我的下体仍旧耷拉着毫无起色。倏然间，眼前晃过在杭州被揍的情景。没有人知道我被揍的秘密，就连芸儿也不知道。我想，我应该抽空去看看医生了。

淋浴出来，闻到楼下飘来一阵饭香，我顿然惊觉：我忘记将晚上出去约见的事情告诉老妈了，害得她为我烧菜呢。

为了阻止老妈继续烧菜，我赶忙穿好衣服，"噔噔噔"地下了楼，果然不出所料，老妈已经烧好了两三样菜。

"妈，忘了告诉你，我晚上不在家里吃饭！"

"哦，没事，都烧好了，吃剩了可以放到冰箱里。告诉妈，晚上是不是跟鱼儿见面呀？"老妈说时，喜上眉梢。

瞒是瞒不过的，我只好如实相告："嗯，是的，晚上跟她说好了，去吃牛排呢！"

"哦，那可不便宜。"老妈说时，掏了掏口袋，掏出两张百元大钞，说，"阿昆，你拿着吧，在外面开销挺大的，你上班没多久，工资也少，花钞票的地方可多了去。"

就我现在的经济状况，钱多多益善。我表面上装作推辞的样子，可心里头巴不得老妈多给我点钱，好让自己在别人面前倍儿有面子。其实，跟上次远行一样，我是拗不过老妈的。老妈掏钱给我，那是真心地给，我真要是推却了，还不好意思呢！

说实在的，老妈虽未见过鱼儿，却听媒人说她如何如何的好，听得云里雾里的，还真信了媒人的话，这回见我继续跟鱼儿交往，心里不知道有多甜呢！

客观地说，鱼儿给我的印象确实不差，要容貌有容貌，要身材有身材，要气质有气质，要礼节有礼节的，这样的女孩子娶回来做媳妇，怕是半辈子修来的福吧。

想归想，只要行动上没有做对不起芸儿的事情，那也算不上是出轨吧？我跟鱼儿在情感上还没上升到那样的高度吧？真要是情感上升到那样的高度，精神上离不开鱼儿了，到时候我还能不能全身而退呢？我不得而知了。

我是个比较守信的人。既然答应请鱼儿了，就没有理由退却。

赶到电力大厦时，就见一个曼妙的身影立在那儿。

停下车时，鱼儿已迎面走来。

我笑脸相迎。

鱼儿走到边上，却不料，关键时刻，不知谁给我发来了一条手机短信，我看还是不看？

显然，鱼儿听到了刚才的手机铃音，提示说："阿昆，你的电话。"

我稍显尴尬，辩解说："不是的，是我订阅的一份手机报呢。"

鱼儿也没说什么，在我的摩托车后座坐稳后，说了声："走吧。"

我内心的紧张有所缓解，不过，转念想道：要是这条短信是芸儿发来的，不回芸儿短信，她会不会着急呀？要是芸儿此时拨个电话过来，我该如何应付呀？我得想个办法看看到底是谁给我发的短信，心里才有个底儿。

到了牛排馆，找好位置后，我说："鱼儿，我去下洗手间。"

鱼儿会意后，我很快溜进了洗手间，快速地掏出手机，一看，不是芸儿发来的，而是一条公共服务短信。真是虚惊一场。

待我回到座位上，尴尬的事情再一次发生：这个时候手机短信再次响了起来。

这回没理由再回避了。我索性就当着鱼儿的面，打开短信看了起来。

这下倒好，不偏不倚地，这条短信确实是芸儿发来的。我的脸不禁微微一红。

此时服务员上来问菜，刚好可以掩饰内心的紧张。

"我要七成熟的，你呢？"我问鱼儿。

鱼儿可能是第一次吃牛排，疑惑地眨着双眼问："阿昆，七成熟是怎样子的?"

"应该还没完全熟透吧。"我接着说,"要不你来一份九成熟的吧,全熟就没劲道了。"

"好吧,我没吃过,就听你的安排吧。"鱼儿说。

"我大学时的一个同学给我发了条短信,她问我这几天工作忙不忙呢!"我当着鱼儿的面,表现出沉着镇静。

"哦,人家这么关心你,那你应该回个短信给她。"鱼儿说。

鱼儿没有问我对方是男是女,跟我是什么关系,因为无须多问,她是相信我的为人的,我也确实在她面前表现得可圈可点,没有丝毫破绽。

我点点头,说:"鱼儿,你说得对,我现在就回短信给她。"

我给芸儿回复短信:"这几天挺忙,挺累人的,身体酸酸的,一回到家,躺在床上便睡。你刚才发给我短信,将我从睡梦中吵醒了。太困了,你先让我睡一会儿,待会儿醒了,我再给你发短信,就这样。"

短信发出去后,芸儿还真"听话",知道我困了在睡觉,就没有再发短信打扰我。

我对鱼儿说:"大学毕业后,很多同学还跟我保持着联系,可能以后时间久了,同学间慢慢就会疏远了,我初中、高中时的同学,就是很好的例子。"

"你说得没错。你现在大学毕业才三四个月,同学间的情谊还在热头上,以后会冷下去的。我中专的同学,好多都没跟我联系了,唉!"鱼儿感叹着说。

我赞同地点点头。

此刻,两大盘的牛排上来了,正冒着袅袅的热气呢。砧板不时发出"噗噗"的声音,牛排似乎在欢快地跳着舞。

我和鱼儿对坐着吃牛排,还是有点提心吊胆的。

我就怕鱼儿会问起我以前有没有女朋友,问我过去的感情经历,跟谁好过,跟谁分了,等等。

我也怕远方的芸儿,突然在此时来个电话,打破这样美好的氛围。

其实，我应该坦白地告诉鱼儿，我们之间没有明天。或许那样子，可以快刀斩乱麻，结束我跟鱼儿的交往。

但我没有做到。试问，拒绝一个女孩子真的就那么难吗？

也许我是错的，可我不懂得拒绝，虽然跟鱼儿避谈感情的话题，但我能从她的眼神里，看出她有迫切的愿望。试想，一个女孩子跟你交往，跟你沟通，不会坐着跟你瞎聊一通，然后当什么事儿都没有发生过，除非这个女孩子有神经质人格。

鱼儿当然有她的交往目的。她就想跟我发展成为恋人，最想亲密无间地相处在一起。

坐在牛排馆里，既有享受交流的美妙，又有如坐针毡的担忧。就让这样的约见尽快结束，好让自己尽早回到卧室去，睡个好觉消除一天工作的劳累。

可是鱼儿不紧不慢地吃着，我只好耐着性子跟她慢慢地吃。

“来，阿昆，尝一尝我的九成熟牛排的味道！”鱼儿用叉子叉了牛肉，竟送到了我的嘴边。

我始料未及。鱼儿竟然做出这么亲昵的举动来，害得我不知所措。

“来，吃呀，尝尝。”鱼儿说。

我不得已之下，张开嘴巴啃住了牛肉，牙齿咀嚼了几下。

“味道怎么样？好吃吗？”鱼儿用期待的目光看着我。

“嗯，还行吧，”我接着说，“跟我的七成熟的差不多哦。”

“七成熟的没吃过，你要不要弄点给我尝尝？”鱼儿说时，脖子已经凑了过来。

我不敢怠慢，叉子叉好后，用同样的方法把牛肉送到鱼儿的嘴里。

鱼儿过瘾极了，像一位沉浸在童话世界里的公主，笑容灿烂。

我问：“好吃吗？”

鱼儿高兴地点点头：“真好吃，比我的好吃多了，以后我也要点七成熟的，很有嚼劲，我的九成熟的，就逊色多了。”

我说：“从卫生角度讲，还是熟了的好，最好是熟透的，因为那样吃下去放心、安全，对得起我们的肠胃。现在不是都在讲食品安全的问题吗，我们不能因为美味而吃坏了身子。”

“你讲得有道理，不过，偶尔吃吃，应该没什么问题吧？”鱼儿眨了眨双眸，像是在征求我的意见。

我这人最爱讨好女孩子了，于是说了句：“你说得没错，我百分之百地赞成。鱼儿，看来你是个很有主见的女孩哦！”

“你别夸我，”鱼儿乐呵呵地说，“我这人是最经不起别人夸的，骄傲起来会得意忘形的。”

我带点好奇地问：“你说说，你怎么个‘得意忘形’法？”

鱼儿笑容满面，说：“就比如现在呀，快乐得找不着北了，就像喝醉了一样，不知道天南海北了！”

“哦！”我似有所悟地点点头。

“阿昆，这份快乐是你带给我的。我知道，和你在一起，我是快乐的小天使。”鱼儿开心地说。

我不知道该说什么好，只想让这样的约见不要再重演了。如果我陷进去，我将对不住远方的芸儿。

我克制住了内心的喜悦与不安。

和鱼儿走出牛排馆，已是晚上8点多钟了。10月的夜晚，气温宜人。路上的行人，都是穿着薄款的秋装，难见有穿着厚厚外套的。

原本计划是吃了牛排就各自解散的，却没想，鱼儿提议逛一逛。

我不知道逛哪里好。书店已经去过了，还能逛哪里呢？正想时，被鱼儿抢先一步发话了。

“阿昆，我们去看场电影好吗？”鱼儿问。

我恍然，原来电影院也是不错的地方，我怎么就没有想到呢？

我掐算了一下时间，看完一场电影差不多是晚上10点钟，这么晚的话，老妈会不会担心呢？

我说：“鱼儿，看完电影要10点多了，你不介意吗？”

鱼儿说：“有什么好介意的，有你陪在我身边看电影，即使看到凌晨我也愿意！”

倏然，脑子里掠过读书时期与芸儿一块在电影院看电影的场景，那时我和芸儿甜蜜地牵着手坐到影院的座位上。在看电影时，芸儿还把牛肉干分给我吃，让我想入非非了很久。与其说是在看电影，还不如说是在看芸儿，思忖女孩子那一点点的心思，以至于我到现在还回味着那时的各种美好。

鱼儿用手在我的眼前一晃，说："想什么了，犹豫了?"

我缓过神来，说："没想什么。只要你愿意，那我就奉陪了!"

我推过摩托车，示意鱼儿坐上来。

"可不可以侧着身子坐？我看有些人坐摩托车是侧着身子的，那样显得优雅一点吧!"鱼儿说。

"还优雅，安全最重要了。要不，你就试试吧，看侧着身子舒不舒服。"我说。

鱼儿侧身坐了上来。

"怕吗?"我问。

"有什么好怕的，我以前读书时，都是侧着身子坐在老爸的自行车后面，让老爸送我到车站，然后再坐车去学校的。"鱼儿说完，脸上洋溢着幸福的微笑。

我能感觉到父爱之情。不过现在，鱼儿正在感受与体验着另一种爱，那种爱便是男女之爱，显然父爱是替代不了的。男女之爱是女人所要经历的第二种爱。第一种是对父母长辈的爱，第三种是对孩子的爱。

"那你一定要坐好了，必要时，须紧紧箍牢我的身体。"我坏笑着说。

"瞧你得意的样子，你都想哪儿去了!"鱼儿说着，不由自主地把脸蛋贴在了我的背上，然后右手绕过我的腹部，真的给了我一个熊抱，轻声地带点娇气的口吻说，"这样子可以了吧，你专心开你的车，可别分神了!"

鱼儿不说则已，一说，我还真差点分神了。若是路上骑摩托车摔倒了，我可实在对不住鱼儿。

摩托车在拥挤的城区道路上行驶，还真比轿车来得快捷方便。你看那轿车都堵得水泄不通，摩托车依然可以加塞进去，鱼贯而入，非常自在。

“小心点，别一个劲儿地往车堆里钻。”鱼儿提醒着说。

“你就放心吧，我对自己的驾驶技术还是有十足把握的。”我得意地说。

不多时，车子开到了“大光明”影院。

在影院停好摩托车，乘电梯至四楼。

观影的人不少，需要排队买票。我选择了一个自以为人偏少的队伍排了起来。

我对鱼儿说：“这个时间段的电影，我们要看哪一场呢？”

鱼儿说：“反正电影都刚上映，都是新片，也都没看过，阿昆，你来做决定吧。”

我挑了部情感片，自认为比较爱看这类影片。不过，我不喜欢单独到影院看电影，那还不如在家看看电视呢。影院有一种观影氛围，音效什么的，能给人带来感官上的震撼，偶尔看看也是必需的。

买好两张票，上好洗手间，提早 15 分钟进入了影厅。

电影还未开始放映，心情倒有些不平静了。因为这次陪我一块观影的不是与我共处了四年大学时光的芸儿，而是只与我谋面不到两个星期却对我充满着无限好感的鱼儿。

我心里虽有芸儿，但鱼儿对我有意，我不能对她无情，所以我无法拒绝她的好意，无法做到绝情。这可能是我性格上的致命弱点。也许，我能瞒得了鱼儿一时，却瞒不了她一世，或许一年半载后，鱼儿就会揭开我穿着狼皮的外衣，而到那时，我不敢想象鱼儿会怎样对我，她会不会觉得我是个脚踩两只船的负心汉？会不会觉得我把她当成了可有可无的备胎？会不会伺机报复我，给我的生活造成更多的麻烦？我无法想象。

而面对随和单纯乐观的鱼儿，我的这些想法显得如此肮脏。一个不懂得拒绝女孩子的男孩子，他的情感世界注定是凌乱的。

在看电影间隙，其实有很多可以向鱼儿倾吐实情的机会，可话到嘴边又咽下，猎奇的心理正无数次地排斥着我最真实的想法。鱼儿和芸儿是两种不同类型的女孩。鱼儿天真，芸儿成熟；鱼儿乐观自信，芸儿通情达理；鱼儿可成异性闺蜜，芸儿也可成红颜知己。我不知道这个世界上还有没有纯粹的异性闺蜜，倘若有，倘若芸儿能接受这种关系的存在，倘若鱼儿也这么想，那应该没什么问题。可现在我所了解的是，鱼儿根本不把我当异性闺蜜来看待，更多的是朝向爱情和婚姻的殿堂，我能把持得住吗？

鱼儿轻拍了一下我的手臂，说："阿昆，你在发什么愣？电影都快开始了，你好像有心事似的。有什么不开心的，也不能一个人隐在肚子里呀，跟我说，或许我能帮帮你呢。快说吧，是不是工作上的事儿呢？"

"是的，"我干脆顺水推舟，说，"快递这份工作，休息天太少了，我真想换份工作做做呢！"

"那倒也是，凭你的才华和能力，找份轻松的工作应该不成问题的。"鱼儿鼓励我。

不想再谈这个沉重的话题，我改了口："鱼儿，趁电影快开始放映时，我们都打个电话告诉家里一声，免得家里人都为我们担心。"

"嗯，那你就打个电话呗。"鱼儿说。

我拨好了电话，看着鱼儿一副没有心事的样子，起疑地问："鱼儿，你怎么不拨呢？"

"我呀，出门的时候就说过了。"鱼儿笑着回答。

"这倒奇怪了，你出门时怎么跟你妈交代的？"我好奇地问。

"我就说了，今天跟你约会，没个十点十一点的是回不来的，说不定就不回去了呢，你们就先把门锁上吧。"鱼儿乐了。

"啊，你还真这么跟你妈说的？"我感到不可思议。

"这有什么，老妈相信我不会在外头做坏事的。你好像被家人宠着像个孩子似的，有什么事儿都得提前打报告的，呵呵。"

我嘴上不说，心里直叫：你怎么可以这样说我呢，我可不像你那样，如此放任。

影片已开始放映，我们不再说了，把视线移到了银幕上。

情感片与我们的现实生活比较贴近，这也是我比较喜欢看这类影片的原因吧。

和鱼儿第一次待在一起观影，除了影片带给我的感官刺激，还有就是鱼儿带给我的感官刺激了。

两人这么零距离地看电影，仿佛连对方的呼吸都能感觉得到。我在看电影的过程中，时不时地将视线移到鱼儿的身上，仔细地留意她，她身上独有的气质，让人有某种想要靠近的冲动和欲望，尽管我对鱼儿抗拒着。我不知道自己是不是被鱼儿迷惑了，虽然她在我心中还不及芸儿的位置，但我却滋生了想走进她内心一窥美好的念头。

与其说我在看电影，倒不如说我在欣赏鱼儿。影片讲述了什么内容对我来说并不重要，重要的是我珍惜了和鱼儿相处的时光，也许是短暂的，也许还会有明天，虽然无数的也许只是我的臆想，但至少，我把鱼儿当成了知心的朋友，或许男女之间谈朋友或者异性闺蜜很不靠谱，但无论结果怎样，我都不会后悔认识了鱼儿。毕竟，鱼儿在我与芸儿异地恋内心非常孤苦的时刻陪伴了我。说回来，我还得感谢她呢。

看电影由于氛围所致，两人说话的机会较少，更多的是我的心理活动。偶尔默默地注视着鱼儿的表情，这种感觉其实也挺美好的。我不奢望将来拥有鱼儿，因为我是有道德底线的，我需要陪伴，不代表我想占有；我想更多更全面地接触了解鱼儿，不代表我有非分之想。我承认我跟鱼儿交往，有一部分是碍于媒人的面子，有一部分是出于对老妈的尊重，更多的部分是我的性格使然。我说过我是一个不太懂得如何拒绝别人的人，这，跟软弱无关。我明白爱情的唯一性，也明白不以结婚为目的的恋爱都是耍流氓。我本性良善，不想耍流氓，所以我坚信自己能恪守住道德的底线。

鱼儿是属于乐天派的，单纯天真爽朗，她看电影时的一笑一颦，都没能逃过我的火眼金睛。兴许我这人善于观察生活，善于察言观色，我对一些细节的感知还是较为敏锐的，特别能感觉到鱼儿对我的那份好感，这种感觉只能意会无法言传，让人割舍不得，甚至愿意接纳这种美好。

鱼儿有点难为情，说："阿昆，你怎么不看电影老看着我呀？"

我赶紧转移视线，说："你注意到我了?"

"可不是嘛，搞得我都没心思看电影了。"

"那我专心看电影。"我克制自己要专心一点，但脑子很乱，尽想些风花雪月之事。

看到精彩处，特别是看到男女主角深情接吻的那场戏，我几乎是屏住了呼吸，深恐呼吸都能让心儿跳到嗓子眼。我还是忍不住瞟了鱼儿一眼，观察她有什么表情，想与心中的芸儿形成一次对比。鱼儿与芸儿还是有差异的。如果同样的情形，芸儿可能会面带娇羞，而鱼儿却微笑着接纳影片中男女主角热烈的接吻，这能看出两人性格上的差别。此刻，看到影片中的接吻戏，我反倒觉得害羞了。

"怎么了，瞧你，电视剧中不都这样吗?你是不是很少看电视剧呀?"鱼儿问。

"嗯，都没时间看，以后争取多看看。"

"怪不得你有点害羞了。"

"我没有。"我辩解。

"还说，你的脸都红了。"鱼儿一阵乐呵。

我只好沉住气，装模作样地继续观影。

影片放映结束，鱼儿意犹未尽，似乎还沉浸于故事情节中。

当观众们都散场离去，鱼儿才直起身来。

"我觉得这部影片的故事还没讲完，会不会有续集呀?"鱼儿说。

"很有可能，不过，这要看制片方了，看他们愿不愿意投资拍续集了。"

我们边说边走出影厅。

我看了下时间，晚上 10 点钟刚过。我本来还想跟鱼儿多待一会儿，顺便吃点夜宵什么的，可一想到明天还要上班，顿时打消了这个念头。

"时间不早了，我明儿要上班，今晚就到这儿吧。"我说。

"嗯，我也是，那你送我回去吧。"鱼儿说。

"天晚了，走路不安全，我送你到家门口吧。"

"既然你愿意送我到家门口，那就到我家坐坐吧!"鱼儿笑了。

我有点犹豫，说：“那多不好意思啊，你不介意？”

“我很大方，很爽快的，不会跟你假客气。”

“那好，进你家看看。不过……”

“不过什么？”

“这么晚了总不太好吧，那样会打扰到你的爸妈。”

“没事的，我有房门钥匙，他们这个点应该睡着了，不过我的捣蛋弟弟他还清醒着，他通常玩网络游戏玩到很晚，你们可以见见面，认识认识。”

“哦，你还有个弟弟呀？”

“这有什么好奇怪的，你不是还有个妹妹吗？”

“咦，你怎么知道我有个妹妹？”

“这有什么难的，打听一下就行了。”

“原来你在调查我家的底细呀！”

“也谈不上调查了，认识你，跟你交往，总该了解一下你的家庭基本情况吧。”

“哦，那你对我家的经济状况也调查了？”

“说实在的，我对其他方面都没什么要求，就对你这个人有要求。从几次接触下来，我对你的印象还是蛮好的，符合我的择偶标准哦。我也听媒人说了，你的人品很不错，值得我继续跟你交往下去。阿昆，你呢，你对我印象也还好吧？”鱼儿说时，眨了眨眸子。

鱼儿真是个爽快的人，直截了当地说出了内心的看法。我也回之爽快，说：“如果我对你印象不好，我还答应跟你一块吃牛排吗？还一起看电影吗？”

不多时，到了鱼儿的家门口。

见我迟疑着，鱼儿说：“不是说好进来坐坐吗，你犹豫什么呀！”

在鱼儿的诚恳邀请下，我停好车子，随着她进了房间。

鱼儿问：“你想见我弟弟吗？我把他叫出来。”

我说：“要是他睡着了，把他吵醒，多不好意思呀。”

“他是个网虫，这个点睡了，还真太阳打西边出来了。”

“我们说话轻点吧，万一把你爸妈吵醒了。”

“你还真想多了，他们高兴还来不及呢！”

“姐，你在跟谁说话呢？”话音刚落，从房间里闪出一个人，着实吓着我了。

“弟，这是我男朋友。”鱼儿介绍道。

“姐，你们才认识两个星期，你就带他到家里来了，你们发展得还挺快的嘛。”鱼儿弟弟显得有些傲慢，不屑地说。

我马上解释说：“我只是上来看看，明天还要上班，马上就走的。”

“姐，你都叫他男朋友了，都发展到哪一步了，该不会上过床了吧？”

鱼儿说：“你怎么说话的，这么没礼貌！阿昆好歹来家里做客，你就不能说话客气一点吗？我和阿昆的事，也用不着你来操心。”

“呦，左阿昆右阿昆的，姐，你叫得好亲切哦，我就不信他有那么好。”鱼儿弟弟转头问我，“你是做什么工作的，难不成是‘高富帅’呀！”

我听到这儿，恨不得马上回去。

我心想：鱼儿弟弟也太嚣张，太目中无人了，最起码的礼貌都不懂，更别说尊重别人了。算我看走眼了。怎么一个姐姐，一个弟弟，差别就那么大呢？

我对鱼儿弟弟说：“我跟你姐还只是普通朋友，你误解我们的关系了。我不是你说的‘高富帅’，身材中等，也不富有，更谈不上帅气了。”

鱼儿说：“阿昆，你别理他，到我房间来吧。”

鱼儿瞪了一眼她弟弟，把我拽到了她的房间。

我轻声说：“你弟弟怎么这样子呀，也太不尊重别人了吧！”

鱼儿说：“这都是爸妈把他给惯的。平时来客人，他也是这副德性。你消消气，别跟他一般见识。”

我问：“你弟弟有工作吗？”

鱼儿说：“还没呢。他都不主动出去找工作，家里人都拿他没办法呢。他整天只知道玩些网络游戏，而且玩网络游戏还大把地花钱，他说呀，不花钱玩不出什么名堂来。这样下去可不是个办法。”

我说：“是啊，你爸妈也不能这么惯着他的，一个大男人，整天无所事事的，像什么样子！最起码去外面找份工作吧，不能光靠你爸妈养活他吧。他就甘愿做啃老族呀！这样下去，我无法想象会带来什么后果。”

鱼儿说：“那怎么办呢？阿昆，你有什么办法可以治治他？”

我说：“我哪有什么办法呀，还是要你爸妈管管他，严格一点，最好不要给他钱，看他还能撑多久。”

“那他向我要呢？”

“这么说，你还给过他钱啊？”

“是啊，都是亲弟弟的，他向我要钱，软磨硬泡的，我好歹要给他一点吧！”

“唉，看来，你们全家人都在惯着他，这样下去会很糟糕的。”

“那我该怎么办呢？”

“你不能惯着你弟弟，你坚决不给他钱，他也拿你没办法的。”

“我说过，没用的。他说，不给他钱，就不认我这个姐姐了。”

“不认就不认，你态度要强硬一点，你的出发点是为了弟弟好，现在你弟弟回头是岸还来得及，再过一年半载的，怕是很难回头了，要是真成了寄生虫，成了地痞流氓之类的，你和你爸妈都是有责任的。”

“那我不给他钱就是了。”

“你可要劝他去工作，只有工作了，男人才能走上一条正常的轨道。男人总该去找点事儿做做吧，我当时毕业找不到工作，都心急如焚了，还好，后来总算找到了工作。事在人为，让你弟弟主动去找工作，惯着他是不行的。”

说了一通道理，感觉自己在感化别人似的。

末了，我说：“鱼儿，我回去了，晚安！”

一出鱼儿房间，就看到她弟弟站着“守门”了。

“说了些什么我的坏话？”鱼儿弟弟质问我。

我强压住火气，克制住自己的情绪，如果鱼儿不在，我都无法想象跟她弟弟会发生什么事儿。要是真跟她弟弟干上了，后果不堪设想。

我被鱼儿弟弟拦住了，不知该如何出去。

我故作镇定地看了看时间，都晚上 11 点了，明天还要上班呢，此地不宜久留。

正在这时，鱼儿上来替我说话："都这么晚了，你还不让阿昆走啊！"

鱼儿弟弟瞪着圆眼，说："他得给我个解释，说我什么坏话来着，什么人啊，还敢说我！"

鱼儿说："我们是在说你，但没说你的坏话。"

鱼儿弟弟说："姐，你怎么可以帮外人说话呢，他明明说了我坏话，我在门外听得一清二楚。"

鱼儿说："你没礼貌，不懂得尊重别人，整天窝着玩网络游戏，不去外面找工作，伸手向家里要钱，这些都是客观事实啊，这怎么能说是坏话呢？我们都是为了你好呀！"

鱼儿弟弟火气一下就蹿上来了，他指着我的鼻子说："你也太不知天高地厚了，我爸妈都不吭一声，你小子反倒教训起我来了。长这么大还第一次被外人这么数落，还叫我姐姐不要给我零花钱用，你什么人啊你?! 你要想泡我姐姐，我这关卡你就过不了。想通关，门都没有！"

我被他这么一激，也火了，说："什么关卡、通关的，你以为在玩游戏啊？要不是看在你姐姐的面子上，我……"

"我什么我！想跟我单挑？来，来啊！想 KO（Knock Out，击败）我，想秒杀我，没那么容易！"鱼儿弟弟打断了我的话语，做了个电子游戏中常见的打斗的动作，唬一唬我，真是太羞辱人了。

是个男人都应该挺直腰板做出回应，但此时，鱼儿却阻止了我，说："阿昆，别跟他一般见识。他就成天只知道打啊、斗的，没一点素质。"

随后，鱼儿转头对她弟弟说："你要是再这样无理取闹，我现在就把爸妈叫来，不管管你，还真不知道自己是谁了！"

“姐，你怎么可以这样一而再三地帮着外人说话？难道你们真的有事了？”鱼儿弟弟不解地说。

“我跟阿昆有事没事你管不着！”鱼儿叫道。

看来，鱼儿也被她弟弟给惹生气了，要不然她不会这么冲动地叫嚷，更不会叫得这么响亮，毕竟他是她的亲弟弟嘛，再怎么不好，打断骨头还连着筋呢！

“不成，我反对你跟他谈恋爱！”鱼儿弟弟斩钉截铁地说。

“你有什么权利？谁赋予你的权利？你做好你自己就可以，我谈不谈恋爱跟你屁点事儿都没有！”鱼儿生气地说。

很显然，这回真是火上加油了。有道是“良言一句三冬暖，恶语伤人六月寒”，若非亲情，再怎么好的关系都是扯淡。

“我就是反对你跟他谈恋爱！”鱼儿弟弟坚决地说。

我实在忍不住，说了句：“无理取闹！”

鱼儿弟弟破口大骂：“这里有你说话的份儿吗？还不快给我滚蛋！”

我一气之下甩头便走。

鱼儿见状，跑过来拉了我一下，说：“阿昆，真对不起啊，我弟弟他太不懂事了，你别跟他计较。等下我把爸妈叫出来，好好教训教训他。”

我的脸色很难看，这都是被鱼儿弟弟给激的。此刻，我不知道该对鱼儿说些什么，也许什么也不用说了，有她弟弟在中间隔着，只怕我跟鱼儿的关系维持不了多久了。

我本想一走了之，说得不好听一点就是不想再见到鱼儿弟弟，也不想跟鱼儿家有任何的牵扯。

然而鱼儿替她弟弟向我诚恳道歉，让我改变了最初的想法。这回，我有了一点勇气，至少在面对鱼儿弟弟时，不再退缩了。

我转过身来，迎着鱼儿弟弟刚才说的“滚蛋”，说：“今晚我还真不走了！”

鱼儿弟弟一听，一下子就发飙了，叫道：“你要脸不要脸，这是我的家，我有权让你滚蛋！”

我更是听不下去了，说："你还真把自己当成少爷了，说话这么放肆。"

鱼儿弟弟简直要跳起来了。他怒目圆睁，摩拳擦掌，大有要与我打斗的架势。

鱼儿怕她弟弟来真的，拦住她弟弟，大喊了一声："爸，妈，你们快出来啊，弟弟要打人了！"

鱼儿弟弟见情况不妙，说："姐，你为什么要护着他？我都说过了反对你跟他谈恋爱，你还老帮着他，这算演得哪一出啊！"

"我不管，反正你要向阿昆赔礼道歉。"鱼儿说。

"笑话，我要向他赔礼道歉？不管怎样，这是我家，我让他走人，这有错吗？"

"你叫人家滚蛋，你说这是人话吗？"鱼儿气不过。

正在这时，鱼儿母亲从卧室出来了。她显然被吵闹声给惊醒了，穿着睡衣，急迫地来了。

"你们姐弟俩，这么晚了，不睡觉，还在吵什么啊？"鱼儿母亲发话了。

"妈，您可来了，您看看弟弟，是怎么待客的，第一次见面，就跟客人吵架。"鱼儿说。

"谁是客人了？他是客人吗？他不是我亲戚，我不把他当客人。他这么晚了，还要泡在咱家，我要把他赶出去！"鱼儿弟弟嚣张地说。

"妈，不是这样的，他叫阿昆，就是我跟您说过的相亲对象，晚上是他送我回到家的，在我的邀请下，他才上来坐坐的，哪知道我们说了几句弟弟的不是，被弟弟听到了，弟弟就不放过阿昆。妈，您来评评理。"鱼儿急切地说。

"阿姨好！"我上前问候了一声。

"你就叫阿昆吧，听女儿说起过你。挺好，挺好。"鱼儿母亲满意地笑着，接着说，"鱼儿说得没错，是我们把儿子给宠坏了，初中毕业后就待在家里不工作，专门打游戏。"话音未落，从卧室里出来一位中年男子。这想必就是鱼儿的父亲了。

“叔叔好！”我马上问候一声。

“哦，你真有礼貌，鱼儿跟你相亲后，常提到你。老伴，我看，小伙子人不错！”鱼儿父亲微笑着说，“我看他比咱儿子强多了！”

鱼儿弟弟听了，很不服气地说：“你们别被他给迷惑了，他这个人，可能对姐只是玩玩的。”

“你小孩子胡说什么呀，人家比你好，你就说人家的不是，你不看看自己，有什么优点的，整日只知道玩网络游戏，不去挣钱。”鱼儿父亲说。

“他的工作也好不到哪儿去！”鱼儿弟弟讽刺地说。

“他总比你不工作待在家里要强吧！”鱼儿父亲说。

“他一个月能挣多少啊，说不定还没我玩游戏挣得多。”

“放屁，你玩游戏都花了好几万，还挣个屁钱！”鱼儿父亲生气了。

被鱼儿父亲这么一说，鱼儿弟弟灰溜溜地钻进房间去了。

我说：“阿姨，叔叔，不早了，我先回去了。”

鱼儿母亲说：“有空过来玩，路上小心点。”

我点点头。

鱼儿说：“阿昆，我送你下去吧。”

我又点点头。

我先前对鱼儿弟弟的怒火，似乎也消减了大半。

……

第十章

我去路桥医院做了检查。

我告诉医生，我的下体曾在杭州遭受了外力的击打，这几个月来都没有了性能力。医生检查后嘱咐我平时工作不要太劳累了，精神和心理上都要放松，不要有太多顾虑；并建议我找个异性，可以起到辅助作用，让生理的荷尔蒙得到有效分泌，慢慢地恢复性功能。

医生补充说，恢复性功能需要时间，若使用药物，非但不能立竿见影，而且还有副作用，建议不要使用药物治疗。

从医院出来，我整个人像是颓废了，萎靡不振。这种感觉，比死还要难受。

我该怎么办呢？我不能告诉亲人，更不能让芸儿知道我这样的情况。我对任何人都讳莫如深。

我去了台州医院。我恳求医生治好我的“病”，否则我这辈子没有幸福可言。医生摇摇头说，他不是华佗，不可能妙手回春。

我简直要绝望了。

如果我告诉芸儿或者鱼儿，我从现在开始已经不是男人了，她们会怎么想呢？她们会继续跟我交往吗？她们会离我而去吗？我不敢再想下去了。

我开始对快递工作的忙碌显得有点头疼了。我牢记医生的话，不要使自己太劳累。可快递这份工作，不劳累是不可能的。正巧有次包裹投递晚了，竟遭到客户的投诉。老板知悉后，让我写检讨书，做深刻的检讨。说心里话，我其实挺委屈的，赚这么点工资，还整天不停地在外奔波，偶尔快递送晚了又怎么了？实在是正常不过的事儿了。可老板却不这么认为，他们根本不会体察员工的心酸。而我这等不起眼的小卒，只有被解职的份儿了。

我不愿写检讨书，我不干。这样，我失业了。

我很想把心里的委屈告诉远在杭州的芸儿，可一想到，没几个月就失了工作，芸儿会怎么想呢？还是暂且不告诉她为好。其实，丢了饭碗，也不要气馁，只要去找，工作到处都有。

说实在的，我挺珍惜第一份工作的，虽然跟自己的专业半毛钱关系都没有。第一份工作就如同初恋一般，是人生需要迈过去的一道槛，或者是一处人生的驿站。

当务之急，还是先治好“病”。我想，面包随时都会有的，但这个“病”，却关乎自己一辈子，不早治愈，恐怕连老婆都找不到了。作为一个男人，还有什么人生乐趣可言？

我拿到了快递公司老板拖欠我一个月的工资。我没有告诉任何人我失业了。我的行踪相当诡秘。我要去一趟杭州，找打我的那个店家算账。

那晚吃饭时，我对老妈说：“妈，公司放假两天，这两天我要去金华玩玩。”

老妈听了很兴奋，说：“阿昆，你是不是带上鱼儿一块去玩呀？”

“妈，没，没有的事，她要上班的。”

“那你一个人出去，有什么好玩的？”老妈不解地说。

我编了个谎言，说：“最近某杂志社搞征文比赛，让写游记，所以要去了，不去怎么写得出来呢？”

老妈说：“那你能保证获奖吗？你还不如写写我们路桥的十里长街，这么近，又不要你花钱的。”

“妈，十里长街又不是国家风景名胜，知名度不高，评奖肯定要知名度高的景点了。”

“那你说说，金华有什么景点呢？”

“金华有双龙洞哦。”

老妈没辙了，又准备从兜里掏钱给我。这回我赶紧阻止，说：“妈，我发工资了，这回不要您的钱了。”

老妈眼里闪过一丝喜悦，说：“阿昆，这个月发了多少工资？”

我难为情地说："才一千多点。"

老妈说："这么少啊！这快递公司老板也真抠的。"

"好了，妈，我去收拾一下，明天就要走了。"

"那鱼儿那边，你怎么办?"

"妈，这个您放心，我会告诉她，这个星期我有事，不见面的。"

……

第二天，我上了开往杭州的班车。

这回去杭州，我没有告诉芸儿，因为我要办自己的事情，不需要告诉她。

杭州这地方我还是很熟悉的。虽然我上次没记商铺号，但我相信自己能找得到。果然，没多久，我就找到了。

那个店家见到我，一愣。显然，他还记得我的容貌长相。

"你来我这里干什么?"店家疑惑地问。

"你曾踢过我一脚，你没忘记吧?"我认真地说。

"我什么时候踢过你了?"店家假装不知情。

"你是想抵赖吗?"我有点生气了。

"你有什么证据证明我踢过你了？难不成你是来找碴儿的吧?"

"你……"我气不过，从包里拿出医生开具的病历单，说，"我被你踢成阳痿了，你不承认了?"

"我根本就没踢过你，你找错地方、找错人了。"店家面露狰狞，矢口否认。

"明明是被你踢的，还说没有，你有没有良心啊?"我气得有点发狂了。

"你拿出证据，证明是我踢的。拿不出来，别在我这里撒野。我还要做生意，赶快给我滚蛋!"

其实，我应该打110，让民警来解决这件事情的。但当时我被气愤冲昏了头脑，见桌上有一只精美的茶杯，就拿起来往地上摔。茶杯被我摔破了。

此刻，店家发出了一声怒吼："他妈的，你摔破了我三千块的茶杯!"

我吃惊不已：这只茶杯值三千块，我可怎么赔得起啊！

还没等我缓过神来，店家恶狠狠地一拳打了过来。这一拳，不偏不倚的，打在了我的鼻梁上，我的鼻子瞬间出血了，而且血流不止。

我还没有软弱到不敢还手的地步。都说“人不犯我，我不犯人；人若犯我，我必犯人”，我顺手抓起一条凳子，朝他掷去。这一招很有效，店家被砸得“嗷嗷”直叫，所幸只是皮肉之伤，不然我可能有牢狱之灾了。

这么一来，我跟店家就扭打在了一起。这时，里里外外围满了看热闹的人，可是，竟没一人敢出面阻止这场打斗。

也不知过了几分钟，民警来了，才把我们支开。

我的外套已经被鼻血染红了一大片，看上去挺触目惊心的。这一番打斗，也不知哪儿受了伤，感觉浑身疼痛不已。

“怎么是你！”其中一个民警说。

我定了定神：这不就是几个月前在这里做笔录的民警吗？他的记性真好，竟然认出了我。

“是我，是我！”我仿佛找到了救星。

“怎么回事？你们干吗打架呢？”那个民警发问。

还未等我说话，120也来了。

“先送他去医院止血，病情稳定后再做笔录。”另一个民警说。

我坐上了120救护车，被送到了医院。

医生对我进行一番检查，结果就鼻子伤得严重点，其余地方都是皮肉伤，不碍事。

伤口处理好后，医生告诉我，我还是较为幸运的。要是那只拳头再打正一点，我的鼻梁就被打断了。现在只是出血，经过一两天的治疗，会好的。

随后，医生问我有没有家属，需要来医院陪护。我说没有，我一个外地人，来杭州举目无亲。

脑子里忽然闪过芸儿。我一再告诫自己：不能让芸儿知道，不能把这种糗事告诉她。

没过多久，那个我几个月前就认得的民警来做笔录了。

我把事情的经过原原本本地告诉了民警，还把医生开具的病历单递给民警看。

民警做好了笔录，我签字并按下了手印。

“你应该找一个目击证人，那样，即便打起官司来，你也能赢。”民警说。

“都几个月了，到哪找目击证人呀?”我担忧地问。

“只要有人帮你做证，这事就好办了。”

“那我能不能找您做证呀?”

“我当时并没有看到你被踢的那一幕，只是听群众说起你被他踢了一脚，正好踢在下面。当时我问你，你说没事。你一没做笔录，二没去医院检查，现在处理起来相当棘手了。”民警分析道。

“那怎么办啊? 难道我就白挨那一脚了? 我以后可能丧失性功能。警察，你帮我做主啊!”我有点央求了。

“我们办事公平公正。我们会尽力帮你。只要对方承认那一脚是他踢的，并愿意承担一切责任，那就不必走司法途径了。”

“谢谢您啊，真的很感谢!”我有点激动。

民警说:“对方承担你的医疗费，但你摔坏了他的一只茶杯，那只茶杯价值三千元，这笔费用需要你来承担的。”

“警察，我身上只有一千块钱，不够赔那只茶杯啊!”我无奈地说。

“那你想想办法。可以叫你爸妈打钱给你。”民警给我支招。

“这不行的，我不能让他们知道我在外面出事了。”

“出了这么大的事，为什么不告诉你爸妈呢? 你难道连自己的亲人都不信任吗? 何况你在医院还需要人来陪护，你杭州这边又没有熟人。”民警不解地说。

“不行啊，真的不行啊!”我差点哭了，说，“警察，我一个人能扛过去的，请你们不要通知我的父母。”

“那这事总得解决。你赔他茶杯的钱，这事就能解决了。”

“那他会承担我的一切医疗费用吗?”

“会的。我会告诉他，即使走司法途径，他也是输定了的。”

我想到了阿刚。

等民警走后，我赶忙拨通了好友阿刚的手机号码。

“喂，阿刚啊，我现在在杭州医院，你赶紧坐车过来。”我急切地说。

“阿昆，出什么事情了？”阿刚比我更着急。

“你先过来吧，到了我再跟你慢慢细说。”我咽了口唾沫，说，“对了，我现在没钱，你先借我三四千块，我过几个月还你。”

“阿昆，到底发生什么事儿了？你快说啊，真急死人了！”阿刚确实很着急。

“我被人揍了！对了，你可千万别告诉任何人，包括芸儿，知道吗？现在只有你一个人知道，明白吗？”我嘱咐道。

“嗯，我马上赶过去！”

三个多小时，阿刚赶到了医院。

见我的鼻子贴着膏药，阿刚问：“你的鼻子怎么了？”

我苦笑着说：“被打出血了，还好，没被打断鼻梁。”

“谁把你打的？我找他算账去！”

“我告诉你事情的经过吧！”

于是，我从几个月前说起，把事情的经过详细地告诉了阿刚。因为我信任阿刚。

“这么大的事，你怎么瞒着芸儿呢？”阿刚问。

“你傻呀，你想让她知道跟我分手吗？”我说。

“那倒也是，没有哪个女人会喜欢性无能的。”

“嘿，你怎么知道我以后就不行了呢？”

“我觉得你还是告诉芸儿实情吧，让她陪在你身边，给你信心，不然你真的会性无能。你难道想一辈子阳痿吗？”阿刚说。

阿刚说得没错，我要是下次再见到芸儿，而我却毫无生理反应，她难道不起疑吗？假如我告诉了芸儿真相，她会不会嫌弃我？会不会拿大好青春陪伴我赌明天？明天依旧是勃起功能障碍呢？

“还是先不要告诉她吧。你这人嘴快，千万不要说出去哦！你要是说了，我就不认你这个朋友了。”我给阿刚施压。

“明白，明白。”阿刚回答。

……

这两天，阿刚请了假，陪在我身边。

双方因赔偿问题谈不拢，这事就这么搁着。

从杭州回到了台州温馨的家。

老妈第一眼就看到了我鼻子上的膏药。

“啊！阿昆，你的鼻子怎么了？”老妈担心极了。

“在外头旅游，爬山，不小心磕的。”我闪烁其词。

这时，我妹闻讯跑了过来。

“哥，你没摔下山吧？”

“没有，哥命大。要是摔下去，你还哪见得着哥呀！”

老妈说：“别说不吉利的话。我去菜场买只鸽子给你补补身子。”

老妈说完就去菜场了。

“哥，老实跟我讲，你那鼻子的伤，是怎么弄的？你瞒得了老妈，可瞒不过我。”我妹说。

“真的是磕的呀，哥没骗你！”在我妹面前，我有点心虚了。

“乱讲！你这伤明明是被打的，还说成是被磕的。”

我一凛：我妹果然有眼力呀，这都被她瞧穿了，那如何是好？

见我沉默，我妹催促道：“哥，你在外头惹什么事儿了？”

我说：“妹妹，你别问了好不好？以后，你可能就知道了。”

“那你现在不能告诉我吗？”我妹很是不解。

“不能啊，妹妹，这关系到我的未来。”

“未来？什么未来？哥，我越听越糊涂了。”我妹听得云里雾里。

“我跟你说了，你会告诉爸妈的，所以我不说。”

“我对天发誓，我不会告诉爸妈，这总该可以了吧？”

真是拗不过我妹。

“是被人打的。”我轻声说。

“为什么被打？他为什么打你？”我妹已经很焦急了。

“因为我摔坏了人家的一个杯子。”

“你为什么摔人家的杯子？在哪儿摔的？”

“在店铺摔的。因为人家让我气愤。”

“你为什么气愤？”

“拜托了，妹妹，就说到这儿吧。你刨根问底，没完没了。我要去休息了。”说着，我就上了楼，也不再理会我妹的询问。

而我留给我妹的，仍然是一个疑团。

老妈从菜场买回了鸽子，开始忙活。

晚上全家人一起吃饭，我妹确实守信，她没有在饭桌上跟爸妈说起我的事。如果吃饭前偷偷说了，老妈肯定会质问我的。

家人都以为我明天要上班，可他们哪里知道，我已经失业了。从明天开始，我又要开始找工作，能不能快速地找到工作，还是个未知数。我想在我找到工作后，再告诉家人我换了工作。我不想让家人为我担心。

到了第二天，我像往常一样，准点起床，装作要去上班的样子，瞒过了家人。

我先去了人才市场。医生嘱咐过我，所以我要找一份轻松点的工作，最好不用在外头奔波的那种。

来人才市场找工作的人不少，有三四十岁的，但以二十几岁的居多。

在人群中，我被熟悉的声音叫住了。

“阿昆!”

我转过头去，是我高中同学阿丘。

“阿丘！好久不见啊!”见到老同学，我非常高兴。

阿丘过来跟我握手，说：“阿昆，很高兴再见到你。你是过来找工作的吧?”

我点点头，说：“是啊。”

“咦，你的鼻子怎么了?”

“受了点伤。这不影响我找工作吧?”

“嗯，阿昆，我就在人才市场上班。四年多没见面了，你比以前更帅了。”

“你也一样，比以前更成熟了。”

“阿昆，你想找什么工作，我帮你参谋参谋。”

“嗯。阿丘，你在人才市场上班多久了?”

“一年多了。我大专毕业后就在这里了。”

“工作还好吧?”

“还行。不过每天都挺忙碌的。对了，阿昆，你学了什么专业?”

“中文。”

“对口的工作恐怕很难找吧?”

“那也未必。有些企事业单位需要这样的人才。比如做秘书，做内勤工作，都离不开动笔。”

“我知道你高中时文笔就很出众，老师经常把你的作文当作范文在讲台上朗读，现在你读了中文，这是最正确的选择。不像我，本科没考上，大专读了计算机专业，高不成低不就，就在人才市场鬼混了。”

“你谦虚了。那你在人才市场，具体是做哪方面的工作?”

“我具体负责网络和数据库的维护工作。人才市场经常这台电脑出故障丢失数据，那台电脑莫名其妙网络上不了，这些都需要我去处理和解决。修复数据接通网络，工作很烦琐的。阿昆，你毕业几个月了，之前在哪儿上班?”

听了阿丘的一番话，我都羞于启齿了。不过我还是硬着头皮说:“很糟糕，之前在做快递工作。”

“就是每家每户送包裹的那种?”

“是的。”

“那也太委屈你这样的高才生了。我帮你随便找找，都比快递工作要好得多喔。不过，我听说出色的快递员的工资也不比坐办公室的低，就是辛苦点。像你这样读文科的，不适合做快递工作，因为学无用武之地。你放弃那份工作重新再找是非常明智的选择。”

阿丘说的话很有道理。

我说:“我本来也打算做几个月，体验一下就好了。快递工作的苦我都能吃得了，我想其他工作的苦，根本不在话下。”

“嗯，阿昆，我帮你在电脑上看看，有没有好点的工作适合你做。”

“好，那麻烦你了。”

“别客气。”阿丘说着，就带我到电脑前，用搜索查找功能，页面上很快就弹出了我想要找的工作。

我赞叹道："电脑数据库真是快，信息马上就出来了。"

"嗯，可不是嘛，海量信息在瞬间就筛选出来了。"阿丘说完，站起来，把座位让给我，示意我坐下慢慢看。

那些应聘者都在外面挤破头皮地找招聘单位的信息资料，而我却很方便地轻点鼠标，很快就找到想要的信息，我是不是享受了一种特权？

我坐在电脑前，逐条浏览招聘信息。我要择优选择招聘单位。最后，我将目光停留在内刊编辑的岗位上。我反复阅读着应聘条件，想到自己曾经是学校文学社的成员，做过校刊的编辑，对内刊编辑的工作充满了自信。只是它附加了一条，就是要具备一年以上的工作经验，那我以前在学校的编辑经历算不算是工作经验呢？我决定去尝试下，成不成都无所谓，心态要好。

"阿丘，我觉得这条招聘信息蛮适合我的，你来看下。"我说着，手指着电脑页面上的一条招聘信息。

阿丘看后，也觉得比较对口。

"阿昆，你确定要应聘到方林汽车城，做内刊编辑的工作？"

"嗯，方林汽车城在路桥，我开摩托车二十分钟就到了，对我来说比较便捷。还有就是工作岗位也挺吸引我的。像其他的，如做领导的秘书，说句实话，我不是很喜欢做，每天都要看领导的脸色行事，内心没有自由可言。"

"阿昆，那我就把这条信息打印出来。"

"谢谢，麻烦你了。"我说着客气话，"要是应聘成功，我请你吃饭。"

"阿昆，我们有四年多没一起吃过饭了。"

"是啊，都没机会碰到一起吃个饭。"

"阿昆，不管你这次应聘成不成功，我都请你吃饭。"

"阿丘，你别客气，你帮了我大忙，我肯定要请你的。对了，高中同学你还有几个在联系的，要不都叫上，我们弄个包间。"我话虽这么说，但一想到口袋里仅剩的几百块钱，底气就显得不足了。

阿丘说："不纠结这个了。你先去应聘吧，以后吃饭机会多的是。"

"嗯，我这就过去，一有好消息，我第一时间告诉你。"

我特意要了阿丘的手机号码，以方便日后跟他联络。

路上，我想：阿丘为我忙前忙后的，我无论如何都要请他撮一顿。至于阿刚，他帮了我大忙，不过他是我好朋友，迟点还他人情也没关系。他们对我的好，我都记在了心上。

我匆匆赶到了方林汽车城。我想把摩托车停在安全的位置，结果发现这里全是汽车，根本就没地方停摩托车。我不敢乱停，怕价值几千块的摩托车被贼惦记。最后，我不得不骑到一处收费点，才将摩托车安心地停了下去。我吸取了上回在夜市手机失窃的教训，对自己贵重的东西都开始小心谨慎了。

徒步几分钟，就到了应聘的地点。

我告诉前台说自己是来应聘的，前台联系后，让我直接上去应聘。

填了表格，问了几个问题，接下去就是等待结果了。

没想到，方林汽车城的负责人那天下午就给我打来了电话，通知我第二天去上班。

我把这个好消息第一个告诉了阿丘。

“阿丘，晚上请你吃饭。”

“阿昆，你太客气了。”

“对了，阿丘，你还没有女朋友吧？”我问。

“是啊。你呢，这么有才华的，一定有了吧？”

“嗯，她是我大学同学，现在人在杭州呢。”

“哦，那你跟她不是两地分居吗？”

“是啊，很无奈哦。以后肯定要一方牺牲去另一方那里的。”

“要是双方都不愿做出牺牲呢？”

“这个我还真没想过。嘿，晚上我给你介绍个女的。”我忽然想到了鱼儿。与其跟鱼儿暧昧不清的，不如将她介绍给阿丘，还落得个美事一桩。

“真的吗？那太好了。这女的人长得怎么样啊？”阿丘来了精神。

“你看了就知道了，绝对让你赏心悦目。”

“这么说，我晚上吃饭肯定要去了。”阿丘说话有点激动。

“好的，那就晚上 6 点钟准时在人才市场旁的排档见面。”

“嗯，我一定来，一定！”

听得出来，阿丘是那么亢奋。

我觉得自己主动联系鱼儿吃饭，那绝对不成问题。

“鱼儿，晚上我想请你吃饭。”

“阿昆，你事儿忙完了？”

“嗯，现在开始轻松了。上周末因为事情太忙怠慢了你，晚上好好弥补。”

“阿昆，你怎么主动请我吃饭了，好惊喜呀！”

“下午我等你下班，接你去吃饭的地方。”

“嗯，那太好了！”鱼儿很高兴。

我想：鱼儿哪里知道，我是将她推向了别的男人。

鱼儿是下午 5 点半下班的，我准时到了她公司的门口等她。

鱼儿见到我，笑呵呵地小跑着过来。

“阿昆，等多久了？”

“我刚过来的。”

“阿昆，你的鼻子怎么了？”鱼儿一眼就看出来了，惊讶地问。

“骑车不小心摔了一跤，磕的。”我编了个谎。

“那以后骑车要小心点呀。”鱼儿关切地说。

说完，鱼儿坐上了摩托车，我载着她开向排档。

见阿丘还没过来，我打电话催了。

“阿丘，你怎么还没过来呀？”

“你不是说 6 点钟吗？我就在人才市场，很快的，两分钟就到。”

我挑了个座位坐下。

“阿昆，是不是还有人要过来吃饭呀？”鱼儿问。

“是的，我的一个朋友。”

“阿昆，你把我介绍给你朋友认识了？”鱼儿的眼里闪过喜色。

“哦，是的。哦，不是的。”我模棱两可。

“不明白你的意思。”鱼儿眨了眨眼睛。

“我朋友帮我找了份新的工作，我决定请他吃饭，所以，一并请了。”

“原来是这样啊。阿昆，你换工作了，在哪儿上班呀？做什么的？”鱼儿迫切地问。

“在方林汽车城，做内刊编辑。明天才开始正式上班呢。”

“哇，比快递工作强多了。阿昆，你好棒呀！”鱼儿赞美道。

我能听得出来，鱼儿对我有些许的崇拜。

正说时，阿丘心急火燎地跑进来了。见到我和鱼儿，直说：“我来晚了，不好意思，真不好意思！”

我站起来，鱼儿也跟着站起来。

“鱼儿，介绍一下，这位是我的好朋友阿丘，高中同学，就在人才市场上班，是个电脑高手。”我说。

“阿丘，很高兴认识你。听阿昆说你帮他推荐了好工作，很感谢你！”鱼儿说。

我听糊涂了，应该我感谢阿丘才对，怎么从鱼儿嘴里说出，是她感谢阿丘呢？

阿丘有点尴尬。

我硬着头皮继续介绍：“阿丘，这位是鱼儿，是公司的出纳员。”

“你好，你好！”阿丘瞟了一眼鱼儿的美貌，就赶紧把头低了下去。

三人坐下后，我点好菜。

“晚上我请客，你们不要拘束。”我特意加上“你们”，以使阿丘不起疑。

毕竟刚认识，阿丘和鱼儿都不吭声。

“我开摩托车就不喝酒了。”我说。

“我喝点啤酒。”阿丘回答。

“我不喝酒，来罐王老吉吧。”鱼儿回答。

吃饭间隙，我说：“我去下洗手间，你们聊。”

我对阿丘使了个眼色。阿丘会意。

我在洗手间里待了几分钟，也不知道阿丘和鱼儿两人聊了些什么。实在是待不下去，只好出来了。

“阿昆，怎么去了那么久？你再不来，菜都要凉了。”鱼儿说。

“刚才肚子有点不舒服。”我找了个借口。

“是不是拉肚子了?”鱼儿又关切地问。

“嗯，没事的。大家吃吧，吃吧!”我拾起筷子，示意两人吃菜。

“还说没事，要不要去医院看看呀?”鱼儿有点着急了。

我本来想圆个谎，哪知弄巧成拙了。

“放心吧，我没事的。肠胃不好，老毛病了。”我觉得自己快编不下去了。

“不行，这次你要听我的，去医院看下，以后的生活还长着呢!”鱼儿说着，站了起来。

我的脸一下子就红了。特别是鱼儿说到“以后的生活”，我都不好意思抬头看阿丘了。我原本是把鱼儿推给阿丘的，不料这出戏被我演砸了。阿丘分明听得一清二楚。

“鱼儿，你看，菜都点好了，还是吃了再去吧!”我无计可施。

“看病要紧。阿昆，你就听我一次吧!”鱼儿扯了扯我的外套。

“那要不我自己去，你们在这里吃完再走吧!”我只好这么说。

“我陪你去。刚才吃了点，我不饿的。”鱼儿说。

阿丘尴尬地站起来，说:“我也吃得差不多了，正好单位电脑还开着，我上会儿电脑再回家。你们去吧!”

“阿丘，招待不周，多多谅解。”我歉意地说。

然而阿丘头也不回地走了。显然，他生气了。

鱼儿问我:“你朋友怎么了?他为什么这么不高兴呀?”

我说:“我也不知道。我回到家再打个电话问问他。”其实我心知肚明。

“嗯，不说这个了。我先陪你去医院急诊室看看，开点药，待会儿我再请你吃点心。”鱼儿想得很周到。

骑摩托车到了医院急诊室，医生查不出什么症状，就依我的口述，开了点拉肚子的药。

从急诊室出来，我对鱼儿说:“你看吧，我说没什么大碍，你又不信。”

鱼儿说:“看了就放心了。阿昆，我担心你有事，我希望你不会有事。”

说这话时，鱼儿的眼眶已经湿润了。原本乐观的她怎变得如此善感了呢？

我有点心虚地垂下头，却不想揭开自己的假面具，就让自己继续伪装下去，将错就错。

“鱼儿，谢谢，谢谢你为我担心。”我诚恳地说。

鱼儿转过身去，背对着我，偷偷地擦眼泪。

我的双手不由自主地伸过去，搭在鱼儿的双肩上，想安慰安慰她。

鱼儿忽然转过身来，抱住了我的腰。

“鱼儿，大庭广众的，别这样子了。”我推着鱼儿。

鱼儿就是不放手，她的声音带着哭腔：“阿昆，你上班劳累，也不好好照顾自己，拉肚子了也不去看，还请我吃饭，你说你傻不傻呀！”

“好了，好了，都怪我不好好照顾自己，以后我会注意的。”看来，我这出戏越演越逼真了。

“你呀，以后身体不舒服或者别的什么的，别瞒着我，你得告诉我，我好为你分担。”鱼儿说。

“你真好，我一定会告诉你的。”我似乎也陷入了戏里。

晚上，鱼儿又带我去吃了面条。我送她回家，她再次邀请我去她家里坐坐。这回，我犹豫了。

“你弟弟在，我怕又要闹矛盾了。”我说。

“你还不知道吧，我弟弟现在已经在网吧上班了。他要上到晚上 12 点才回家，有时大夜班要上到凌晨的。这个点，他不在家的。”鱼儿笑着说。

“呦，太阳从西边出来了！”我感觉不可思议。在这么短的时间内，他怎么就上班了呢？

“还不是因为他跟你赌气，才去找的工作。在网吧上班，他还可以继续打网络游戏。他还跟我说，总比你的快递工作要好得多。”

“这么说来，我功不可没哦。鱼儿，你可千万别告诉你弟弟我换了工作，在他的印象中，我就是个快递员。这样，他就很有心理优势了。”

“嘿，你总是想着别人的感受，那你自己不憋屈吗？”

我摇摇头，说：“只要你弟弟步入正轨，我会感到很欣慰。哦，你也先别告诉你爸妈，我工作还没落实呢，说早了，到时候黄了，脸面就丢尽了。”

“这个我知道的。阿昆，你人真好！”鱼儿欢喜地拉着我的手上去了。

这个时间点，鱼儿的爸妈都还未睡。见鱼儿带着我推门而入，老两口笑得合不拢嘴，比上回见到我时还要热情。

我“叔叔好、阿姨好”问候了一遍，就在客厅里坐下，还是有点拘谨。

不一会儿，鱼儿妈就端来了鸭蛋汤，招待我吃。我盛情难却，就吃了起来。

“嗯，甜甜的，味道很好。”我尝着鸭蛋汤，由衷地说。

“那你多吃点，锅里还有呢！”鱼儿妈乐呵呵地说。

我抬头看了眼鱼儿，没想到，她正开心地看着我吃呢！

“鱼儿，你也吃呀！”我把手里的碗递给她。

“好呀，我也尝尝看。”鱼儿说着就凑了过来，咬了一口煮鸭蛋，鲜黄的蛋黄就溢了出来。

“呀！蛋黄都流到碗里啦！”鱼儿叫了声。

“没事，蛋黄汤也可以喝，很营养的。”我笑着说。

鱼儿妈知趣地避开了。

在鱼儿家里天南海北地神聊一通，知道明儿还要上班，就打道回府了。

但一回到家里，我就不平静了，我要做的是打电话给阿丘向他解释。

我以为阿丘会不接我的电话，因为他临走时已经生我的气了。可是阿丘接了我的电话。

“阿昆，你们说话这么亲密的，你们到底什么关系啊？”阿丘的第一句话，就直戳我的要害。

我解释说：“阿丘，我跟鱼儿认识又不是一天两天了，说话亲密点是很正常的。你可能想偏了，我和鱼儿只是正常的普通朋友关系。我本来想借上洗手间，让你和鱼儿好好聊聊的，却反而弄巧成拙了，实在是对不起啊!”

“问题是，她跟我好像没什么好聊的，她开口闭口都说你的好，这是怎么回事啊？难道她是喜欢你吗？”阿丘还在追问。

我说：“喜欢肯定谈不上，可能是有点好感。可我已经告诉你了，我的女朋友是我的大学同学，她人在杭州，我跟她是异地恋，这你总该相信我吧。即使鱼儿喜欢我，那也是单方面的，我不可能去接受她。”

“那她喜欢你，那我还怎么去追求她呀？”阿丘沮丧地说。

“阿丘，这么说来，你是看中鱼儿了？”我笑着说。

“看中了有个屁用啊，人家的心思在你的身上，你叫我怎么办啊!”

“这好办，我把她的手机号码给你，你跟她多多联系，有事没事打打电话，约出去吃吃饭什么的，感情自然而然就生出来了。”

“她要是拒绝我呢？”

“拒绝也不要放弃呀。我始终相信女人的心没有硬到不可软化的地步，坚持就是胜利。”

“那你得少跟她接触啊。你跟她一接触，就有可能擦出火花来。”阿丘对我很不放心。

“这个你放心。也许我这辈子都碰不了女人了。”我叹息着说。

“啊？阿昆，你这话是什么意思？我没听懂呀!”阿丘急着问。可能他觉得我忽然间冒出这句匪夷所思的话来，很难理解。

“不说这个了。我等下把鱼儿的手机号码发给你，好了，就这样，挂了。”我匆匆挂了电话。

我想：电话那头的阿丘，肯定为我说的最后一句话，百思不得其解。

第二天，我提早赶到方林汽车城。

我傻乎乎地站在门口等，因为来早了，没有办公室的钥匙，进不去，只能等老同志上班开了门才能进去。

上班的员工一个接一个地来了。他们先用异样的眼光看我，然后走到他们自己的办公室开门进入。

我看了下时间，都快 8 点了，怎么还没人来上班开门呀!

正想时，一个辣妈范儿的女子迎面过来，她笑着问：“听领导说起过，你就是新来的吧？”

“嗯，是的。”我有点儿紧张。

“前几天刚一个小伙子走人了，领导这么快就招到一个了。”那女子说得很坦然。

“哦，是吗？”我担心自己是第几个被招聘过来的，也担心自己过几天也被开除了。

那女子开了门，说：“铁打的营盘，流水的兵，这道理你懂的。”

我没再说什么，心想：反正是临时工一个，大不了走人！

那女子安排我坐在她的对面。面对着面，我有点难为情。

“这样便于我们工作上交流沟通。你要是觉得不习惯，可以把办公桌侧过去。我是办公室主任，你是助手，你明白了吗？”

我心想：什么主任、助手的，听着就不爽，好像我低人一等似的。

可我还是点了点头。

我环顾四周，说：“主任，这间办公室就我和您两个人吗？”

主任说：“是啊，就两个人，有什么问题吗？男女搭配干活不累，你这个高才生应该听说过吧？”

我说：“听说过，听说过。”

“今天你是第一天上班，不让你干活，先让你熟悉一下业务。”主任说着，就递给我一大摞的资料，接着说，“你先看这些资料，学习学习，有什么不懂的，可以问我。”

“嗯。”我接过来，随后就埋头看了起来。

这些资料，有汽车方面的知识，有最新的汽车资讯，有行业的营销方案等，这么多，一时半会儿也很难消化。但作为内刊编辑，业务肯定要精通。如果连行业信息都不懂，那怎么编辑呢？

我虚心好学，这点是有目共睹的。相比于之前的快递工作，在办公室看看资料，还算是轻松的。

我感觉自己也了解得差不多了，就跟主任提出编稿子了。

“你想编稿子？那还早着呢！”主任顺手从抽屉里拿出似乎是早已准备好的誊印的资料，说，“你把这里面的文章修改下，看看有几个错别字，几处用词错误，几处句子混淆。你把它一一改出来，再交给我。”

晕，这不是在整我吗？这比面试应聘还要严格呀。怎么会这样呢？我有点扛不住了。但我还是接了过来，心想：凭我的才能，不说全部改出来，也能改个八九不离十吧！

于是，我认真地改起来。我感觉自己是在考试，也似乎在为自己争口气。

半个时辰后，我把改好的交给主任。主任开始批阅。主任在批阅的过程中，眼里放光了，在我改对的地方打勾勾，然后清点了有多少个勾勾。

“不错，你是我所见到的新员工中最厉害的一个。我这里面藏了一百处的错误，你改出了九十三个，很不容易。”主任第一次赞美我。我觉得这一次，她的眼神变得柔和了。

“主任，谢谢您的夸奖。我还有七处没改出来，还要再接再厉。”我笑了笑。

“看来，你是个很有才能的人，我先前小看你了。你叫什么名字呢？”主任问。

这主任也真是的，都快一个上午了，才想到问起我的名字。如果我这次改得很差，可能连我的名字都懒得问了，直接向领导反映，让我走人呢！真是很悬啊！

“我叫阿昆。”我挤出笑脸。

“我就不用介绍了吧，我这里名字牌都有，你早看到了。别人都叫我芬姐，你也可以这么叫。”主任心情不错。

“我还是先称呼您主任吧，等以后熟了，再叫您芬姐吧！”我还是拘谨，放不开。

“没关系的，以你现在的实力，应该不会那么快被淘汰出局。或许我们还是长久的搭档呢！”

我难为情地笑了笑。

“你没去过食堂，中午带你去食堂吃饭。”主任说。

“嗯，谢谢！”

上午下班后，主任就带我去了食堂。说是食堂，跟外面的快餐店没什么两样。因我没有办卡，主任就用她的卡给我刷了饭钱。我心里挺过意不去的。

“现在开始，我们就是同事关系了，你不要太拘束了。”主任竟然坐下跟我一起吃饭，这是我始料未及的。

我只好装作若无其事的样子。

主任问我：“阿昆，你以前做什么的？”

我如实相告：“以前做过快递工作。”

主任有点难以置信：“什么？当快递员吗？”

我说：“是的。”

主任说：“那也太屈才了，好像风马牛不相及哦。”

我说：“吃点苦也好，让我明白了工作的艰辛。”

主任说：“嗯，我想起我大学毕业那年，还发过传单、卖过报纸呢！”

聊着聊着，感觉没之前那么拘谨了。

吃好午餐，主任带我去了她的休息室。

“这是我的单独休息室，很多人都没有这种待遇。你中午要是想休息，可以在这里休息会儿。”主任说。

“那您呢？”

“我中午一般都在办公室上上网什么的，所以休息室对我来说，就像是个摆设。”

“我在您的休息室休息，那多不好意思啊！”

“反正空着也是空着，你就代我好好把它利用起来吧。”

“我怕闲言碎语的，我还是在办公室待着吧！”

“你呀，想多了。由你了。”

我和主任回到了办公室。

中午时间，应该放松心情，我随手拿出包里的钢笔和纸张，练起了字。

主任在上网，瞥见我埋着头，问了句：“阿昆，在干吗呢？”

“练练字。”

主任站起，走了过来，“呀，你的字写得真漂亮啊！”

“这张写好的，送给您。”我把写好的一张递给主任。

“谢谢！我要好好收藏。”主任笑纳了。

写了几张，有点困了，我打着哈欠，随后就趴在办公桌上睡着了。

待我醒来，发现快到下午的上班时间。我赶紧振作起来。

“睡醒了?”主任问。

我觉得自己竟然在主任的眼皮子底下睡着了，真的很羞愧。

我“嗯”了一声。

“我说你呀，休息室给你用，你却不用，却喜欢趴在办公桌上睡，这样睡眠不好的。你不是小孩子了，这样趴着很不雅哦。”主任说。

“主任，您怎么不午睡呀?”我被主任说得满脸通红。

“我习惯了，没有午睡的习惯。”主任回答。

我想：下回我不能在主任面前出糗了。

工作得还算顺利，没有出什么差错。我现在只是打打下手，选稿子、编稿子这类活儿，还是主任亲自“操刀”，我帮她改改错别字什么的，也算尽了力。

第十一章

我没有告诉芸儿我已经换了工作。因为身体的不适，我还是暂且不告诉她。免得到杭州见她后，落得个难堪的下场。这段时间，我以忙碌的工作为借口，没有去见芸儿，芸儿也没有怪罪我。

在那个周末，我在好友阿刚的陪同下，到杭州找店家理论。

在民警的介入调解下，店家愿意一次性赔付我一万元作为医疗费和补偿费，而我打碎的那只茶杯就不用赔了。我觉得这笔钱已很丰厚，也就同意了。签字画押后，我带着现金走人了。

这是我以自己身体伤病的代价换来的。我不知道我以后还能不能像个正常男人那样生活，还能不能拥有爱情和婚姻，在现在看来，都变得那么遥远。

阿刚问我："阿昆，你上次是在哪里检查的？"

我说："路桥医院和台州医院都有看过。"

阿刚说："你要不在杭州医院再检查一下，说不定诊断的结果会不一样。"

我如梦方醒，说："是啊，奇迹总会发生的。我这就去杭州医院挂号。"

阿刚说："你挂个专家号吧，看了心里有底儿。"

我说："听说挂号费就要一两百吧？"

阿刚说："那要的。你还在乎那一两百呀，如果能治好你的病，不说一两百，就是一两千也没关系啊！"

我点头称是。

有阿刚陪着，帮我忙这忙那的，我很快就挂到了专家号，不过是第二天上午的号。

“这么快就挂到了号，挺不容易的。”我说。

“那晚上要待在杭州了，明天看好后才能回去哦。”阿刚说。

“嗯。晚上我们去干吗?”

“要不我们去酒吧怎样？好久没去过了。”阿刚感叹道。

“好，就去酒吧。不过要早点回来，明天还要去医院呢。”

“这个我知道。”

“阿刚，你跟巧儿现在处得怎么样了?”

“没怎么频繁联系，也没提出分手，就那么不咸不淡的。也不知道她现在在杭州过得怎么样，反正我是不看好异地恋的。不像你和芸儿，一个台州一个杭州的，还那么执着，感情还那么好。我和巧儿的感情，可能已经挂在悬崖边上了。”阿刚陷入了痛苦之中。

我拍了拍阿刚的肩膀，安慰他：“晚上我们喝个痛快!”

“好兄弟!”

……

杭州的夜晚很迷人，除了灯红酒绿，还有街上穿梭着的靓丽的妞儿。

我和阿刚进了一家酒吧。前台服务员向我们鞠躬致意。

我俩坐在吧台上叫了啤酒，美女过来给我们开瓶。

这时，我收到一条手机短信。

阿刚打趣说：“让我看看，是哪个小美女给你发的。”

我打开短信，阿刚凑过来看。

是鱼儿发来的，她在短信中说：“阿昆，你人在哪儿？我要跟你好好谈谈。”

我心中一凛：难道阿丘跟鱼儿说我已经有女友了?

“发信人鱼儿是谁呀？好你个小子，艳福不浅，金屋藏娇啊!”阿刚笑着说。

“阿刚，不瞒你，鱼儿是老家路桥的相亲对象，我已经把她介绍给了我的高中同学。”

“你怎么不介绍给我啊，哥好寂寞啊!”

“你跟巧儿还有关系的，我哪敢介绍给你呀，巧儿知道了，会骂死我的。”

我给鱼儿回了短信：“鱼儿，我过两天再约你，好吗？”

鱼儿显然已经憋不住了，又发回了短信：“阿昆，你怎么可以把我推给你的朋友呢？我是一只皮球吗？”

还没等我回话，鱼儿又发来了一条：“还有，阿丘说你的女朋友在杭州，你们关系很好，你怎么可以欺骗我呢？”

我想：这下完了。阿丘也真是的，他自己泡不到鱼儿，干脆拉我下水，揭开我的面纱。要不是看在多年的高中同学、看在他帮我推荐了工作的份上，我肯定要跟他翻脸。

我不知道该怎样回复鱼儿，心里不是滋味儿。

既然说穿了，就来个痛痛快快的，我回复短信：“鱼儿，我确实有女友，我现在就在女友身边。对不起，我没有告诉你事情的真相，害你对我投入了真感情。我现在回头是岸还来得及。请你好好珍惜阿丘吧，他是真心喜欢你的，打从他第一眼见到你时，他就喜欢你了，他是这么跟我说的。我们就到此为止吧。”

鱼儿没再回短信给我。我想，她已经被我气坏了。这回，她弟弟该得意了吧？她弟弟不想我和鱼儿在一起，要我滚蛋，此时愿望已经达成了。

我喝了一瓶闷酒，接着又开了一瓶。

“阿昆，看得出来，你还是挺在乎鱼儿的。”阿刚说。

“阿刚，你明白我。”我接着喝酒。

“你很多情。都说才子多情，看来这话一点不假。”阿刚跟我对喝。

“别说我才子，我都好几个月没写过文章了，笔杆子都快生锈了。”我苦笑着说。

“那你为什么不写呢？”阿刚问。

“之前快递工作实在是太忙太累了，回到家栽头就睡，哪还有精神写作呢？不过现在开始闲了，我要把笔杆子找回来。”

“是啊，我们班就指望你成大作家了，你可别辜负了我们的殷切期望啊！”阿刚端起酒杯跟我对饮。

这时，我看到了一个熟人。我以为自己酒喝多了，特意揉了揉眼睛，再定神看去。没错，是巧儿，她怎么会出现在这里呢？

我先不告诉阿刚，先观察一下再说。

只见巧儿跟中年男子有说有笑的，酒吧里太嘈杂，他们离得又远，我根本听不见他们在说些什么。那个中年男子身体发福，看上去有土豪范儿，不知道是谁搭讪的谁，抑或他们早就认识了，也不知来这里鬼混多少次了。

他们甜蜜亲昵的样子，我实在是看不下去了。

我手指了指，对阿刚说："阿刚，你看那个是不是巧儿？"

阿刚顺着我手指的方向，定了定神，立马站了起来，说："没错，是巧儿，她怎么会在这里呢？我过去看看。"

我叫了声："阿刚，你过去可别乱来啊！"

我有点担心，放下手上的啤酒，也赶忙跟了过去。

阿刚喊道："巧儿！"

巧儿回过头来，见到阿刚，一下子就愣住了。

"你怎么待在这里？"阿刚厉声问道。

"你不是不理我了吗？现在你管不了我！"巧儿嚷嚷道。

那个中年男子说："巧儿是我的女朋友，你们是来找碴儿的？"

"巧儿，你跟我走！"阿刚高声叫道。

"你个负心汉，你有什么资格让我跟你走？"泪水已经打湿了巧儿的眼眶。

在我看来，巧儿心里还是很在意阿刚的。

"巧儿，你这是作践自己，你知道吗？你不能跟一个老头子在一起！"阿刚伸手去拉巧儿，不料被中年男子一推，打了个趔趄。

阿刚爆发了，他猛地上前给那个中年男子一拳，中年男子也不示弱，跟阿刚对打。场面相当混乱，酒吧里骚动不安。

巧儿被这场面吓得哭出了声。

这时，酒吧的几个保安来了，制止了这场打斗。随后，110 也赶来了。

我一看来的那个民警，真是巧，我都见过他三回了。不用多说，就是处理我的案件的民警。

“怎么又是你？”民警见到我，说，“是你惹的事？”

“是我。”阿刚凑上来说。

“我也见过你。”民警说，“还有谁参与了打斗？”

“那个人。”阿刚指了指那个中年男子。

“你们两个人跟我去派出所一趟。”民警说。

“我拉过两人，我也去。”我说。

“这事因我而起，我应该去。”巧儿说。

“好，你们都一块过来吧！”民警说。

在警用面包车里，民警跟我打趣道：“你可事儿真多啊！”

我说：“是啊，刚白天结了一桩事儿，晚上又惹事了。”

巧儿好奇地问：“阿昆，你们白天结了什么事呢？”

我说：“这事真不好意思开口。”

巧儿见狗嘴吐不出象牙，又问阿刚：“刚，白天发生什么事儿了？”

阿刚在气头上，低着头不理睬巧儿。

那个中年男子看不下去了，对巧儿说：“巧儿，你这么爱管他们的事情，你是不是还念着旧情啊？”

巧儿顶嘴了：“念着旧情怎么了？阿刚是我的男朋友，你充其量是我寂寞时的一只备胎。”

那个中年男子发飙了：“什么？你个不要脸的臭婊子！”

巧儿说：“你怎么乱骂人呀！我还没跟你发生过性关系呀！”

阿刚听了精神为之一振，他对中年男子叫道：“你再乱骂人，小心我揍扁你！”

“好了，你们在我的警车上也大呼小叫的，不把我们警察放在眼里，到了派出所，有你们苦头吃！”民警吓唬道。

警车内一下子就静下来了。

路上，那个中年男子慌了，他对民警说：“警察同志，放过我吧，我给你多少钱都可以。你可千万别让我老婆知道我在外面花天酒地、寻花问柳，给你多少钱你说个数。”

我和阿刚听了都惊呆了，原来这个中年男子有家室的，还在外面拈花惹草，真是让人痛恨。

巧儿已经目瞪口呆。她缓过神来，对着中年男子叫嚷："你是个骗子！大骗子！"

那中年男子反驳："你才是骗子！有男朋友了，还想找我这个备胎！"

"不要吵了，派出所马上就到了。刚才听你们在车上叫，你们的情况我大致了解了一点。"随后，民警对那个中年男子说，"不告诉你家人，怎么可能呢！你花再多的钱也收买不了良心和公平正义。"

我一下子对这位熟悉的民警肃然起敬。从他富有正义感的语言里，我读出了他确实是为人民服务，是人民的好公仆。

到了派出所，做了笔录，签字画押，接受批评教育，走人。本来打架斗殴是要行政拘留的，民警念在双方没有人员受伤，事态也不严重，就放过我们了。至于那个中年男子，来接他回去的他的老婆，不知道会怎么想呢？我就不得而知了。

从派出所回来的路上，阿刚对巧儿说："你以后不要在酒吧鬼混了，我很心痛。"

巧儿泪眼蒙眬，说："你想过我的感受吗？你对我不理不睬的，我的心在滴血啊！还真巧，晚上你也在，如果不在，我说不定真的躺在了人家的怀抱。"

阿刚痛苦地说："即使我不理你，你也不能这样子作践自己啊！他是有家室的人，他出来是寻求刺激，只是玩玩的，而你不一样，你要是哪天被他搞怀孕了，你怎么办啊！"

巧儿说："我怎么办不重要，你不也来酒吧寻花问柳吗？"

阿刚说："我寻花问柳？你问问阿昆，我是不是来酒吧寻花问柳的。"

巧儿说："你们沆瀣一气！"

我听得出来，阿刚和巧儿其实都很在乎对方，是时间和空间占了上风，快要击败他们的爱情。

"好了，你俩别斗嘴了。据我分析，你俩是败给了距离。你俩就不计前嫌，重新开始，可以吗？"我语重心长地说。这个时候，我感觉自己当起了爱情导师。

我这么一说，两人都沉默不语了。末了，阿刚说：“巧儿，你跟我走吧，我会好好对你的，我们不能败给距离。”

巧儿说：“你容我好好想想。”

到了预订的旅馆，已经是深夜11点钟了。

“要不，我再预订个房间？我们可不能三个人挤在一间睡哦！”我笑着说。

“嗯，再预订一间吧，你一个人睡，你反正兜里有钱。”阿刚也笑了。

“什么话，我这钱是拿命换来的。”我说出口，马上意识到自己说漏了嘴。

巧儿听得一清二楚，她问：“阿昆，你说清楚，怎么拿命换来的？”

“我……我……”我说不上来。

巧儿说：“阿昆，发生什么重大事情了？你是个老实人，别装了。难道你信不过我吗？”

我说：“这事真不能说啊，我怕说出去，你会告诉芸儿，我和芸儿的关系就完了！”

巧儿说：“我不告诉芸儿，这总可以吧？你和芸儿的感情这么笃定，我想不出还有什么事情可以终结你们感情的。快说吧！”

我有点难为情：“还是等阿刚在床上告诉你吧。我出去了，你们玩得尽兴！”

阿刚得意地说：“阿昆真能感受我此刻的心情啊！”

巧儿说：“你想得美！晚上你不告诉我事情真相，我就不跟你睡了！”

我听了他们的嬉闹很是羡慕，知趣地退出了。

我又去订了房间，靠在床上睡意全无。回想起发生的一幕幕，就像是在做梦一般。

这么晚了，我不忍去打扰芸儿。却不料芸儿这么晚发短信过来：“阿昆，睡了吗？”

我回复：“还没，睡不着。”

芸儿回复：“阿昆，你怎么都不给我打电话发短信了？是不是快递工作忙得让你连打电话发短信的时间都没有了?”

我还没有告诉芸儿我已经换了工作，现在的工作比以前确实轻松多了。我不去看芸儿，勃起功能障碍是一方面原因，还有就是我没有了这份自信。这样也好，我拿忙碌当挡箭牌，芸儿也不会起疑的。

我想了之后回复:“芸儿，我这份工作确实辛苦，你要相信我，我每天干完活儿，下班到家就睡着了。”

芸儿回复:“看你这么辛苦，我挺心疼的。要不你换份工作吧!”

我回复:“嗯，我去找找看，一有机会就跳槽。”

和芸儿聊了很久才睡去。醒来后，阿刚和巧儿已经给我带来了早餐。

我问:“你们都吃过早餐了?”

阿刚说:“嗯，你快吃点吧。今天上午预约的专家号，你可不能迟到了。”

我又问:“阿刚，我的事，你跟巧儿说了?”

阿刚说:“你不是让我在床上说吗?我照你的说了。”

站在一旁的巧儿说:“阿昆，你放心，我不会告诉芸儿的。”

我吃好早餐。

巧儿对阿刚说:“阿刚，你陪阿昆去吧，我就待在旅馆，等你们回来。”

阿刚说:“巧儿，你可不能再去找那个中年男子哦!”

巧儿说:“只要你不抛弃我，我这辈子就跟定你了。”

两人你侬我侬的，我都有点听不下去了。

在阿刚的陪同下，我去看专家门诊。

阿刚给我跑腿，为我节省了不少工夫，准点轮到我看病。

专家询问了我的病史，我如实回答。专家又仔细检查了我的下体，末了，他告诉我:“勃起功能障碍主要有两方面的原因，一是生理因素，二是心理因素。生理因素是由身体的其他器官的病症引起的功能障碍，如果排除了病症，那就是心理因素。看了你以前的病历单，你的身体状况良好，显然是心理因素引起的。心理因素有很多方面，就像你，之前受到过外力击打，当时引发血肿，给你造成了心理的阴影，认为这辈子丧失了性功能，那是不对的想法，必须排除心理阴影。还有一点，有些勃起功能障碍跟长期得不到性满足有很大的关系，你应该重视。”

我问：“医生，那我下一步该怎么办呢？”

专家回答：“你应该乐观自信，消除心理阴影。恢复性功能需要时间，是急不来的。”

我又问：“那我要吃什么补药呀？”

专家又说：“你这么年轻，吃什么补药啊，药补不如食补呢！多参加体育锻炼，身心放松，或许性功能也恢复得快点！”

从医院出来，再回到旅馆，已经是中午了。

巧儿等着我们回来。

“去了这么久呀！”巧儿说。

“提前预约，这还算快了的。现在哪家像样点的医院不人山人海啊！”阿刚说。

“阿昆，医生怎么说？看了没问题吧？”巧儿关切地问我。

我正要回答，却被阿刚插了句：“巧儿，你怎么好意思问那个问题呢？”

这么一说，巧儿就不说了。

我尴尬地笑了笑，说：“没问题，没问题。”

阿刚说：“肚子饿了，我们一块去吃个饭吧。”

我说：“我车票还没订，明天还要上班呢！”

阿刚说：“吃了饭再订也不迟，现在班车多得是，你还怕到不了家吗？”

于是三人去了一家排档吃午餐。吃了午餐后，我就跟他们分开了。

回到台州，我专心投入工作中，不去想感情的事。

过了十来天，芸儿打电话问我什么时候去她那里。

我的心跳到嗓子眼，有点支吾地回答：“我……我每个星期单休，如果要去你那里，至少需要两天时间吧，只有一天时间，差不多都在路上了。”

芸儿说：“看来你是来不了我这边了。还好，我单位偶尔还可以请个假什么的，只能我去你那边了。”

我说：“芸儿，你能来就更好了。以后我有时间了，我会加倍补偿你的。”

芸儿说：“嗯，我就信你一次吧。不过，你可别背着我去相亲喔。”

我心里一慌，故作镇定地说：“不会的，一定不会的，我怎么可能背着你去外面相亲呢？那是对感情的不尊重，是对你的不尊重，我不会做对不起你的事儿，这个你大可以放一百颗心。”

芸儿听了，呵呵笑了，说：“我谅你也不敢背着我做什么亏心事。不过，我要告诉你的是，我妈要给我介绍相亲对象呢！”

我听了心里慌乱了，说：“啊？你妈给你介绍相亲对象了？”

“这下慌了吧！看把你紧张的，不过我没去相亲呀，我妈说那男的怎么怎么的好，可惜被我断然拒绝了。”

我紧张地问：“那你妈没问你为什么不去相亲吗？”

“当然问了，如果不问，不符合思维逻辑呀。我就跟老妈说，我对相亲暂时不感兴趣，待工作稳定后再说喽。”

“嗨，你还挺能应付的嘛！”

“那不这么说，难道要我去相亲吗？”

“没。那你没跟你妈说心里有我了吗？”

“没。不过，我以后会说的，你就别担心这个问题了，反正现在别人给我介绍相亲对象，我是不会去见面的，这下，你满意了吧？”

“满意，非常满意。那就好，那就好。”

我松了一口气，真要是芸儿去相亲了，我都不知道自己该怎么办了。

幸好芸儿在感情方面比较坚定，这点让人欣慰。但我的隐瞒，是不是对芸儿构成了伤害？我不得而知。

芸儿能够做到拒绝相亲，这让人由衷地敬佩。

想想我竟然瞒着她去相亲，内心是惭愧的。虽然我是被动相亲，是为了不违背老妈的意志，但这跟主动去相亲，本质上是没什么区别的。这只能怪自己的定力不够。人的定力不够，就很容易迷失自己。如果继续那样的话，我最终想要的爱情和婚姻都无法得到。

夜晚，我在书房里默念着：“我需要勇气，来拒绝鱼儿；我更需要智慧，来挽留芸儿。”

夜晚很静，心情却很烦乱。我在比较鱼儿和芸儿，换句话说，是在分析哪位女孩更适合与我一同步入婚姻的殿堂，做我未来的老婆。

两位女孩各有特点，一个开朗，一个随和；一个单纯乐观安于现实，一个成熟冷静追求梦想；一个以情感为生活的主线，一个事业和情感并重。前者是鱼儿，生活没有负担，无忧无虑；后者是芸儿，文艺女青年满怀抱负，却不乏善解人意。

我一时间无法弄清我想要的女孩是个什么类型，但心底还是有个雏形。考虑到我自身也是半个文艺青年，我和芸儿有着相同的兴趣和爱好，再加上我们这些年的情感经历，足以让我们的情感牢不可破，所以我更倾向于芸儿。当然，鱼儿对我来说，充满了新鲜感和想要征服的欲望，若不是道德在时刻提醒着我，我恐怕早已守不住自己的底线了。

在这个静静的夜里，我想了很多很多。想到此处，眼前似乎豁然开朗了。

我一定要使出浑身解数，试着去解脱鱼儿，那样对谁都好。

稳住了芸儿，接下来就是怎样处理好与鱼儿的关系了。

说实在的，我和鱼儿的关系，既不像热恋中的男女朋友关系，也不像普通的异性朋友关系，倒更接近异性闺蜜的关系。我之前说过，我不能肯定有这种关系的存在，但我宁愿相信有这种关系的存在。

我似乎想竭力与鱼儿保持一定的距离，从而逐渐降低彼此的亲密程度。然而，鱼儿的本意并不停留于此，她想与我有更深入的接触和交往，无非就是想要我做她未来的老公。我跟她的交往目的不侔，以至于我在有意退缩，而她正在一步一步地逼近。换句话说，我被动，她主动。俗话说得好，男追女，隔座山；女追男，隔层纱，这种情况对我是非常不利的。我若再不拒绝，恐怕难逃鱼儿的“魔掌”。

这回，鱼儿主动邀约我吃饭。

吃饭的地点在拉芳舍。那里环境幽雅、清洁，顺便还能听听悠扬的音乐，舒缓一下心情，实在是谈情说爱、休闲度假、消磨时光的好去处。

鱼儿把吃饭的地点选在那儿，肯定有她的想法。都说女孩子骨子里天生就有浪漫的细胞，在现实生活中，她们会创造浪漫的条件，制造浪漫的氛围。我心想：女人实在是不可小觑的生活艺术家啊。

因为是鱼儿主动请我的，所以我根本不在乎她点了什么佳肴美馔，又不是我埋单。至少，鱼儿没有我那么小气。而我因生活的拮据，家庭的不富裕，换成我请别人吃饭，时常掐着指头盘算着这个菜要多少钱，那个菜是什么价格，以至于都没了吃饭的兴致。

而现在情况不同，有鱼儿这样大方的女孩请客，我可以放下所有顾虑吃好喝好，到时候由她来埋单，我有什么放心不下的呢？鱼儿都被我说成是异性闺蜜了，我还有什么丢脸不丢脸的呢？

跟鱼儿在一块就是自在，没什么好约束和克制自己的。

菜陆续端上来了。果然如我所料，鱼儿出手阔绰，两个人的饭量，却点了六菜一汤，三素三荤，都是拉芳舍的招牌菜。

“阿昆，我就点了这么多，不够的话可以再点哦。”鱼儿笑着说。

“鱼儿，谢谢，谢谢你请我。”我嘴上说着感谢，其实是再来一次确定，只要饭后结账时不要我埋单就行。

“你客气什么呀，来，吃吧。”鱼儿说着，夹了牛柳到我的碟子上。

我受宠若惊，狠命地吃了起来。

鱼儿看着我这吃相，开心地笑了。

气氛相当融洽。

我试探着问：“鱼儿，你跟阿丘谈得怎么样了？”

“他老是追求我，我都拒绝他好多回了。你说烦不烦？”鱼儿说。

“鱼儿，阿丘对你很有心的，你应该好好珍惜他。”我郑重其事地说。

“你把我当皮球了是不是？踢来踢去的。”

“我说过，我有女友了。”

“有女友怎么了？没领证照样可以做选择呀！”

“我们是好朋友，只能是朋友。我跟她恋爱这么久，早就有夫妻之实了，请你谅解。”

我原本以为鱼儿会很生气，然而她却说："阿昆，我挺为你们感到高兴，你们能够坚持异地恋，确实挺不容易的。"

我轻声问："鱼儿，你真的不生气吗?"

"不生气那是假的。事情都这样了，你能让我怎么样？难不成让我割腕自杀呀!"鱼儿嘴角挤出一丝苦笑。

"对不起!"我压低声音说。

鱼儿听得很真切，原本快乐的表情已经不复存在。我说的话，是不是已打击到她了?

"阿昆，爱是专一的，因为你爱着她，所以我们没戏。"

"对不起，我不想伤害你，但你是个好姑娘，我想会有好男人喜欢你的，阿丘就是。"我憋足了勇气说出这话。

我不知道鱼儿这时会怎么想，她内心一定很痛苦吧。但我既然说出口了，就没有回旋的余地，心里反倒轻松多了。与其已预测到不良后果，不如现在就此罢手，趁早把导火索掐灭掉，就不会有太多的后顾之忧了。

时间仿佛已凝滞了。整个包间沉闷得让人透不过气来。

我不敢注视鱼儿，于是转移注意力，将目光停留在招牌菜上。

"阿昆，问你个问题好吗?"鱼儿打破了沉默。

我将目光收回，故作镇定地说："嗯，什么问题，说吧。"

鱼儿问："阿昆，如果没有芸儿，你会喜欢上我吗?"

"这个……也许吧。"我不知该如何回答，用"也许"来敷衍。

鱼儿知足地笑了笑。

"阿昆，谢谢你的坦诚。你没有追求我，这一点做得很好。要是你追求我了，我反而会讨厌你，甚至厌恶你。现在不会了，你让我充满了敬意。那我等你哦。"鱼儿动容地说。

"你知道的，你等我就是白等，我们之间没有结果的。你这又何苦呢?"我着急地说。

鱼儿笑着说："等你跟你的芸儿步入婚姻的殿堂，吃你们的喜糖呀!"

我恍然，说："原来是这么一回事呀，还以为你要等我娶你呢!"

鱼儿努了一下嘴，得意地说："看把你紧张成这样，我又不是母老虎，还吃了你不成吗？你都有女友了，难道我还要等你到白发苍苍吗？我傻呀！"

吃好饭，我跟在鱼儿后面，如之前说好的，鱼儿埋了单。

出了拉芳舍后，鱼儿问："阿昆，你能陪我逛逛夜市吗？我怕以后再也没有这个机会了。"

我爽快地回答："行，一起逛逛。"

见我如此爽快地答应下来，鱼儿高兴地说："实在是太好了，终于有人陪我一起逛夜市了！"

"我以前都是一个人逛夜市的。"

"呀，你个大男人也逛夜市啊！"鱼儿笑了。

"怎么，男人就不能逛夜市了？"我满不在乎地说。

"我可没说不可以哦！"

……

我和鱼儿就这样有说有笑的，不多时就到了夜市。我的摩托车还停在拉芳舍的门前，我们是准备逛完夜市再走回来的。夜市一来没法停车，车子容易被盗；二来我推着摩托车逛夜市，在别人看来显得有点滑稽，所以干脆把摩托车停在原来的地方。

看那夜市，人如潮涌，个个乐在淘宝中。

我和鱼儿往人群里钻。鱼儿像一个女战士一样往前冲，大有冲锋陷阵之势。

我是蛮享受和女孩一起逛街的，特别是逛夜市，这样热闹喧嚣之地，感受一下氛围，人的血液也瞬时沸腾了。和女孩逛夜市，即便饱饱眼福也是一种享受，即便步履匆匆也是一种满足。

我没想过要买东西。虽然夜市的东西比较便宜，特别是一些小物件，价格还挺诱人。我这回是专程陪鱼儿逛的，如果她需要买点什么，我可以在一旁提点意见，当然，最终还是由她自己来定夺。淘她喜欢的，她应该会乐此不疲。

"阿昆，你想买点什么呢？"鱼儿问。

"我还没想好呢！"

“要不，我帮你买条皮带吧，怎么样?”鱼儿说。

“不用，谢谢!”

我看了下时间，晚上 8 点半，再逛一个钟头，可以打道回府了。

我担心我和鱼儿逛街的时候，芸儿会打来电话，问我在做什么。

如果我不接芸儿的电话，那样会引起芸儿的质疑。平白无故地不接电话，那不是我的行事风格。从我跟芸儿相处以来，我就没摁掉过她的来电，除非我没听到电话铃音，那就另当别论了。

为了避免引起不必要的尴尬，我把手机调整为震动状态。

在一处贴手机保护膜的摊位前，鱼儿止住脚步，掏出她的手机，对我说:“阿昆，我的手机保护膜旧了，要重新贴一张。你呢，你的手机要不要贴呀?”

我踌躇着，要不要把手机掏出来，让鱼儿给我贴保护膜呢?

“鱼儿，我这部手机不值钱，用不着贴的。”我说。

鱼儿说:“手机贴膜很便宜的，贴了保护膜对手机屏幕有保护作用，万一手机不小心蹭了一下，保护膜破了，手机屏幕还是好的。你就听我的吧。”

我犹豫不决，生怕贴保护膜的时候，芸儿来电，那该如何是好?

“别磨蹭了，把手机给我。”鱼儿吩咐道。

我没辙了，只好从兜兜里掏出手机。

正当鱼儿接过我的手机，最不愿看到的一幕发生了:芸儿竟然不早不迟地打来了电话!

面对这一情景，我的双腿仿佛已经凉了半截。

芸儿的名字欢快地跳跃在屏幕上，鱼儿看得一清二楚。

我瞬间呆若木鸡，惊得目瞪口呆。

“你怎么把手机调成了震动?你的芸儿来电话了。”鱼儿把手机递了回来。

我接过手机，迟疑着要不要接听。

“你快接呀，你的芸儿，你怎么不接呀?你接吧，就当我什么都没听见。”鱼儿急着说。

我走了几步，避开鱼儿有三四米远，接起了电话。

“喂，芸儿呀。”

“阿昆，晚上怎么不打电话过来呀，也不发个短信的，是不是很忙啊？”芸儿在那头说。

“嗯，最近确实有点忙哦，到家都想睡觉了。”

“阿昆，我听到你那边很吵啊，你是不是不在家里呀？”

我心里一慌，回头看看鱼儿，发现她什么时候已站到了我身后，心里更慌了。

“我，我……”我竟然对不上话了。

“阿昆，你怎么了？你那边出什么事了？”芸儿急了。

“没，没有，没出什么事。”我感觉自己都快成结巴了。

“你不要骗我了，你说话从来没这么慌张过，你一定出什么事儿了，快告诉我，不要瞒着我了。”芸儿催促着说。

我的脑子在飞快地转动着，像失控的车子在高速上风驰电掣。

我只好顺着芸儿的思维，编了个事儿：“嗯，告诉你好了，今天摩托车不小心被小汽车刮擦了，回家晚了，现在还在路上呢！”

“啊！你伤得重不重？去医院看过没有？”芸儿的语气更急促了。

“芸儿，你不用担心，只是刮擦了摩托车，人没事。”我宽慰道。

“怪不得你那边那么吵，原来你还在街上。阿昆，这事是怎么处理的？”

“对方不吭一声就跑了。”我实在是编不下去了。

“真可恶！真缺德！阿昆，你报案了吗？”芸儿问。

“没哦，我又没什么大碍，这事就算了。”我真不想说违心的话。

“你太善良了。好了，过几天我去你那边看你。”

“哦，你大老远的，要来我这里看我呀？”

“不行吗？就只能你来我这边，就不能我去你那边了？过几天就是周末，我有空，顺便跟同事调班，多请两天出来，好好陪陪你。”芸儿说。

“好吧。”

“对了，阿昆，你得提早给我订好旅馆，知道了吗？”

“知道了。”我唯唯诺诺。

挂了电话后，我发觉鱼儿表情很难看，心虚的我羞愧得赶紧低下了头。

鱼儿开始发话："你为什么要骗芸儿呢？她这么关心你，你反而编个故事出来，你觉得这样做对吗？"

我摊摊手说："我总得自圆其说吧，总不能跟她说，我跟你在逛街吧？"

"反正我听了，心里很不爽，你这是在欺骗她，你知道吗？"

"鱼儿，我这也是没办法的事，请你谅解。我是为了避免引起不必要的误会，才出此下策。"

"你就不能说自己跟朋友在逛夜市吗？多简单的事儿，被你编得那么复杂。"

"哎，编了也就算了，芸儿竟然要过来看我，真拿她没办法。"

"来就来吧。你跟她是恋人关系，什么事情都要坦诚相待，知道吗？你是担心我会插在你们中间吗？放心吧，这个周末我不会跟你联系，你也不用联系我。我想，以后我们还是少联系为好，以免引起不必要的麻烦，你说呢？"

从鱼儿的话语，我听出了她的责怪和批评。在这件事情的处理上，我确实做得不妥，偏离了正常轨道。

我内疚不已。不管鱼儿怎么说我，她都是对的。在鱼儿面前，我只能低头认错。

见我态度诚恳，鱼儿也就不说我什么了。

我们逛了一圈后，鱼儿说："我们回去吧。"

我和鱼儿从夜市转回到拉芳舍的门口。

鱼儿跨上摩托车，说："送我回去吧。你的芸儿要过来了，这些天别再联系我了。"

"啊？连问候一声都不行吗？"我说。

"不行。我不想引起更大的误会。那样，你的芸儿会吃醋的。"

"那好吧。那我们还算是知心朋友吧？"

"这要看你的了，你把我当知心朋友，我就把你当知心朋友。即使你把我当成你的女朋友，我也不会介意。"

从鱼儿的话里，我能听出一些名堂。不过，这个主动权还是在我的手上，我若是放弃芸儿追求鱼儿，那鱼儿绝对不会有任何意见的。可能，她心里十万个愿意，举双手赞成呢！然而，要我放弃芸儿，就像从我身上割肉一样，除非芸儿不理我了。

送鱼儿回到她家后，我骑着摩托车回自己家了。

第十二章

我所担忧的事，终究还是来临了。当阿刚把我的事告诉巧儿后，我就预感到不妙了。虽说巧儿口口声声保证不会告诉芸儿，但她俩是多年的好友，能不说才怪呢。话说回来，巧儿的出发点是为了我好，让我勇敢地面对现实，面对芸儿，而不是选择逃避芸儿，甚至逃避和放弃爱情，这是最傻的做法了。

我收到巧儿发来的短信：对不起，阿昆，为了你好，我还是把你的事儿告诉了芸儿。我想，芸儿这么爱你，一定不会嫌弃你的。我相信芸儿一定能帮你重树男人的雄风。

不多时，芸儿打来电话："阿昆，巧儿已经告诉我了，你还想让她瞒着我，你真傻呀，你这是在选择逃避，你知道吗？你来到杭州看病，都不告诉我一声，你想，我心里会有多难受吗？"

我不知该怎样回答，是我做得不对，我还能说什么呢？我现在连争辩的底气都没有了，我只想好好地静心感受这扑面而来的关爱。

"芸儿，对不起！"我有点哽咽了。

"阿昆，把你路见不平一声吼的勇气找回来，面对任何事情都勇敢自信，知道吗？"

"芸儿，你是赞美我见义勇为吗？"

"嗯，阿昆，你当时勇敢无畏，在别人袖手旁观那场斗殴，你反而挺身而出，勇敢地去制止。阿昆，你知道吗，女人心里都藏着一位英雄的，而你所做的，让我看到了光彩的一面，看到了女人内心深处想看到的英雄的一面。你觉得，我还舍得抛弃你吗？"

我被芸儿的一番话震住了。

"芸儿，你不怪我对你隐瞒了这么久吧？"

“我怪你能有什么用呢?”

“还有，我换了工作也没告诉你。现在在汽车城做内刊编辑。”

“我知道了。”

“啊?你知道了?”

“有什么大惊小怪的，巧儿告诉我的。你这工作不是挺好的吗?为什么不告诉我呢?”

我沉默着不说。

“就因为生理上的原因吗?想逃避我吗?”

“我……我……”我答不上来。

“我知道你想说什么，不过没关系，这事算是翻篇了。你以后呀，可千万别瞒着我什么了。你以为我知道你勃起功能障碍就会离开你吗?你想错了，哪怕我们这辈子过无性婚姻，哪怕这辈子我们没有孩子，我都不会离开你的。阿昆，你知道吗?”

我感动得无以复加。

“等过些天，我去你台州玩。”

“芸儿，你抽得出时间呀?”

“嗯，我可以跟同事调班的，为了能和你在一起，也只能这样了。”

“那太好了，我会在十里长街等你。”

……

几天后，芸儿买好了车票。

预计从她那边到我这边差不多是中午时分。那样也不错，中午我刚好可以趁着午休到车站接她。

我原先已征求芸儿的意见，帮她在车站附近的一家旅馆订好了房间。

那天上午，芸儿给我发来短信:“阿昆，我上车了。”

我立马回复:“好的，我中午到车站接你。”

芸儿回复:“嗯，我到站后，给你打电话。”

我回复:“好的，不见不散。”

一想到就可以见到朝思暮想的芸儿，我抑制不住内心的激动和喜悦。离上次见芸儿，已好几个月了。如此漫长的等待，换来两人的相聚，这能不让人喜出望外吗？芸儿能大老远地坐车过来，证明她心里是有我的。

很快到了中午，芸儿打来电话：“阿昆，车子进站了，你快过来接我吧！”

我说：“知道了，我开摩托车，几分钟就能到。”

芸儿说：“路上小心点儿。”

“嗯，知道了。”

说完，我匆匆跑到车棚，骑着摩托车往车站方向赶去。

我很快到了汽车站。

这是我们浙江台州的客运南站，在我们台州，算是数一数二的汽车站了。而我工作的地方离车站只有四千米左右的路程，所以我骑摩托车十来分钟就到了。

对于这个汽车站，我是相当熟悉。车站的每个角落，几乎都有我留下的足迹。特别是大学四年期间，我都要从这个车站买票，从这个车站出发，也回到这个车站，所以，我对家乡的汽车站是充满着感情的。

话说回来。我早看到了芸儿，她就站在车站出口旁的那个小报亭处等我。

芸儿可能没注意到我，瞧她还在左顾右盼的，我激动的心快要跳出胸膛了。

同读书时期的装束那样，芸儿的着装还是那样的清新自然。她是个文艺女青年，充满着文气和秀气。芸儿自工作后，仍然固守着内心的坚持，将文艺女青年的气质展露无遗。对我来说，数月的分别，几近可以用“阔别”一词来形容了。都说恋人之间，“一日不见，如隔三秋”，此话一点不假，似乎在我自己的身上充分地验证着，我能感同身受。

我停下车时，芸儿已经注意到我了。我原本还想多欣赏一下芸儿站在报亭旁的靓影。

“阿昆，你可来了。”见到我时，芸儿开心极了。

我说：“芸儿，我早看到你了，你才看到我呀？”

芸儿说：“阿昆，我怎么就没看到你呢？”

“我是刚到的，因为你站在那儿，目标太明显，我一眼就看到了。

不多说了，先把行李箱给我。”我说着就去提行李箱，接着说，“呦，挺重的，里面都放了些什么呀？”

“你傻呀，里面不就放着行李吗，我还能放什么呀？”

“你一定放了很多吃的，我猜的。”我笑着说。

“哦，还真被你猜对了，我确实放了不少零食呢，你是怎么知道的？”芸儿好奇地说。

“我还不了解你吗？以前在一起看电影，你都带着零食的。还有，要出去玩的时候，你也会带着零食的。”我说着，将行李箱绑在摩托车后面。

“阿昆，你还真了解我呀！”芸儿赞道。

“我不了解你谁了解你呀！”我得意地说。

“你那摩托车后面还能坐吗？”芸儿疑惑地问。

“怎么不能坐呢？不就挤点嘛！没事，坐上来吧。”我示意芸儿跨坐。

芸儿坐上来后，问：“阿昆，你帮我订了哪家旅馆呢？”

我神秘地说：“你去了就知道了。”

芸儿说：“你这边，我可都不熟悉的。”

我说：“接下来的几天，我带你多走走吧，熟悉熟悉我的家乡。对了，你出来爸妈知道了吗？”

芸儿说：“我跟他们说，单位旅游呢！”

我惊讶地说：“啊？你怎么能骗你爸妈呢？”

芸儿有点埋怨地说：“还不都是为了能见到你吗？”

我不说了，内心充满了感动。

我骑着摩托车，将芸儿带到了附近的旅馆。

停好摩托车，我殷勤地将芸儿的行李箱搬到房间里。

我问：“芸儿，你瞧瞧，我给你订的房间还满意吧？”

芸儿仔仔细细打量了房间，说：“比较清洁，还算过得去吧。价钱不便宜吧，一天要多少呢？”

“要两百呢！”

“这么贵呀，还是退房吧，找间便宜点的。”

“芸儿，我已经交了押金的，想退也退不了。”

“那你订了这么贵的房间，怎么事先不跟我说声呢?”

“在我这边，旅馆住宿费一天都要好几百，两百元一天不算贵的，我也是挑了两三家才选的这一家呢!”

“那我打算住三个晚上，不就要六百块吗?”

“是啊，这钱是省不掉的。”

见芸儿打开了挎包，我不知道她要做什么。

芸儿说：“阿昆，这几天的住宿费由我来付吧。”

我说：“不行，不行呀！芸儿，你来我这边，你就是客人，哪有让客人付钱的道理呢？这行不通的。这要是让外人知道，还不笑话我吗?”

“你怎么这么爱面子呀，我跟你还分彼此吗?”芸儿说着，从钱包里掏出数百块，接着说，“阿昆，你拿着吧，我来你这边，花钱的地方多着呢！我总不能让你一个人承担吧?”

我一向很听芸儿的话，可这回竟然执拗起来，说：“芸儿，你这回出来是瞒着你爸妈的，他们没有支助你，你过几天还要买车票回去，这钱你就留着吧!”

芸儿见我坚决不要，就把钱收了回去，说：“阿昆，你比以前大方多了。”

“哦，芸儿，听到你的赞美，我太高兴了！走吧，中午我们好好撮一顿吧!”

我想，有芸儿陪在身边，再怎么窘迫也是一件幸福的事情。当然，这个时候要是多点钱供我俩好好消费，那就是上天最好的恩赐了。

我也明白了一个道理：要生存得吃饭，要吃饭得去干活，要想过个好日子，得努力去奋斗。不努力不行呀。

就这样，芸儿跟着我一起下楼找吃的去了。

走在熟悉的街道上，我滔滔不绝地给芸儿讲解家乡的特色美食。

“芸儿，我家乡有好多特色美食呢，比如重阳糕、麦饼筒、临海麦虾、林家肉圆、泡虾、嵌糕、姜汤面、糖炒栗、霉干菜饼、凉菜膏、手抓饼、糟羹、咸羹、炒面干、红糖麻糍、漾糕、五香豆腐干、番薯圆、南瓜饼、皮蛋粥、糯米油条、红糖馒头、姜汁炖蛋、三黄鸡……”

“好多呀，有机会都想尝尝。”芸儿说。

我又说到风景：“芸儿，台州美景很多，有临海江南古长城、紫阳街，天台国清寺、琼台仙谷、石梁飞瀑，温岭长屿硐天，路桥十里长街等。这两天带你在路桥转转，欣赏一下美丽风景。”

“好呀，这次出来，一来看你，二来游玩。”芸儿乐了。

见旁边有一家台州地方特色的面馆，我和芸儿旋即迈了进去。

我们找了个位置坐下，看了看菜谱，上面标着的大多为台州的特色美食。我点了份杜桥炒面干，芸儿点了份临海麦虾，这两样可都是正宗的台州特色美食。

我明知故问：“芸儿，你以前没吃过临海麦虾吧？”

芸儿回答：“是啊，第一次尝鲜呢！”

我介绍说：“麦虾，顾名思义，就是用小麦粉做的形状像虾子的主食。”

芸儿说：“这个不难理解，我能想象出它的样子。”

我说：“嗯，待会儿服务员端上来，你就能看清麦虾是个什么形状了。”

话没说上几句，服务员就端着临海麦虾上来了，还很客气地说了句“请慢用”。

热气腾腾的麦虾，看着就嘴馋。不过这是芸儿点的，我可不能贪吃哦。

稍后，我点的杜桥炒面干也上来了，香味瞬间扑鼻而来。

“芸儿，我的炒面干你也尝尝吧，反正你都没吃过。”我笑着说。

“嗯，那我就不客气了，肚子真的饿瘪了。”芸儿说着，就从我的碗里夹了炒面干过去，大口地吃了起来。

“好吃吗？”我问。

“好吃。”芸儿点着头。

“那就多吃点哦。”

芸儿顾不上回答了。

我偷着乐。这个时候，文艺女青年的范儿都跑到九霄云外了。

不知不觉地，我竟发觉芸儿已吃了大半碗的杜桥炒面干。她竟然把我的份儿给抢走了一大半，真不可小觑她的饭量。

我惊讶地说：“芸儿，你现在的饭量比以前大多了哦！”

芸儿抽出一张纸巾，轻抹了一下嘴，说：“可不是嘛，遇见美食我能不多吃吗？难得来到你的家乡，你就别把我的嘴管得太严了，该吃就吃，只要价钱不贵就行。”

我说：“这些主食价钱不贵，二三十块，你就放心地吃吧。”

芸儿说：“嗯，这话我乐意听。”

我说：“我在你面前一直很大方、很慷慨的。”

芸儿说：“得了吧，你就贫吧。你这人呀，生活中最会算计钱了，还好不是读会计专业出来的，否则呀，我恐怕被你给活活饿死了！”

我辩解说：“芸儿，话别说得这么严重好不好？我平时对自己省吃俭用，对你可是慷慨解囊，花钱的时候，眼睛都不眨一下，难道不是吗？”

“嘴巴越来越甜了，怎么着，跟谁学的？以前老实本分的，现在怎么就油嘴滑舌了呢？”

“芸儿，你别这么说我好不好？我本性良善，只是为了生存和发展，我总不能天天一声不吭、沉默寡言吧？你说呢？”

“总感觉你越来越会讨女孩子欢心了。老实告诉我，你还跟谁在交往？”

“天地良心，除了你，我没有跟别的女孩有过任何交往。”我有点心虚，说话的底气显得不足，但还是掩饰过去了。

“你妈就没有给你相过亲吗？”芸儿抛出这一句。

“没，没有。”我有点紧张。这句话正插中我的要害。

“我觉得不靠谱。我妈都给我介绍相亲对象了，你难道会没有？”

“没，真的没有。”我赶忙避过芸儿的眼神，心跳得厉害。

“阿昆，你要跟我说实话的，有就有，没有就没有，相亲很正常的，有什么不可告人的？”芸儿仍然没放过我。

我紧张得喘不过气来。

见我不吭声，芸儿也就不再追问了，把她那吃剩的半碗临海麦虾推到我面前，说：“剩下的你来消灭掉吧！”

我赌气不想吃。

“怎么了？我相信你还不行吗？其实我心里有数的，我们的感情只有我们自己最清楚了，不是吗？”芸儿认真地说。

这句话中听，我勉强地笑了笑，其实内心还是很不安的。

我如同秋风扫落叶，把剩下的全部吃了个精光。

吃好午餐，我送芸儿到了旅馆，就匆匆去上班了。

芸儿旅途劳顿，一下午都待在旅馆里休息，静候着我的到来。

我下班后并没有直接去芸儿下榻的旅馆，而是先回了一趟家。

我暂且不会把芸儿到来的事情跟老妈讲。我所担心的是，鱼儿会不会把我出卖了？她要是跟媒人说我已在外面有女友了，那我可就“罪大恶极”，跳进黄河也洗不清了。所以，我得跟鱼儿通个气。

“鱼儿，我原先忘了告诉你一件事。”

“阿昆，什么事情呢？”

“鱼儿，你没跟媒人说我的事吧？”

“当然没有了。阿昆，你放心吧，我是个明事理的人，不会无缘无故打电话骚扰你的。我祝你们幸福。”

我松了口气，挂上电话，觉得莫名轻松。

我告诉老妈：“妈，我晚上不在家里吃饭了，米饭别放太多哦。”

老妈回头笑着说：“晚上是不是跟鱼儿约会呀？”

“嗯……是的。”我假意笑了一下。

本想冲个澡，换身衣服，一看芸儿给我发来了短信，我立马跨上摩托车就往旅馆赶去。

到了旅馆，敲了几下房间的门，见没有回应，我又重重敲了几下，还是没有回应。这就奇怪了，难道芸儿睡过去了？不可能的，即便睡了，也不会睡得这么沉吧？不会连这么响的敲门声都听不到吧？芸儿明明跟我说在旅馆房间里等我的，应该不会跑哪儿去吧？我得下去问问前台的服务员。

到了前台，我问：“您好，您有没有看到一个女孩从楼上下来呀？”

服务员被问得云里雾里，说：“什么？女孩？长什么样儿的？”

我急着说：“就是306房间的那个女孩啊！我敲她的房门怎么没反应啊？她有没有出去呀？”

服务员不紧不慢地回答："我们这里进进出出的人太多了，我没注意到你说的那个女孩呀。要不，你打个电话给她，不就行了吗？"

我一下恍然，怎么就忘了给芸儿打个电话呢？

我连忙拨了芸儿的手机号码，但很遗憾，芸儿的手机竟然没人接听。

这下我就更加着急了，在旅馆的前台不停地来回转。

我对服务员说："她的手机没人接听啊，你们帮我打下306房间的座机号码，看看有没有人接听。"

服务员说："好的，请稍等。"

服务员拨打了房间的座机号码，那个座机竟然也没人接听。

我急得简直要撞墙了。

忽然，我转念想到：服务员不是还有备用钥匙吗，让她开一下房间的门，不就什么都明白了吗？

我又对服务员说："你们能不能帮我开下306房间的门，我是她的男朋友。"

服务员见我急成这样，也不像是在演戏，说："好的，我帮你打开房门。"

我跟着服务员到了306房间的门口。

我特意高声喊了一句："芸儿，你在里面吗？请开开门。"

没有回应之后，服务员就帮我打开了房门。

"芸儿！"我进去大喊一声，耳朵却听到了浴室里"哗哗"的水声。

"哎，阿昆，你来了，我在浴室里泡澡呢！你要不要进来呀？"芸儿甜甜地说。

我发现芸儿的手机落在床上呢。

服务员知趣地走开了。

我说："芸儿，我找得你好辛苦呀，原来你在泡澡哦，怎么就不回个电话呀！"

芸儿说："手机放在床上呢。没把你急着吧？"

我有点埋怨地说："还说呢，我都慌作一团了，还以为你出什么事儿了！"

芸儿说：“我说过在房间等你的，我能跑哪儿去呢？”

这倒也是，真是虚惊一场。

工作了一天，我往床上一靠，本想趁芸儿泡澡之际，好好闭目养神一会儿，可能是因为太劳累吧，竟不知不觉地睡了过去。

也不知道芸儿是什么时候泡好澡出来的，她把我摇醒时已是晚上8点多钟了。

我一下子直起身来，叫道：“不好，睡过头了，耽误了吃饭时间！”

芸儿说：“可不是嘛，我如果再不把你催醒，你就这样一直睡着，说不定要睡到晚上12点钟呢。”

“你看我浑的，竟然在吃晚餐前睡着了。芸儿，你怎么不早点把我叫醒呢？”

“瞧你睡得这么香，一定是累了，我怎么忍心把你叫醒呢？现在我肚子在咕咕叫了，就只好把你弄醒喽！”

“下次我一定打起十二分的精神，绝不让自己睡着。”

“你太困了，别强迫自己不睡觉，那样对身体不好，该睡的时候就得睡，哪怕只睡一时半刻也是好的。何况，你现在身体情况特殊，就更应该补充睡眠，不是吗？”芸儿说得句句在理。

一想到勃起功能障碍，我就沉默不语了。

出了旅馆，我和芸儿在路边一个小摊各点了一份凉皮。

凉皮滑滑的，口感很好，虽然是冷的，但丝毫没有降低我们的食欲。在路摊上吃，反而吃得挺过瘾的。两碗凉皮总共只要十块钱，实在是最低的消费水准了。

“阿昆，你晚上吃一份凉皮，肚子不够饱吧？”芸儿问。

说实在的，我平常在家里每顿都能吃掉两碗饭，还不包括蔬菜鱼肉的，现在只吃一份凉皮，分量又少，根本无法填饱肚子，充其量只能当作吃了次点心。不过，一想到芸儿的行李箱里塞满了零食，饿肚子肯定没我的份了。

我问：“芸儿，要不再来一份凉皮？”

芸儿说：“阿昆，冷的食物吃多了对胃不好，你还是不要吃了吧……”

芸儿的话我是不得不听的。

不过，芸儿来了句："等下去吃馄饨好不好？"

我高兴得亲了一下芸儿的脸。

"大庭广众的，多不好意思呀！"芸儿躲之不及。

"有什么不好意思的，人家还在街上亲嘴呢！"我坏笑着说。

"别嘴贫了。走吧，吃馄饨去。"

……

两人并肩走在街上。

"阿昆，哪儿有卖馄饨的？"芸儿问。

我说："这边有好几家拉面馆，应该都有馄饨卖的。"

"那就去瞧瞧喽，如果没有馄饨卖，吃碗牛肉拉面也没关系呀。"芸儿说。

"这些店感觉不是很卫生。"

"这么说，我们刚才吃的凉皮，是地摊上买的，是不是更不卫生呀？"

芸儿说得在理，我被驳得对不上话儿来。一向很注重饮食卫生的芸儿，难道现在只求美味，不求卫生了？她应该是考虑我的经济能力，甘愿这样吧？

我好生感动，脑子里倏然闪过一个结论：能考虑我的感受、能为我省钱的女人，是个好女人。

来至拉面馆，一眼就看到墙壁上贴着一张大大的菜单，明码标价，一目了然。

店家热情地招呼："你们吃什么？这菜单上有的，我们都会做。"

我点头会意，仔细地看着菜单，特别是那显眼的价格。

芸儿没看菜单，直接问店家："有馄饨吗？"

店家回应："有。要大碗还是小碗？"

芸儿说："馄饨也分大碗和小碗？"

店家说："是呀，我们这里的牛肉拉面、刀削面什么的，都有大小碗的。大碗只比小碗多两块钱，分量可多了。"

芸儿对我说："阿昆，我们来一份大碗，分着吃吧。"

我点点头，表面不说，心里挺不乐意的。这一碗馄饨，还不如半碗米饭来得饱呢。这且不说，还要分着吃，难道只是来尝鲜的吗？

芸儿回头告诉店家：“就要一份大碗的。”

店家说：“好的，请稍等，马上就好。”

芸儿像是察觉出了什么，说，“阿昆，你是不是因为我只点了一碗馄饨，心里不高兴了？”

我不置可否。

芸儿又说：“我尝几个就可以了，大部分留给你吃。刚才吃过凉皮，我不饿了。你不一样，饭量大，不能饿着。”

馄饨上来了。两人一起夹着同一口碗里的馄饨。

我吃着美味的馄饨，尽管馄饨不是甜的，但早已甜到心里头了。

晚上八九点钟是广场最热闹的时候，我和芸儿吃好馄饨，慢慢地逛到了广场边上。

这个广场叫永安广场，南临南官河，北临路桥大道，东边是台州市新华书店，西边是台州客运南站。

走进广场，大妈们正在跳着广场舞。她们在用快乐的舞步传播着健康。

跳广场舞的大妈们，有些舞步熟练，有些舞步僵硬，更有些正在初学，跟不上音乐的节奏，但她们心无旁骛，专注于跳舞，尽情地享受这份闲情逸致。

我想到，不知从何时起，广场舞以摧枯拉朽之势席卷了中国的各个城市和乡村。在各地的公园、广场，甚至是一块较为空旷的地带，都可以看到一群大妈在翩翩起舞。她们舞出健康，舞出美丽，舞出人生的精彩。台州路桥的永安广场，也概莫能外了。

偌大的广场上，音乐声此起彼伏。各式的舞蹈也随着音乐而尽情地舒展。一会儿，东头的放音机里播着《最炫民族风》；一会儿，西端的扩音喇叭里传来《小苹果》。伴着音乐，大妈们时而弯腰抬手，时而扭动腰肢，时而转圈侧身，个个神情怡然自得。我和芸儿痴痴地看着。

再看看那边，几位老伯伯在悠闲地、全然忘我地打着太极拳，那一招一势，非常流畅到位，真可以与太极张三丰一较高下。

在那长长的廊凳上，三三两两坐着俊男靓女，他们卿卿我我，让人很是艳羡。

“晚间广场挺热闹的。”芸儿不由得赞道。

“可不是嘛，这是一道美丽的风景。”我说。

“等我岁数大了，我也学着跳广场舞，要跳得比她们还要好。”芸儿信心满满地说。

我默默点头称是，然而眼睛却关注着那边调情的男女。

“瞧你的眼珠子，老盯着那些勾肩搭背的男男女女，就不顾及我的感受了吗?”芸儿有点醋意。

“我们也可以勾肩搭背呀!”我说着，搂过了芸儿的肩膀，得意地说。

芸儿满意地接受了，轻声娇羞地说:“你坏!”

我迅雷不及掩耳之势，亲了一下芸儿的额头。

芸儿似乎意犹未尽。

在永安广场待了会儿后，我和芸儿往旅馆方向走去。

正在这时，老妈来电了。

我有点紧张地对芸儿说:“我妈打电话过来了。”

芸儿说:“你妈打电话给你，你紧张什么呀，接呗。”

我接了老妈的电话。

“喂，妈，有什么事情吗?”我担心老妈会提相亲之类的事儿。

老妈说:“刚才媒人打电话过来了。”

我觑了下芸儿，幸好她的注意力不在我这边。

于是，我“嗯”了一声。

“阿昆，媒人问你们谈得怎么样了?”老妈又问了句。

“很好呀。”我匆匆挂了电话，生怕芸儿听到。

本以为芸儿没听见，哪知芸儿问了句:“阿昆，什么很好呀?”

“我……我……”我说不出来了。

“阿昆，你怎么了?说话吞吞吐吐的，有什么事情可以告诉我呀!别对我隐藏了。”

我只好坦诚相告:“芸儿，对不起，之前我瞒着你相过一个对象。

我没敢告诉你，怕你生气。可我不能再隐瞒下去了，我已拒绝了对方，你应该相信我的。只是，我还瞒着老妈和媒人。”

芸儿并未吃惊，似乎早有心理准备。她缓缓地说：“其实，我已经知道你的事情了。是巧儿告诉我的，应该是阿刚告诉巧儿的吧。你的事情我都知道。”

我很惊讶，说：“什么？我的事情你都知道？”

芸儿点点头，说：“之前你隐瞒着我，我没有逼问你。我是想让你亲口告诉我。”

我心里埋怨：阿刚也真是的，把我的事情都告诉了巧儿。

回到旅馆。

刚在床沿坐下，芸儿冒出一句话：“阿昆，你早点回去吧。”

我有点诧异地说：“芸儿，怎么了？刚到旅馆你就下逐客令了，能不能让我歇会儿呀！”

芸儿淡淡地说：“你让我静会儿心，行吗？”

我说：“行呀，我们不说话就是了。”

芸儿侧过身，说：“我看着你就烦。”

我说：“芸儿，事情都过去了，你还计较什么？”

“你快回去吧，让我清净一下。”芸儿催促道。

“我不走啊！我要等到你睡着了再走。”

“你不走是吗？好，你不走，我走！”

芸儿正要出旅馆房间的门，被我一把拦了下来。我急着说：“这么晚了你要去哪里？你回去，我走就是了。”

我这么一说，芸儿止住了脚步。我赶忙将她拉回到了房间。

芸儿不吭声。

“芸儿，你远道而来，在我的家乡，我要确保你的人身安全，这是最起码的。如果你晚上单独出去，你的人身安全得不到保障，万一出个什么事儿，我怎么向你的父母交代？我将对你愧疚一辈子，你知道吗？”我有点激动。

这回芸儿由衷地笑了。

“阿昆，看来你心里有我的。其实我心里只是想激一激你，看你有何反应，到底是不是爱我。从你刚才的言语行动，证明你是爱我的。我很感动。”

“啊？晕，芸儿，这回被你给耍了！”我扳过芸儿的肩膀，狠狠地捏了一把。

“啊！”芸儿尖叫了一声，说，“阿昆，你捏疼我了！”

“看你以后还敢不敢耍我！”

“是你耍我在先，我只是以其人之道还治其人之身罢了！”芸儿有点得意。

我不再说什么，一把将芸儿箍紧了。

我能感觉得到，我的生理上有了一点点的反应，这种反应已是久违了的。但拥抱之后，我又像一只泄了气的皮球一样，蔫了。

其实，芸儿渴望我进一步的动作，可我没有，我做不到。

“不为难你了！”芸儿靠在我的肩上，说，“放心吧，阿昆，我一定会让你好起来的。”

芸儿给了我信心，我还有什么理由不快快好起来呢？

我和芸儿相拥着，心潮已然澎湃。

“芸儿，我决定带你去见我妈。”我动情地说。

芸儿简直不敢相信我说的这句话是真的，说：“阿昆，我不是在做梦吧？”

我坚定地说：“芸儿，你没在做梦，这是真的。”

幸福的泪花在芸儿眼眶里打转。“阿昆，你要是真带我去见你家人，我愿意放弃杭州的工作，跟你厮守在一起！”

我又紧紧地箍住了芸儿。

也不知过了多久，我从裤兜里掏出手机，一看时间，刚过 11 点。

我笑着说：“才 11 点呢，还不算迟，芸儿，我要看着你睡着了再走。”

“你傻呀，要是我 12 点还没入睡，你就不走吗？”芸儿乐了。

“现在这个点，老妈早就睡着了，我早点晚点回去没什么区别哦。”

“我又不是小孩子，为什么非要等到我睡着了才走呀？到时说不定我们都睡着了，那你怎么回去呢？”

“那我就一觉睡到天亮喽!”

“你不怕你妈说你吗?”

“当然不怕，又不像你，在杭州把我一个人冷冷清清地丢在旅馆里。”

“不说这个了。阿昆，你妈会接受我这个外地女孩吗?”芸儿问。

“你这么好的女孩，我妈能不接受吗?”

“假如你妈不接受我，阿昆，你会怎么做?”芸儿不放过这个问题。

“没有假如。芸儿，如果这都肯定不了，那我还算是个男人吗?”

芸儿听后，满意地笑了。

到了晚上 12 点，芸儿仍然醒着，一点睡意都没。我亲了一下芸儿，说:“芸儿，我回去了，明天陪你玩。”

“去吧，路上骑车小心点儿。”芸儿关切地说。

“知道了。”

我出了旅馆，骑着摩托车回家了。

原以为这么晚回家，老妈肯定睡了，万万没有想到，老妈竟然没睡。

老妈等候我回来盘问我呢。

“妈，您怎么还没睡呀?”我掩饰内心的慌张。

老妈说:“晚上这么迟回来，都去哪了?”

“妈，我都这么大个人了，您就不用管了吧?”

“你的终身大事，我不管谁管呀?你还是老实交代吧。”

没办法抵赖，我把芸儿从杭州过来看我如实告诉了老妈。

“你们发展到什么程度了?”

“发展得很好。妈，到此为止吧，不要管我的事了好不好?”

“不行，我得问个明白。现在你们是男女朋友了?”

“是的。”

老妈不吭声了。

第十三章

第二天一大早，老妈就过来敲我卧室的门了。

其实我兴奋得早就醒了，只是赖在床上没有起来罢了。

“阿昆，起床了，跟你说话呢。”老妈催道。

我知道老妈又要逼我就范了。她心里头打的什么如意算盘我还不清楚吗，无非想让我把芸儿带到家里过过眼。

我穿好衣服，很不情愿地开了卧室的门。老妈还站在门口。

“妈，什么事这么要紧呀?”

“阿昆，你把她带到家里来，让我瞧瞧。如果这女娃模样长得好看，脾气又好，即使是外地人，邻居也不会说什么闲话的。”

“那我晚上带芸儿回来。”我求之不得。

“她昨夜住旅馆吗?”老妈又问。

“是啊。”

“不要住旅馆了，家里房间有空着，可以省点钞票。你晚上叫她住在家里吧。”

“妈，这么说，如果她同意住过来，我上午就去办退房手续，可以省下好几百块的住宿费呢。”

“还有，晚上我烧好饭菜一起在家里吃，比你们在外面吃要好得多了。”

“妈，我知道了。我这就过去跟她讲。”

“去吧，我待会儿收拾好房间，去买点菜回来。”

我高兴地骑着摩托车往旅馆方向赶。

很快到了旅馆。

芸儿已经起床。她问我有没有吃过早餐。

我说："就等你一起去吃早餐，我还有事儿要告诉你呢！"

芸儿问："什么事儿呢？看你这么神秘兮兮的，一定藏着什么坏主意。"

我说："先不多说了。今天我们可以到处逛逛。"

待芸儿整理好后，我们一同下了楼。

"早餐吃什么呢？"芸儿问。

"可以吃馒头、包子、豆浆之类的，也可以吃粽子、炊饭、炒面、豆面、豆腐汤、骨头粥什么的，种类很多的，由你选择了。"我对吃的，表现出很在行的样子。

"包子馒头经常吃的，有点腻了，阿昆，要不你带我去吃骨头粥吧，有点想念骨头粥的味道。"芸儿蛮有情调地说。

"我说你个文艺女青年怎么就这么作呢？吃骨头粥还用得着去想念吗？"我虽然觉得别扭，但还是为芸儿诗意的情怀而暗自叹服。

"可别说我哦，像你这样的文艺男青年，更会作呢。有时说起话来文绉绉的，你也好不到哪儿去。"芸儿来了个反击。

自感说不过芸儿，我只好讨好地说："文艺男青年和文艺女青年凑在一块，是不是很匹配呀？"

芸儿瞅了我一眼，故意说："这很难说哦，你要是以后表现得太差，小心我甩了你哦！"

知道这是芸儿嘴上说的调皮话，我没放在心上。我不敢跟芸儿顶嘴了，带着她到了吃骨头粥的地方。

"老板娘，来两碗骨头粥，外加两个鸡蛋。"我抢着喊话。

老板娘竟然忙着给别的客人端粥盛汤的。我心里挺不舒服，但还是撕破了喉咙重新喊了一遍。

这回老板娘算是听到了。

老板娘问："你们吃点什么呢？"

天哪，我刚才的喊话等于是白喊了，老板娘的耳朵怎么这么背呀，是不是生耳茧了？

我满脸涨红着。

芸儿替我说："我们来两碗骨头粥，一碗豆腐汤，两个咸鸭蛋。"

老板娘说："好的，你们找位子坐吧，马上就好。"

我朝芸儿无奈地耸耸肩。

芸儿得意地说："阿昆，看来你的魅力还不够呀！"

怎么会这样呢？我不明白到底哪儿出了问题，至于芸儿所说的魅力不够，那纯属调侃了。

在位子上坐定，我说："芸儿，我把我们的事跟我妈说了。"

芸儿不无惊讶地说："啊？你这么快就说了？你不是答应我过几天再跟你妈说的吗？怎么这么积极呢？"

我说："是啊，晚说还不如早说，反正是迟早的事儿。"

芸儿听了挺开心的，说："好呀，你终于说出口了，迈出了一大步，真是好样的！"

可芸儿哪里知道，我妈已经看出了端倪，在她的一再盘问下，我才说出口的，要不然，我还想隐瞒一段时间呢！实在是迫不得已了。

我说："我妈还想见见你呢！"

芸儿说："见就见呀，我可不怕，反正这一天迟早会到来的。"

我试探着问："那晚上到我家见见我妈吧。"

"这么快呀，我还没心理准备呢！"

"你不是说不怕的吗？"

"说是这么说，不过，也太快了吧！"芸儿抑制不住内心的激动。

"没事的，我给你保驾护航，你就大胆地去吧。我答应了我妈，她买菜去了。"我笑着说。

"看你说得轻巧，你怎么能替我做主呢？你应该问问我的，现在来得这么突然，我有点措手不及呢！"

"好了，就这么定了。"

"也只能这样了，谁叫你先斩后奏的！"

我们吃着味道极佳的骨头粥，心里有说不出的甜蜜。

吃好早餐，出来时已是上午 8 点多了。今天天气晴好，比较适宜游玩的。

我习惯性地搭着芸儿的肩膀。

芸儿问："阿昆，你说今天带我到处玩玩的，都安排好了吗？"

我微笑着说："没怎么安排，到处走走呗，反正你都没去过。"

芸儿说："那倒也是，你这边我都没去过，不过我在你这边时间有限，只有两三天，你要带我到好看好玩的地方哦。"

"这个当然没问题了，"我得意地说，"我对家乡心里是有数的，哪些地方值得去，哪些地方没必要去，都了如指掌呢！"

芸儿跨上摩托车，说："阿昆，带我去想去的地方吧！"

我说："阳光这么猛，你不难受吗？"

芸儿说："我开心都来不及呢！有什么好难受的呀？"

我笑着说："我如果开快一点，就怕你没有胆量坐我的摩托车。"

"谁说我没胆量了，我都一个人从另一个城市跑过来，这份胆量还不够坐你的摩托车吗？"芸儿轻轻地捶了一下我的后背。

"那好哦，你到时不要尖叫哦！"我坏笑着说，心想，这回芸儿可要受惊了。

我起动马达，故意让油门"轰轰"作响，企图吓一吓芸儿。

芸儿有点嗔怪着说："干吗还有模有样地学赛车手呀！给我开稳了，被交警发现可要把你扣留的哦！"

我说："交警怎么会把我扣留呢？大不了把摩托车扣走吧。芸儿，你也太不懂交通常识了吧！"

芸儿说："你别得意，等下交警就要找上你了。"

我有点满不在乎地回答："今天星期天，交警都休息去了。你绝对放心，我这车技还算过得去的哦！"

芸儿担忧地说："阿昆，你还是小心开车吧，开稳一点哦，我的小命都系在你的身上了。"

我乐了，说："那你可要抱紧我呀！"

说时，摩托车"嗖"的一下，像离弦的箭，风驰电掣般疾驶开去。

一路上，芸儿任由我带她兜风。

或许是上午的缘故，阳光晒在脸上不觉得烫，只是皮肤容易晒黑。我无所谓，倒是苦了芸儿，这两三天如果在太阳底下暴晒的话，就亏待她那白嫩的肌肤了。芸儿脸上即便涂了防晒霜什么的，也是不中用的。说实话，我是很心疼的。

芸儿从后面攥牢了我的衣服，侧目望向迅速移动的路边的风景。

“你要带我到哪儿?”芸儿问。

因为在行驶过程中，噪声有点大，我没听清芸儿说了什么，问了句:“芸儿，你说什么?”

芸儿大声地重复了一遍。

“哦，先带你在城区兜一圈吧，再带你去我们路桥城区有名的老街——十里长街，那边很热闹的。”我大声地说，生怕坐在后座的芸儿听不到。

“知道了!”芸儿抱紧了我。

我很知足，骑着摩托车兜了一圈后，在离十里长街不远处的停车点停好车。

我和芸儿步行至十里长街。

“我记得北京有条十里长街的。”芸儿说。

“是的，北京的十里长街就是长安街。我们以前读过《十里长街送总理》这篇课文。”我笑着回答。

“对，我对那篇课文有印象。想不到你们路桥也有一条十里长街。”芸儿话语里充满了期待。

“那就带你好好逛逛喽!”我说着搂过芸儿的腰。

两人走在老街上。

“十里长街好古老、好热闹呀!”芸儿赞叹道。

“十里长街的房子翻新过的，但依然保持了原貌。”我解释着说。

“走在这样古朴的路面上，让我想到了乌镇、周庄等地方，是多么相似哦!”芸儿抒情地说。

“芸儿，看把你的诗情都调动起来了。可不是嘛，像这样的长街，我们台州还有临海的紫阳古街、椒江的海门老街等，这儿是我家乡台州路桥的著名景点哦!”我侃侃而谈，像是做起了导游。

芸儿认真地听着，内心充满了向往。

我谈兴正浓，继续说：“长街跟着水走，一边是水，一边是街。江南城镇水街一体的韵味很浓厚哦。这条街北起河西，南至石曲，十里商铺基本定型于‘宋街’，由于年代久远，宋代的房屋早已不复存在，现在我们看到的沿街房屋都是明清的建筑。长街的街屋以斗式二层吊楼为主，吊楼与底楼结合处的廊下三角撑，都雕刻着各种精美的图案，供游客们观赏哦。这吊楼结构也大大方便了临街开设店铺。从河西街到磨石桥，都是双边街，而从磨石桥到四号桥，中间有一大段的单边街，临河的一面就是船埠头了。十里长街的最南端，是素有‘石路窟’之称的路南石曲。不过，如今的石曲街早已不是原来的样子。而紧挨着石曲街的方林村，已是闻名全国的社会主义小康村。”

“到你这边，我算是长了很多见识。”芸儿微笑着说。

我一听，恨不能把自己知道的所有关于家乡的事物一股脑儿地传输给芸儿。

“老街有青色的砖、灰色的瓦、老旧又精致的雕梁画栋和磨得发亮的青石板。街两边有各种各样的店铺，跟乌镇不同的是，它是一条实实在在的商业街，一家店铺挨着一家店铺，水埠头、庙宇前、桥梁上，到处是一个接着一个的市场，卖的东西从老百姓的生活用品，到生老病死婚嫁丧娶所需物品，都可以找得到哦。”我滔滔不绝。

一觑芸儿，她正入神地听着呢。

我跟芸儿一边散步一边闲聊。

“芸儿，你知道吗，老街的一大特色就是保留了传统的小杂货店和小手工铺哦。那些你在城市里很难看得到的手艺活儿，比如箍桶、补盆、磨刀，再比如染色坊，在这条街上还能找到。不过，你会发现，这些已经很少了，很多成了饰品店、理发店、戏服出租店了。”我有点叹息。

“时代不一样了呗，人们都需要生存，有些手工艺赚不了钱，他们就试着转行了，我说得对不?”芸儿问。

我欣赏芸儿的理解能力。

“芸儿，你说得没错。十里长街，被赋予了古老朴实而又有青春朝气的心性。鳞次栉比的商铺，目前以经营女装类服饰及戏剧服装道具为主。十里长街北段，残存的老行当，以勉强维持的清淡生意，宣示着顽强。相较北段，中段显然要热闹许多。东岳庙门前冷清，繁华不再。曾经的集市繁华被岁月荡涤。恐怕日后真的很难找到传统的手工艺店了。”我不时轻拍几下芸儿的肩膀，算是对她的赞扬。

“咦，那是什么?”芸儿好奇地问我。

循着芸儿手指的方向，我笑着说：“那是屋顶艺术哦!”

“什么艺术呢?”

“灰雕，这可是一大特色哦。”

“你说说哦。”

“灰雕一般做在房屋的屋檐翘角和屋脊，而且翘角的灰雕往往向上造型，站在屋下或者远远望去，仿佛伸向天空，向天空祈祷呢。这是老百姓强大的精神寄托哦!”

“哦，那怪不得了。原来还有象征意义呀。”

“那当然了，每种造型都有象征意义的。”

说着说着，我和芸儿踩着青石板，不觉逛了大半路程。

我能想象得出，曾经的十里长街是那么宁静，而今却充满了商业的气息。所幸的是，老街被政府当作物质文化遗产保留下来了，并且修缮一新，成为了家乡的一颗明珠。

我们来到东岳庙前。

庙边灰暗的门扉前，一位满头白发的老太太坐在竹椅上，只见她从洗得发白的蓝色外衣兜里翻出皱巴巴的白手帕，擦着鼻涕。东岳庙正对面，是一个大礼堂，几把简单的木质长椅随意地摆放在舞台前，正前方是一幅巨大的画壁，色彩鲜艳夺目。左边一角，几个黄包车夫把车子扎堆一停，围成一圈打起扑克牌；右边一角的凉亭，三四个老人分散地闲坐着。

至老街的北段，这里依旧沉浸在过往的岁月中。看到有家老旧的理发店，座椅和剪发工具都是最古老的那种，来这里剪发的都是上了年纪的人。脚下的青砖路，一直幽深地向前延伸。往前走，北段的静谧被悠扬的越剧唱腔打破。透过木窗，一位老人正在昏暗的房间里，跟着收音机摇头晃脑地哼唱，好不陶醉。她家对面，是家钉秤店，店主是一对年过七旬的老夫妻。只见阿婆戴着老花眼镜，背微微弓着，拿起一杆秤来回摩挲。多么温馨的画面！

“阿昆，以前听你说起过十里长街，百闻不如一见，今儿得见，果然名不虚传哦。”芸儿赞叹道。

“呵呵，这么跟你说吧，可以用‘商行四海’四个字来形容家乡人。‘商行四海’是对家乡人走南闯北、货品远销海内外的真实写照，更是对家乡未来走向大市场、大流通、大商业，冲出国门走向世界的企盼哦。家乡的文化就是商文化，家乡的精神就是商业精神。家乡复杂多变的自然地理环境，形成了融山野文明、海洋文明和农业文明于一体的商贸传统，最终造就了家乡人以商民之灵为特性。家乡这片土地商贾云集农工并举，以勤为路，以诚为桥，敢闯善为，形成了家乡的精神特质。”我一口气将家乡以商业为主的当地特色和盘托出。

芸儿听了，说：“阿昆，看来你对家乡还蛮了解的嘛！”

我得意地说：“这个当然了，如果连自己的家乡都不了解，那怎么去了解其他地方呢？我的家乡从古到今出过不少名人呢！”

“哦，都有哪些名人呢？”芸儿好奇地问。

“我就列举几个吧，叶适、陶宗仪、方国珍、杨晨、柯璜、陈叔亮、陈安宝、任政等人，这些都是出名的，芸儿，你听说过吗？”

“呵，好多呀，不过，恕我孤陋寡闻，我真的没听说过这些名人哦。你给我解说几位你们家乡的名人吧。”芸儿说。

“好呀。叶适是南宋永嘉学派的集大成者，在儒学史上具有一定的地位和影响，是家乡文气开篇的拓荒者；陶宗仪和方国珍都是六百年前的人物了，前者是注重实务的文人，著作甚丰，后者是叱咤风云的起义英雄人物，保境安民，严刑执法，治理贪官，兴修水利，发展农业生产；杨晨是清末的诗人，幼有神童之称，据说，家乡十里长街的石板路，就是杨晨资助修复而焕然一新的。我们走到十里长街的河西段，还能看到杨晨故居的门墙，不过，历经时代变迁，杨晨的故居所剩无几了，但杨晨给家乡留下的文化财产，铭刻在这条长街上，供人们缅怀和瞻仰。”

芸儿似乎听得入了神。

我停顿了片刻，接着说：“柯璜是文化人士，曾在山西大学执教，后在北京故宫博物院任职；陈叔亮是当代著名的书画家、艺术教育家，晚年生活与书法艺术紧密结合，中国书法家协会取得举世瞩目的可喜成就，与陈叔亮作为创始人的贡献是分不开的；陈安宝是位为国捐躯的抗日将领，烈士陵园在家乡的凤凰山，学校都会组织学生前去瞻仰这位先烈；任政祖籍我们家乡，是著名的书法家，他潜心书艺、伴食笔墨，以坚忍执着的治艺精神、雍容端穆的华美书风、推己及人的教育方式以及亲和的人格魅力，赢得书法界同人一致的尊重和广大书法爱好者的交口赞誉，成为二十世纪中后期最受人民群众喜爱的艺术家，并且他的行书字模，进入了电脑常用汉字行体字库呢！”

“呵呵，阿昆，你的解说还挺专业的嘛。”芸儿赞道。

“没有了，我一知半解，只是了解了一部分，更多的还没去学呢。”我谦虚地说。

“阿昆，我真的很佩服你喔。”

我有意避开芸儿的赞美，说：“话说多了，有点渴了，买瓶水解解渴吧！”

芸儿点点头。

我和芸儿徜徉在热闹的十里长街，感受着家乡的商业气息和老街独有的韵味。置身其中，我们乐而忘返。

我们继续边走边欣赏沿街的风光。

“你们这边有好长的石板路呀。”芸儿不禁感叹道。

“可不是嘛，我家乡叫路桥，顾名思义，就是路和桥的结合。道路多，这个就不用说了；桥多，眼见为实哦。芸儿，你这一路下来，看到不少桥了吧？有些桥已经很古老了，不过，也有不少新建的桥哦。桥和水埠是长街的一大特色，家乡的桥与道路大多为同一个方向，水埠大多与长廊结合，可供商客等候船只、打听消息、暂放货物。桥的附近又有仓库、饭店、茶摊、小商品店等，每逢‘三、八’市日，人来车往的，好不热闹呢。桥和水埠能使人产生一种美好浪漫的爱情遐想，想象着一对对的情侣肩并着肩，斜依着一顶漂亮的花伞，停驻在桥头上，那是多么让人沉醉的场景啊！”

“嘿，阿昆，你又触景生情了，没办法，文艺青年就容易犯傻，上回说了我，这回轮到你自己了吧！不过呢，你能想象出那样浪漫的场景，确实令人无限向往。要是哪一天，我成了你想象场景中的女主角，那我该是一个多么幸福的女人喔！”

芸儿的话语令我触动。我动情地说：“我相信，那一天迟早会到来的。”

芸儿见我一副信誓旦旦的样子，竟“噗嗤”一声笑了，而后，她说：“看你认真的样子，我开心得不想笑都难了。”

我也跟着憨笑，心中闪出一句话儿来：你若不离不弃，我必生死相依。

我们逛到磨石桥头，视野一下开阔了许多。这里更是流动摊贩的“天堂”，什么杂七杂八的东西都有，让人看得眼花缭乱。

站在桥头，放眼望去，可谓“小桥流水人家”。

我不禁问道：“芸儿，你听说过杭州西湖的十大风景，但你肯定没听过我家乡也有十大风景哦。”

“咦？你们家乡也有十大风景呀，那说来听听喽！”芸儿饶有兴致地说。

“那你听好了。路桥石浜山的‘人尖晓日’‘普泽福泉’‘华屿听松’‘仙人棋盘’，老街上的‘五桥夜月’‘右军墨池’‘昌阁书声’‘泾口山歌’‘月河渔火’‘是亦园春’，共同构筑成家乡路桥的十大风景。还有街道上的古木香樟，都是几百年的树龄呢，树高叶茂，生机盎然，很好看的哦！”我如数家珍。

“哦，看来，你们路桥，不仅商业气息浓郁，而且还特别适宜人居哦。”

“那是当然。”我骄傲地说，“路桥人的生活也不乏诗情画意，市民文化往往体现在节日上。每逢春节，各庙中都邀请了乐班，迎接烧香点烛的客人，客人进来了，鼓乐齐鸣，非常热闹。元宵节，全街挂灯结彩，五保庙、东岳庙布置得更为醒目，又各有千秋；邮亭庙内装有‘闹湖船’；三桥庙装置‘双龙喷水’；南栅庙内挂着名人书画，东岳庙内装‘鳌山人’。晚上的时候，千灯齐明，礼花怒放。儿童提着兔灯、鱼灯、蝴蝶灯满街地跑。还有滚狮子、滚灯笼等玩意儿，不一而足。老街人山人海，挤得水泄不通。每逢各庙宇寿日，路桥大多数人家都会炊青糕、办‘八碗’，他们会邀请各地的亲戚朋友过来看戏，挺有节日氛围的。”

我似乎言犹未尽。

“令人好生向往！可现在不是节日，没得看。”芸儿说。

我来了个顺水推舟，试探着说：“芸儿，你愿不愿意在我家乡定居呀?”

芸儿迟疑片刻，徐缓地开口：“我是愿意，可我要跟我爸妈说一下。我这次回去，肯定要说的。”

我满意地笑了笑。

我们走马观花，草草结束了十里长街的行程。家乡这么大，景点那么多，时间紧迫，去不了每个地方。

从十里长街出来后，离我们最近的是卖芝桥东路，我想：可以顺便去一下小商品市场，感受一下更为浓郁的商业气息。

和芸儿走在热闹的卖芝桥东路，路两边都是店铺，有卖衣服、鞋子的，更有流动摊贩摆着地摊，吆喝之声不绝于耳。

我们很快就到了小商品市场。

芸儿见此喧嚣景象，说：“想不到，这里比十里长街还要热闹。”

“怎么样？不比你的家乡差吧！”我得意地问。

“还好了，确实非同寻常，也不枉商业之都的美誉。”

“还有一个地方你非去不可，那可是重磅之地。你知道是哪里吗?”

“哦，以前听你提起过，是中国日用品商城吗?”

“说对了，就是那儿。大凡经商的，提起中国日用品商城，十有八九是知道的。它在我们浙江，仅次于义乌商品市场。”我颇为自豪地说。

“义乌商品市场，我也知道。我有个亲戚就在那儿经商。路桥的中国日用品商城，我还没去过呢!”

“那我们下午就过去。”

“听你的安排。”

在小商品市场闲逛着，各个摊位，有卖鞋子的，有卖包包的，有卖雨伞等日常用品的，真是目不暇接。一路下来，已是大饱眼福。

“芸儿，要不给你买双鞋子，这里的鞋子都是批发价的哦!”

“阿昆，你有这颗心就足够了。我们当下需要用钱的地方多了。等以后吧，我们都有足够的钱了，你再为我买吧。”

我听了后，很是感动。我暗暗铆足劲儿，以后一定好好弥补这次的空手而归。

逛好小商品市场，已时近中午。

“中午随便吃点吧。”芸儿说。

“那就吃快餐喽!”

我们就在附近的一间快餐店吃好了午餐。随后，我们往停摩托车的地点返回。

我说：“先去石浜山，再去中国日用品商城。”

芸儿说：“我听你的。”

说起石浜山，家乡人跟这座山有着千丝万缕的深厚感情，而且这座山也是家乡三千多年历史文明的发源地之一。

去石浜山，是为了探访人尖遗址。说是探访，其实就是游玩，山中处处都有蜿蜒而平缓的石阶小道，很容易上去。

到达石浜山，我和芸儿沿着石阶小道拾级而上。

平时我肯定会午睡一会儿，而现在时间不等人，要去的地方多，不抓紧时间就去不成了。

山中的小亭子内，有两位花甲老人正在聚精会神地下棋对弈呢。有个年轻人，站在一旁认真地观棋。都说“当局者迷，旁观者清”，观棋不语真君子也。

我和芸儿从小亭子经过，又上了台阶，望到一座青色的方台巨鼎，这便是传说中的遗址所在地了。

细致观看，这座方台巨鼎造型精美，厚朴庄重。建筑通高四米左右，方型底的正面刻着“西周文化遗存”与立碑时间，两旁是“地滨东海托朝阳，鼎镇人峰开郢境”的对联。鼎基的右面两旁同样是对联，上书“一湾潞水哺商城，十里长街连甲第”。中间记载了史料文献以及关于人尖出土文物的考证。

见此景象，芸儿赞叹道：“好悠久的历史文明呀！”

我笑着说：“可不是嘛，人尖文物可多了，什么青铜器、青铜尊、青瓷器、青瓷碗之类的，种类很多，具体叫什么名称，我也说不上来。那些形状特殊、时代久远的器物，具有中原和吴越文化风格哦！”

再来看纪念碑。纪念碑是个石鼎，碑文记录了人尖出土文物的详细事件以及建方台巨鼎的缘由。这可是精心设计的西周文化的象征物哦。这些遗址遗迹，就像一个个神秘的精灵，让人们充满了猜想与思考。古老独特的家乡文明，正在这里得到开启。

我和芸儿站在纪念碑旁，望向家乡，大半个家乡已尽现眼底。好美的家乡！

在人尖遗址待了片刻，也饱览了半壁家乡的风光，我和芸儿徐徐地顺着石阶小道原路返回。

下了石浜山后，我想起附近还有一个公园，便说：“芸儿，附近还有个石浜公园，要不我们到那边玩一玩?”

“好呀，逛了公园后去中国日用品商城，你看下时间还来得及吗?”芸儿说。

我掐算了下时间，时间已很紧了。考虑到中国日用品商城在下午4点多钟就要关门，那就安排到明天，那样的话，游玩的时间就宽裕多了，在公园里就可以待久一点了。

“芸儿，你明天还不回去吧?”我问。

“嗯，明天还不回去呢，要到后天了。”

“下午游了石浜公园后，就去不成中国日用品商城了。要不明天再带你到商城吧？”

“好吧。事不宜迟，我们赶紧走吧。”

随后，我和芸儿来至石浜公园。

“这个公园并不大，不过配备了一些比较经典的游乐设施，玩的时候很刺激。另外，公园里面还有野生动物可以观赏。”在还未进公园之前，我向芸儿介绍。

“是嘛，那要进去好好瞧瞧喽！”芸儿高兴地回应，眸子里流露出无限的期待。

公园的门票很便宜，每人只要两块钱。

进入公园，风景谈不上美丽，但环境还算清洁。今天周末，比起平常来要热闹多了，一些家长带了孩子，在这里尽兴地游玩。

通常和芸儿走在一起，我习惯性地搭着她的肩，在石浜公园也不例外。我可不管游客投来怎样的目光，只要心里觉得满足就行了。

“阿昆，你看左面搭的那个棚是做什么用的？”芸儿好奇地问。

“那可是商家搭建的影棚哦，专门用来放映3D短片的。”

“那要不我们过去瞧个究竟吧？”

“好呀。”我笑着说。

果然，那的确是一个影棚，一个服务员正端坐着售票。

“芸儿，你要看吗？各类3D短片是按时间算的，有十分钟、二十分钟、三十分钟的，价格都不一样呢！”我指着那张大海报说。

“好吧，那就看一部十分钟的3D短片过过瘾吧！”

反正都没看过，我们就随便挑了一部。服务员给了我们3D眼镜，我们就进去看了。看这个3D短片的好处就是随到随看，商家只要有票卖出，就马上放映，不用在那儿瞎等。

十分钟的3D短片还能有什么故事情节？只有特效了。什么蜘蛛、蛇啦，满银幕地涌出来，让人惊魂未定。芸儿害怕得抓住我的手不放。在我们看完短片走出影棚后，我发现手掌心都沁出了汗水。

“要不要玩旋转木马、碰碰车之类的？”我说时，感觉自己找回了童真。

“不要了吧。你看那些在里面玩的，都是小朋友了，我们凑什么热闹呀！”芸儿瞟了我一眼，意思是说：你这么大个人了，还想做小朋友不成？

我知趣地回答：“那边有个小水池，我们玩玩‘水上步行球’怎样？”

芸儿不懂地问：“那是什么玩意儿呢？”

我解释说：“就是人钻在透明的水球里，在水上走路、翻滚啦！”

芸儿说：“那还不一样是小朋友玩的吗？我们两个大人钻在水球里面，在里面不停地翻滚，多糗呀！还是免了吧。我们去看下野生动物好了。”

拗不过芸儿，只得听她的。在我带路下，很快就到了一个面积不大的动物园。

“场地这么小的呀！”芸儿说。

“有动物看，你就知足吧。你没看到它们被关在笼子里，多可怜呀！”

芸儿说：“它们被关着，挺可怜的。”

接着去看猴子。

“可惜我们忘了带食物进来，那些猴子，正眼巴巴地瞅着我们，要我们给它们吃的呢！”芸儿兴奋之余略显失落。

“好了，我的姑奶奶，你就别自作多情了！”

“你没看到猴子们那期盼的眼神吗？挺让人揪心的呀！”芸儿说。

“芸儿，你有一颗美丽的心灵！”我不由得赞了芸儿一句。

“阿昆，你可别夸我，你一夸我，我就感觉整个人都飘起来了。”芸儿开心地笑了。

逛了一圈，我和芸儿从石浜公园出来，边走边聊。

芸儿说：“阿昆，你妈会不会看不上我呢？”

我说：“你秀外慧中的，我妈喜欢还来不及呢！只是……”

“只是什么?”

“只是我妈她不会讲普通话，你也听不懂她讲的方言，你俩沟通起来可能会有一点障碍的。”

“那可怎么办呢?”芸儿有点急了。

“没事的，有我在呢，我可以充当翻译的。”我笑了笑。

“那还真是个问题呢。要是以后跟你妈单独相处，交流起来确实挺费劲的哦!”芸儿不无担忧地说。

“这个不是什么问题。”我说。

“那什么是问题呢?”

“是先成家还是先立业，这倒是个问题。”

“嗨，你呀你，想太长远了!”芸儿接着说，“阿昆，你觉得呢?”

我想：农村就是这样，像我这样大学毕业的就算是大龄青年了，不像城里人，三十多岁了还不结婚。

我说：“我觉得，每个人的想法可能不一样，先立业后成家者有，先成家后立业者也有，我们可以选择先成家后立业。”

“阿昆，为什么呢?”

我说：“我觉得成家后心会安定下来，何况我们是异地恋，更应该这样。我不想夜长梦多。”

芸儿说：“我倒无所谓，先成家也没关系。至于你说的夜长梦多，我可就不赞同了。阿昆，你就这么怕失去我吗?”

我辩解：“你妈不是给你介绍相亲对象吗?我怕到时你拗不过你妈，去相亲了。”

芸儿说：“我们的关系现在维系得很好，只要继续这样维持下去，就行了。我相信我们的爱情，能经得住时间的洗礼，经得住世俗的考验，因为我们的爱情是坚定忠诚的。我相信时间能验证我们的爱情。阿昆，你是想让我先跟你领个红本本，你就安心踏实了，是吗?”

我说：“是的，芸儿，我非常渴望我们能有那个红本本，那是赐予我们爱情的最好礼物，不是吗?爱情的归宿是婚姻，是融入亲情中的。不想以结婚为目的的恋爱都是耍流氓，我是这么认为的。所以，我想，我们是应该去领那个红本本。”

芸儿说：“那我就答应你吧。等下次来你这边，我们就行动。”

我说：“好哦！芸儿，你太善解人意了！”

芸儿说：“看把你美的！我要是跟你领了证，我这辈子就是你的人了。嫁鸡随鸡嫁狗随狗呗。”

两人先回到旅馆歇息。

上次在芸儿的家乡，我和她俨然把旅馆当成了温暖的家，在那里像燕子筑巢一般，尽情地构筑着属于我们的甜蜜爱巢。

这次，在我的家乡，我也不会冷落了芸儿。

我们双双拥入浴室。花洒淋下来，让清水冲洗掉身上的臭味，冲洗掉心情的烦恼，冲洗掉异地恋的担忧，让爱更纯粹，让爱更光明，让爱更彻底。

沐浴之后，我和芸儿干干净净地躺在并不宽大的床上休憩。

我内心潜藏着欲火。我的手不自觉地在芸儿身上摸索着，像探险家那样寻找丰富的宝藏。

芸儿没有抗拒我，她被我亲昵的抚摸满脸现出红晕，如同喝酒过后那样的沉醉不已。

可我现在只能停留在抚摸，我不能给予芸儿更深的呵护，尽管芸儿极力配合，我却毫无反应。该做的前戏都做了，依然没有效果。

芸儿没说什么，她被我点燃的欲火，只能靠她自己慢慢熄灭。

游玩了一天劳累的缘故，芸儿熟睡得像个婴儿一样。

之后，我也睡着了。

一连串的手机铃声把我唤醒了。

老妈打来的电话。她在催我们吃晚饭。

挂断电话，身边的芸儿还没醒过来。

催芸儿醒来的方法有很多种，我能想到的浪漫温情的方法就是用亲吻催醒，这种方法屡试不爽。可转念想到：芸儿睡得这么香甜，我能让她多睡会儿也好呀。

时间静悄悄地一分一秒地过去，我担心老妈又打电话过来。果然如此，老妈见我迟迟未归，又打来了电话。

“阿昆，发生什么事情了，你们怎么还不过来呢?”老妈急促地说。

我只好如实相告：“妈，没发生什么事。我们今天在外头玩了一天了，芸儿她睡着了。”

“哦，原来这样，我还以为出什么事了。那你把她叫醒吧，早点回来，等下菜都凉了。”

“知道了，妈。”这回我非催醒芸儿不可了。

于是，我凑过去，在芸儿的额头上亲了一下。

芸儿动了动，侧过身子，继续睡。

我有意扯下了床单，芸儿赤裸的身子展露在我的眼前。我被眼前这一幅唯美的人体艺术图惊呆了。

我是在欣赏芸儿美丽的身体，不愿亵渎，不愿将她唤醒。

然而，我们再这么待下去，恐怕家里人都要说我了。

果然，我的手机铃声又响了。这回，是我妹打来的。

“哥，你怎么还不回来呀，我和老爸都等好长时间了!”

“知道了，要不你们先吃吧。”

“不行。你们不来，我们怎么吃啊!”我妹说。

“好了，哥知道了，马上回去。”我实在没辙了。

“芸儿，起来吧，吃了晚饭再睡哦。”我说时，伸手触摸了一下芸儿的敏感部位，芸儿条件反射地“呀”了一声，顿时满脸潮红，说：“阿昆，你行吗?”

看来，芸儿的意识沉浸在我对她的爱抚里，以为我有生理反应了，可我真没有。

“芸儿，起来了，我们晚饭还没吃呢。”

芸儿坐了起来，带点羞涩却不乏诙谐地说：“阿昆，我睡糊涂了，以为你偷偷摸摸的，要向我进攻呢。”

“哪能呢。我现在性无能了，你就别取笑我了。”我接着说，“呦，说了这么一大通的话儿，我们两个还都没穿衣服呢!”

芸儿赶紧拿床单遮掩羞处，说：“你转过身去!”

我听话地转过身，穿好了衣服。

我带芸儿到了我家。这是她第一次来我家，难免有些拘谨。

芸儿见到我爸妈，礼貌地打招呼：“阿姨好，叔叔好。”

老爸老妈听了，笑得合不拢嘴。

我妹同芸儿握手，说：“芸儿姐，你好。”

“你好。”芸儿回答。

随后，我妹给芸儿递饮料，芸儿说了声“谢谢”。

由于老爸老妈说的是地道的方言，跟芸儿交流起来确实有点困难。不过，之前我跟他们已经通过气了，关于芸儿的基本情况也都说了，想必爸妈也不再多问了。

爸妈学得乖了，用上了肢体语言，不时地用手势示意芸儿多夹菜多吃菜。

“芸儿姐，多吃点。”我妹很热情。

“我正吃着呢，大家都一起吃吧。”芸儿有点反客为主。

我妹是中专毕业的，她与芸儿沟通起来还是可以的。

我妹就如同一个传话筒，有声有色地传达了我爸妈想要表述的内容，无形中弥补了些许隔阂引起的交流上的僵滞，活跃了现场的气氛，可以说是我最好的左膀右臂了。

而我老爸，平时也沉默惯了，插不上什么话儿，就附和着大家一起笑，偶尔还要干咳几声，但他意识到咳嗽并不卫生，更有客人在场，不会对着饭桌咳，用手掩着嘴巴往外咳。这样的动作，换成以前的打喷嚏，也会如此。在平时，老爸可能吃到了某种刺激喉咙的食物，就会连续地打喷嚏，打得我们都快笑出声来。还好今天晚上没有暴露“丑陋”的一面。

至于我，比不上我妹能说会道。我妹性格直爽，有什么就说什么，不像我说起话来，顾虑得太多，有时会藏藏掖掖的，斯文得让别人抓狂，而且说起话来文绉绉的，别人就弄不明白，以为我在卖弄才学呢。

晚餐的气氛很融洽，没有出现尴尬的局面。

我妹跟芸儿有说有笑，她是个比较细心的人，用她独到的眼光“审视”未来的嫂子。如果我妹这关能过得去，那就成功了一半。我能从我妹的那股热情中看出她对芸儿还是比较满意的。

吃完晚餐，老妈领我到厨房，说：“阿昆，旅馆费多贵呀，我特意为芸儿腾出一张床，晚上你就叫芸儿住在咱家吧。”

“妈，今天的旅馆费退不了了，要退也要到明天早上退了。我要问下芸儿，她愿不愿意住咱家里呢。”

“那她啥时回去呢?”

“后天。”

“那你叫她明儿住咱家吧，你明早就去退房。”

“知道了，我先问问她愿不愿意。”

而后，我带芸儿到了我的卧室。

芸儿扫视了一下我的卧室，说：“阿昆，你的房间，有被整理过的痕迹哦!”

我笑着说：“房间被整理过，你都看得出来呀?”

“你呀，邋遢惯了，房间搞得这么清洁，反差很明显呀。”

“还是你了解我呀。知道你要来，今天老妈把我的房间整理了一下，呵呵。”

芸儿坐在床边，说：“我还不了解你嘛，我能想象你一个人的生活，是多么随意。幸好你还有你妈照顾着，你的生活不至于那么糟糕，你的居室也不至于那么杂乱无章。”

“那以后你来打理我的生活喽!”我笑着说。

芸儿说：“那要看你的表现啦。”

在卧室里，我放肆地把芸儿拥在怀里。

一阵敲门声。

我心里嘟囔着：在家也不自由呀。

我忙不迭地去开门，一看是我妹，心里就来气，但看到她手里端着两个茶杯，我怎么也气不起来了。

“哥，芸儿姐，这是妈给你俩泡的西洋参茶，你俩慢慢享用哦。”

我说：“刚吃了晚饭，喝不下，你拿回去吧。”

“这可不行呀，这是妈吩咐的，我不能拿回去，要不然妈会怪我的。”

正当我和我妹僵持着，芸儿说：“阿昆，这是你妈的一番好意呀。”

既然芸儿这么说了，我就接过西洋参茶，对我妹说：“没事不要打扰我们。”

我妹知趣地走开了。我赶忙把卧室的门关好。

“阿昆，干嘛这样呢，对你妹妹连句谢谢都没有，好像理所当然的样子。你就不能叫你妹进来吗？”芸儿发问了。

“叫她进我卧室干吗？”

“大家一起聊聊天呀。”

“我才不跟我妹聊天。你不觉得我妹很碍事吗？”

“她碍着我们什么了？你有这么好的妹妹，知足吧！”

真是说不过芸儿，我只好退一步说：“好好，等下我把她叫来，你跟她聊天成吗？”

“好呀，你妹很直爽，我正想跟她聊聊天呢。顺便通过你妹，进一步了解你的情况。”

“了解我的情况？芸儿，你对我还不够了解吗？还用得着通过我妹进一步了解吗？”

“我觉得有这个必要，你这人呀，藏得深，兴许还有我不知道的事情呢。”

我从卧室出来，径直去了我妹的房间。

我对妹妹说：“芸儿叫你跟她聊天呢。”

我妹开心地说：“好呀，那我过去了。”

我妹同芸儿交谈，我无从获知她们交谈些什么，这些不重要，只要气氛融洽、两人谈话投机就好了。

老妈见到我，说：“阿昆，你怎么躲在你妹的房间里呀？”

我玩笑似的说：“妹妹躲我房间去了，我没处躲，就躲到她的房间里来了。”

老妈不解地问：“你妹躲到你的房间干吗？”

“还不是跟芸儿聊天嘛！两个女孩子，好像有很多话要说哦，我这个旁人怎么好插一脚哦！”

老妈不问这个了，问起了别的。她说：“芸儿家的经济条件好不好？”

“妈，您怎么问起这个了，我看中的是人，又不是她家的经济条件。不过话说回来，她家是知识分子家庭，咱家是农村的，老房子要面临征地拆迁，这跟人家城里人怎么比呀？根本没法比！”

老妈听了，担忧地问：“那要是亲家看不上咱呢？”

“嗯，是有这个可能。芸儿还没告诉她爸妈呢。她爸妈知道后，说不定会拒绝她跟我交往呢。”

老妈急了：“那咋办呢？”

“什么咋办，俗话说‘船到桥头自然直’，妈，您就别问那么多，等着抱孙子吧！”我笑着说。

看着我自信满满的样子，老妈露出了笑容。就冲老妈这个笑容，我宁愿赌这一局了，即便遍体鳞伤也在所不惜。

我回到卧室，芸儿和我妹正聊得起劲呢。

“你们都聊了些什么呢？”我对女孩们的聊天内容充满了新奇。只可惜我不是什么千里眼顺风耳，无法窥听她们聊天的内容，只能观察她们的表情，凭空想象了。

“哥，你回来了呀。”我妹说。

“咱家这么小的地方，我还能去哪儿呢？”

芸儿说：“阿昆，你妹说话直爽，人也热情，没有心眼。”

“她就缺心眼。”我脱口而出。

我妹听了显然不高兴了，说：“哥，人家芸儿姐是褒奖我，而到你嘴里，怎么就贬损我了呀！”

我只好讨好地说：“我的好妹妹，我只是逗你玩的。”

“好了，芸儿姐，哥，你们聊吧，我不打扰你们了。”我妹说着，直起身子出去了。

卧室里就剩下我和芸儿。这下，我又找回了自由，毫无顾忌地揽过芸儿的肩膀。

芸儿略显忸怩状，被我用力一箍，动弹不得了。

我闻着芸儿头发的香味，问："芸儿，我妈给你铺好了床，你今晚住这里还是回旅馆呀?"

芸儿迟疑了一下，说："旅馆那边还没退房呢，要不明天晚上住你家里吧?"

我兴奋地说："那好，那我明早就把房给退了。"

芸儿"嗯"了一声。

我说："芸儿，你住立地房，会适应吧?"

"不适应也得去适应，这以后的日子还长着呢!"

我由兴奋变为亢奋，说："芸儿，你的意思是，你愿意待在我这里了?"

芸儿头靠在我肩上，微笑着不语。

"芸儿，我家的立地房要拆迁了，明年就可以分到套式安置房了。"我激动地将雪藏很久的事儿说了。

"你妹刚才已经跟我说过了。"芸儿笑了。

"哦，我说她心口直，缺心眼，没说错吧?"

"你妹要比你爽快多了。她第一次见到我，就跟我说起了征地拆迁的事儿。而你呢，藏得这么深，到现在才跟我说。"芸儿表扬我妹，有点责怪我了。

"早说晚说不是一个样儿吗? 反正现在还没有分到房。"我辩解着说。

"不说这个了，阿昆，你送我回旅馆吧。"

"好吧。"

我爸妈和我妹送芸儿到了门口。

"阿姨，叔叔，妹妹，我先走了。"芸儿礼貌地说。

芸儿坐上摩托车，向我爸妈和我妹招招手。

摩托车瞬间消失在夜色中。

在旅馆，我却接到了媒人打来的电话。

我有意躲到卫生间接听，生怕芸儿听到。

媒人说："阿昆，你跟鱼儿谈得怎么样了？"

我说："我跟她不合适啊！"

"为什么啊？"

"我有女朋友了的。"

"不早说，浪费我的时间。"媒人气恼地说。

"实在对不住啊！"我表达了歉意。

我做贼似的从卫生间出来。

坐在床沿，我思绪翩翩。

芸儿拍了一下我的手背，说："走神了吧，阿昆！"

我回过神来，逗着说："是走神了。芸儿，你知道吗？我想到了我们结婚的场景呢！"

芸儿顿现红晕，说："那场景怎样呢？美吗？"

我形容着说："美，真美，极美，绝美，实在是美，美得心动，美得我和你的心儿跳出胸膛黏在一起！"

芸儿嗔怪着说："你这文艺男又犯瘾了是不？不说几句，别人还认不出你是个文艺男了？"

我只好作罢，说："你不也是嘛……吃点好吃的东西，动不动就想念的，至于吗？用得着这样吗？"

"好呀你，又抓着我的把柄不放了。"芸儿说着，手指掐了一下我的手背，比拍我的手背还疼呢。

"啊！"我叫出了声。

芸儿说："阿昆，这次回去我跟爸妈说说，我要说服他们，过来陪你，帮你克服心理的障碍。"

我说："那你到时要辞去那边的工作，不觉得可惜吗？"

芸儿说："顾不了那么多了，没有比跟你在一起更重要了。"

我说："芸儿，你回去之后，一定要坦白地告诉你爸妈关于我俩的事儿。如果你爸妈同意见我，下次我就去你那边见你爸妈。已经到了这步，我们都要有勇气面对，不是吗？"

芸儿点点头，担忧地说：“要是我爸妈不想见你，不同意我跟你交往怎么办?”

“天下哪有父母不心疼自己女儿的。你就跟他们缠，跟他们磨，只要你态度坚决、意志坚定，我想他们会答应见我的。”

“好吧，我会尽力去说。”芸儿回答。

我想：我们能做到像杨过和小龙女，可以时隔十六年后，依然爱得那么纯粹那么热烈吗？我不知道。我们只需做好当下，听从内心最真实的声音，不管世俗看法就可以了。

躺在床上，两人相拥着，很快就进入了梦乡。

第二天早上，我办了退房手续，把芸儿的行李搬到我家。

两人在家吃好午饭后，就去了中国日用品商城。下午逛了商城后，就在路桥的南官河畔转悠。

到了傍晚时分，我们回到家里。

如昨天那样，芸儿很有礼貌地跟我家人打了招呼。

我妹友好地拉过芸儿，两人趁还未开饭，热聊起来。

“芸儿姐，你明天就要走了吗?”

“嗯，要回去了。”

“不能多待几天吗?”我妹有点不舍。

“单位请假出来的，不能无故旷工哦。”

“哦，我还没有陪你逛街呢。”

“阿昆陪我逛了不少地方。以后逛街还有机会的。”

我妹转头问我：“哥，你带芸儿姐去了哪些地方?”

“十里长街、小商品市场、石浜山、石浜公园、中国日用品商城等地方。”

“你们也太神速了吧!”我妹觉得不可思议。

芸儿说：“你哥安排得满满当当的，不神速也难哦!”

大家高高兴兴地吃了晚饭。

今晚，芸儿将第一回住在我家。

在我的卧室，芸儿很平静。她如往常那样，靠在我肩头，什么也不说，却似什么都说了。

时间仿佛凝滞了。我和芸儿，早已心潮澎湃。

都说分别在即，千言万语都是徒劳的，沉默是最好的表达方式。我们用沉默，交流了彼此的心迹。这一刻，不用说，都能猜到对方在想些什么了。

可我，还是禁不住地问了句：“芸儿，你在这边，玩得开心吧？”

显然，我说的是废话，但废话有时确能让人心生温暖。

“当然开心了，真舍不得走呢。”芸儿说。

“那你就留下来呗。”我打趣着说。

“留下来可以呀，你奖励我什么呢？”

“我会天天奖励你一个吻。”我放肆地在芸儿的脸颊上亲了一下。

芸儿红晕连连，说：“那我还真不想走了呢！”

“芸儿，如果你愿意留在我这里，我这辈子都会对你好的。”

“嗯，你说到可要做到。”

“我对天发誓，这辈子只对芸儿好。”

芸儿“咯咯”地笑了。

两人嘴皮上又浪漫了一回。

第二天早上，我送芸儿到了客运南站。因为要上班，我等不了芸儿上车后再离开，只留下芸儿一个人在汽车站的候车大厅里候车。

芸儿不忘在上车后给我发短信：“阿昆，我上车了。我会回来的。”

我马上回复：“芸儿，一路顺风。我在十里长街等你。”

第十四章

过了数日。我禁不住给芸儿打电话。

“芸儿，你知道吗？我很想你的，每时每刻都在想着你。”我矫情地说。

“别贫了。跟你说吧，我把我们的事告诉我爸妈了。”芸儿说。

“嗯，他们什么反应？”

“惊讶呗。”

“他们同意你来我这边吗？”

“这个我还没跟爸妈提呢。你别急，让我爸妈慢慢接受你哦。下次你来杭州，我带你去见我爸妈。”

“那实在太好了。给你一个飞吻吧！”我对着手机，亲了一下嘴。

“那你周末就过来吧！”

“好的，我一定来！”

想到自己就能见到未来的岳父岳母了，我激动万分。

很快到了周末。

我到了杭州，芸儿带我见了她的父母。

芸儿父亲问我：“我听芸儿说，你是做编辑的？”

我谦恭有礼地回答：“是的，叔叔。我毕业后先是做快递工作，后来去汽车城做内刊编辑了。”

芸儿父亲点点头，话锋一转：“我就这么个女儿，你要是能来杭州发展，我可以托人帮你安排工作，那样，你就可以和芸儿在一起了。”

我说：“我没问题，只是我爸妈可能不同意我过来，我要说服他们才行。”

“这么着，我给你半个月的时间，到时你能过来，我就同意你和芸儿在一起。如果你不能来，我只能说声抱歉。”芸儿父亲很坚决地说。

我低着头默不吭声。

芸儿母亲说：“阿昆，你跟我家闺女是大学同学，人也很文气，有才华。可我们也是没办法，不想让闺女离我们太远，假如你能来我们这边，我们是不会亏待你的。”

我不知怎么回答才好，心里乱作一团。芸儿父母态度很明了，就看芸儿她自己怎么选择了。

虽然很不愉快，但还是要强作笑颜。

在芸儿的卧室，芸儿说：“阿昆，我想问问你愿不愿意来我这边？”

我说：“愿意。可我爸妈肯定不会同意的。”

芸儿说：“要不你问问看吧，万一他们同意呢？”

“好的，我试试看吧！”

“如果你爸妈不同意你来，我就去你那边。”

我说：“你爸妈不会答应你的。”

“我可管不了那么多。”

“得不到父母祝福的爱情，会有幸福吗？”

“你别想太远了。无论如何，我都要待在你身边。”

“你辞了现在的工作，怪可惜的。”

“为了我们能在一起，丢一份工作又算得了什么呢？”

见芸儿回答得这么坚决，我默默点头同意了。

……

回到台州，老妈烧了一桌好菜。家人围坐着吃起了晚餐。

我挑事了：“我不想上班了！”

老妈急了：“阿昆，上班好好的，你为啥要不做了？”

“趁现在还年轻，到外面闯闯呗。”

“真是不像话！”

我妹插话了：“哥，你是不是想去杭州呀？”

我点点头。

我隐隐感到，硝烟即将弥漫。

“你要去那边工作，我不答应。你一个人在外头的，我不放心。你还是安分点儿，在家里比在外头来得强。”老妈不高兴了。

“你要是去外头，我就不认你这个儿子！”老爸吓唬我。

我不吭声。

“阿昆，难不成招婿？那边让你做上门女婿啊？”老妈问。

“有这个可能呀，因为她家经济条件好，她还是个独生女呢。她爸妈很疼爱她的，能放她走吗？能让独生女远嫁到我们这边吗？难度大喽！”我苦笑了下。

“那怎么办呢？如果让你去那边，我是坚决不同意的。”老妈说得很坚决。

“哥，要不你跟芸儿姐好好聊聊，你就说爸妈反对你去外面，看她有什么反应。再说了，谈婚论嫁，大多是女的来男方这边的。哥，你的立场要坚定。”我妹说。

“阿昆，你要面对现实啊！你跟她是多么不现实啊！一来她是外地人，跟咱交流有障碍；二来她还不愿嫁到咱这边，你跟她天天见不着面，这有什么好的，指不定哪天会出事；三来还想入赘，这更不现实，咱把你养这么大，就眼看着你跑到外头去了，不孝啊！”老爸忍不住发话了。

我闷声闷气地吃着晚饭。

末了，我妹又奉劝我一句：“哥，你要替爸妈想想啊！”

家人的轮番攻击，已经打得我“溃不成军”了。我“孤军作战”，连招架的余地都没有了。来自家人的阻力太大，我打了退堂鼓。

饭后，我到我妹的卧室。

我说：“爸妈都听不进去，哥想跟你单独聊聊。”

我妹说：“哥，这回我也站在爸妈这边，不同意你去外面。”

我说：“你也知道，我只是想到外面呼吸一下新鲜空气，过不了一年半载的，我就会回来。”

我妹说：“那不靠谱，到时不是你说了算的。你想辞职就辞职，想回来就回来呀？即便你回来了，你的大好前途不是一样荒废了吗？与其那样，还不如在自己的家乡稳扎稳打，兴许还能干出一番事业来呢！”

“你不懂的，我有情感的需求。我需要芸儿。”

“那我和爸妈都需要你呀。你不在我们身边，我们会觉得生活过得没有滋味。你就不能跟芸儿姐协商一下吗？她就不能为你牺牲一点吗？如果她不能为你做出牺牲，那还算是爱情吗？都说女大当嫁的，她还想一辈子待在她父母身边不嫁人吗？”

“她也有难处，因为她是独生女。我们换位思考一下，她的父母对她也有情感的依赖。更何况，她蛮喜欢现在的工作，我总不能让她什么都不要而投奔我吧？”

我妹听了摇摇头，说：“哥，你们的问题真多啊。要不你俩好聚好散吧，因为爱情敌不过现实啊！”

这回，我妹死活不听我的，我只好怏怏然地回到自己的卧室。

又是一个晚上。

餐桌上，我说：“妈，你就答应我去外面吧。”

“妈不想让你去那么远的地方，你还是死了这条心吧！”老妈又生气了。

我妹说：“哥，你这么急是没用的。你还是老老实实听妈的话吧！好好在家待着。”

我爸说：“真是鬼迷心窍了，外头有什么好的？上次媒人给你介绍的对象，叫什么鱼儿的，忒好的姑娘你都不要，头脑昏了吗？！”

我闷声不响。家人再次围攻，我仍以“惨败”收场。

很快半个月过去，我还未做出决定，芸儿便打来了电话。

“阿昆，我爸问你决定好了没？如果你来我这边，他就早点帮你安排工作。”芸儿说。

“芸儿，爸妈都反对我过去。没办法，你告诉你爸吧，我去不了你那边了。”我说。

“那我去你那边吧！”

“芸儿，你真要来我这边吗？”

“我还能骗你吗？”

“那你爸妈怎么办？你的工作怎么办？”

“我会说服爸妈的。工作就不要了，到你那边再找吧！”

我很感动。我想：这辈子能遇到这么好的姑娘，真是三生有幸啊！

我兴奋地告诉了爸妈和我妹。

我妹说："哥，芸儿姐这么爱你，为了你能放弃工作来到咱们这边，不容易啊，你应该好好珍惜她哦。"

"这闺女心肠好，阿昆，你要待她好一点!"老妈乐不可支。

"妈，你不懂，哥和芸儿姐，这就叫爱情。哥，你能找到这么好的女孩，是你三世修来的福气啊!"我妹真心替我高兴。

我一句没说，都被她们抢着说了。

"城里人嫁到咱乡下，有她苦头吃了!"老爸有点担忧。

"芸儿能吃苦的，她也会主动学习我们这边方言的。"我说。

"你小子怎么晓得女娃能吃苦呢?"老爸仍不相信。

"因为我了解她呀!"我信心十足地说。

"那她不嫌咱家吗?"老爸仍心存疑虑。

"怎么会呢?要是她嫌咱家，我跟她就不会走到今天了，说不定早就分手了。"我认真地说。

老爸也就不再追问下去了。

芸儿父亲曾对我说过，我若半个月内不做出决定，他就断绝女儿跟我交往。我担心芸儿父亲真会这么做。

这不，芸儿很快就打来了电话。

"阿昆，我爸对你很失望呀。"芸儿说。

"芸儿，我已经预料到了。"我难过地回答。

"我企图说服爸妈，却碰了一鼻子灰。我爸妈根本就不听我的。"芸儿无助地说。

"可怜天下父母心。假如我站在你父母的角度看问题，我也不会答应的。"

"阿昆，我之前答应你一定去你那里的，现在看来希望破灭了。"

"别急，慢慢来。"我安慰说。

"阿昆，我已经尽力了。"说到这儿，芸儿竟在电话那头哭了起来。

"芸儿，别哭，我不怪你。你来不了，不是你的错。"

"阿昆，你知道吗，女人一旦陷入情网，什么事情都做得出来的，你看我，就愿意为你而私奔。"

“芸儿，你对我真好。”

“两地分居，可真折磨人啊！”

“是啊，哪一天我们能相处在一起，那该有多好啊！”

我不禁对未来充满了遐想，希望那一天不会太遥远。

“那我怎么办呢？去你那边，又觉得自己很对不起爸妈。”芸儿痛苦万分。

“那我们就先这么两地分居吧，山穷水尽之时肯定有办法的。”我反而豁然了，安慰起了芸儿。

“我想过了，这么拖着不是个办法，那我们就瞒着家人，先去登记结婚吧。”芸儿想得很周到。

我真的不敢相信自己的耳朵，兴奋地说，“那我们就抓紧时间，不管家人同不同意，我们都做了重大决定，只要我们无怨无悔就行。”

“嗯，我们不要跟任何人说起登记结婚的事情，阿昆，你能做到吗？”

“这个当然能做到了。你放心吧，我不会说漏半个字的。”

“好，那我就跟你去登记。对了，登记要带户口本的吧？”

“嗯，应该要的，户口本和身份证都准备好。”

“阿昆，这么一来，我就把未来的幸福交给你了。就像赌博似的。”

“芸儿，别这么说，跟了我，我不会亏待你的，我会给你幸福的。不管爸妈赞成还是反对，我们不为外界任何因素所干扰，真正做回了自己，不是吗？”

“那最终爸妈还是会知道的。”

“芸儿，到时生米煮成熟饭，爸妈他们也没辙了。他们就不会为难我们了。”我想，与其双方父母反对，不如我们先斩后奏。

“阿昆，以你现在的身体，能‘生米煮成熟饭’吗？”

我哑然。是啊，我是个勃起功能障碍者，怕是这辈子都不能“煮熟饭”了。

“玩笑话，你别放心上了，我这两天就去你那边。”芸儿说。

“芸儿，别忘了带上户口本，没户口本登记不了的。”我再三叮嘱。

“知道了，你就等我过去吧！”

还是先好好工作吧。

我在方林汽车城的工作稳定了下来。

芬姐说："阿昆，领导对你很赏识，破例让你担任内刊的副主任。你知道吗？以前从来没有一个合同工能当上副主任的，你是第一个啊！"

"真的吗？真是太好了。感谢领导的赏识，感谢芬姐的抬举。"我的喜悦溢于言表。

芬姐说："阿昆，那你想怎么谢我呀？"

我很爽快地回答："芬姐，你说，你提什么条件我都答应你！"

芬姐隐秘地笑了一声，说："什么条件都答应？"

"嗯，是的。"我没往别处想。

"正好晚上有个饭局，你也过来吧！"芬姐说。

"就这个吗？没问题！"我毫不犹豫地答应了下来。

"那下班后，你坐我的车子过去吧！"

"好哦！"

我很期待，这是我毕业参加工作后所经历的第一个饭局，我能不激动万分吗？

很快到了下班时分。

芬姐说："阿昆，准备下班了，快收拾好桌上的资料。"

"好咧！"我听从吩咐，赶紧收拾。

随后，我跟随着芬姐到了车库。芬姐那辆乳白色的宝马简直要亮瞎我的眼。因为之前我下班就骑摩托车回家了，也没有留意芬姐开什么车。想不到她竟然开这么好的车子。

坐进宝马车内，这感觉真好。恐怕我这辈子想拥有一辆宝马，都是痴人说梦吧。

"你别紧张，别拘束，带你去吃个饭而已。"芬姐说。

我点点头，努力让自己淡定下来。

下班高峰期有点堵，不过芬姐驾驶技术还是不错的。

"阿昆，你还没考驾驶证吧？"芬姐问我。

"只考了摩托车驾驶证。至于汽车，现在想都不敢去想。"我苦笑着说。

“你可以先学的，有了汽车驾驶证，你以后开车很方便的，或者，租一辆车子开也没事。”芬姐说。

“现在抽不出时间去学呢！”我在找借口。

“我可以给你放假的。你学车不来上班，我也算你在上班，不会说你旷工的。只要跟我打声招呼就行了。”芬姐的福利还挺诱人的。

我想：芬姐干吗对我这么好呀？这没由头的。

“芬姐，谢谢。可是，我现在连报考汽车驾驶证的学费都出不起，唉！”我叹了声气。

“你真可怜！”芬姐打开车内抽屉，取出其中的一张银行卡，说，“阿昆，这张卡里还有一万块钱，你先拿着吧！”

“芬姐，我不能要啊！”我推却着说。

“是我借给你的好不好，你别想歪了。”芬姐乐了。

“用不了那么多呀！”我实在想不出拒绝的办法。

“你傻呀，我又没让你一次性用完，你用多少算多少，到时候有钱了补给我就行了。”

芬姐盛情难却，我接过了银行卡，决定报考汽车驾驶证。我觉得，有了摩托车驾驶证，道路规章制度什么的都熟悉了，考起汽车驾驶证来应该不会很难吧。

我记住了芬姐报给我的银行卡密码。这是我平生借的第一笔“巨款”。我心里对芬姐充满了感恩，充满了尊敬。

宝马很快开到了饭店。

我和芬姐在包厢坐定。随后就进来两位辣妈范儿的女人，容貌气质都很不错。

芬姐站起来迎接，我也跟着站了起来。

“先介绍一下，阿昆，这两位是我的朋友，也可以说是闺蜜。”芬姐接着介绍，“这位是阿昆，方林汽车城内刊副主任。”

“小帅哥，很高兴认识你，你就叫我娜姐吧！”

“你叫我萍姐吧！”

“娜姐，萍姐，你们好！很高兴认识你们！”我嘴上叫得这么亲切，心里却发虚。试想，长这么大还没这么热情地招呼刚谋面的人，也算第一回吧。

四个人满脸堆笑地坐了下来。

芬姐点好菜。

面对三位美女，我紧张得真想钻到桌下去。

娜姐说："阿昆，自我介绍一下吧！"

我尴尬地笑了笑。

芬姐替我介绍："阿昆，浙江大学中文系高才生，今年刚从大学毕业。为人正直、善良、友善，文笔不错，书法特棒。"

萍姐说："哟，你还对他了解得一清二楚呀！"

芬姐回话："当然了，天天工作面对面的，我还不了解他吗？他这人真的挺好的。"

娜姐说："怪不得你向领导极力推荐阿昆，破格让阿昆当上了副主任，不是吗？"

芬姐说："以阿昆的能力，完全能胜任副主任的，这样的人才，我能把他埋没吗？"

萍姐说："看来我们家的芬，有点喜欢阿昆了！"

芬姐赶紧辩解："你们别开玩笑好不好？我跟阿昆可是正常的同事关系。"

萍姐说："你别紧张好不好？我可没说你们关系不正常了。"

三个女人的话题围着我转，我听着很别扭。

我觉得自己是多余的。

到最后，芬姐埋了单。原来，是芬姐请的饭。芬姐的人情我可欠大了。

过了两天，芸儿真的带着户口本从杭州乘车过来了。我照例在台州客运南站接她。因为这次登记是秘密进行的，芸儿没有告知她父母，我也没有告知家里人，所以我将芸儿安置在了旅馆。芸儿明天跟我在办证中心登记好后就要乘车回杭州，一来赶回去上班，二来不让她父母起疑。

在旅馆，虽然我没有生理反应，但出于爱意，我对芸儿依然搂搂抱抱的，激动得芸儿在我的脸上亲了又亲，而我却不能给她任何快感。我颓丧极了。

“阿昆，别灰心，你一定会好起来的。你不能去我那边，我可以常来你这边的。”芸儿安慰我，让我不要因为勃起功能障碍而难过。

可不难过那是骗人的，现在男人不像男人的，生活的乐趣都丧失了大半。要不是还有文学和书法，我都不知道自己怎么活了。

我沉默不语。

芸儿捧起我的脑袋，把我的脑袋贴在她的胸口，深情地说：“阿昆，你以前不是特喜欢我这里吗？来吧，你爱怎么玩就怎么玩。”

可我提不起劲儿，即便提起劲儿来，下面也无济于事。

“芸儿，我该怎么办啊！”都说“男人哭吧哭吧不是罪”，这回我真的掉泪了。

芸儿为我擦去了眼角的泪水，说：“阿昆，你要对自己有信心，好吗？”

我脑子里忽然闪过一个念头，脱口而出：“芸儿，我现在这个样子，你跟了我不会有幸福的。芸儿，我不能自私地留住你，你还是离开我吧，找个好男人嫁了吧！”

芸儿听了很震惊，说：“阿昆，你在说什么呢？”

我激动地重复了一遍。

芸儿落泪了，眼泪稀里哗啦地往下掉。这是我不忍看到的场面。我为什么这么残忍地让一个善良的好女孩为我落泪呢？我绝对是个浑蛋！

芸儿再次抱住我的头，抽泣着说：“阿昆，你知道吗？我要离开你，我还会等到今天吗？我要离开你，我还会拒绝好多次相亲吗？阿昆，你在我眼里，是个英雄。你见义勇为，这是很多男人做不到的。阿昆，是你的优秀品质感动着我。还记得校园生活吗？还记得我因脚伤，你每天背着我上下课吗？还记得我那次感冒发烧，你守护我一天一夜吗？还记得社长强吻我，你发疯似的要去打架吗？这些我都记得。我记得你对我的好，我这辈子都不会忘记。而你现在这个样子了，我舍得离开你吗？我离开你，我还算是人吗？”

我贴在芸儿胸口，泪水已濡湿了芸儿的文胸。

芸儿接着说：“阿昆，我曾跟你说过，我会让你找回自信的。假如不能，我们就过无性婚姻，我们不要孩子，我们两个人就这么自由自在地活着。”

我说：“那样，痛苦的是你。芸儿，你是女人，你有生育能力，为什么就不能好好地去享受女人应有的正常生活呢？”

芸儿说：“我不能让你一个人孤单。你这辈子总要有个依靠吧？那我就当你的拐杖吧！”

我觉得现在我是在作践自己，鄙视自己。芸儿却在我快要崩溃的时刻鼓励我、安慰我，让我勇敢地面对困境，走出困境，找回自信，这样的好女人，我真的想不闻不顾，真的想一走了之吗？我没那么绝情。

一整个下午，我和芸儿哪里都没去，就厮守在旅馆里。

芸儿忽然想出了个主意，说：“阿昆，你躺在浴缸里，我帮你洗个澡吧！”

“这怎么好意思呢！”我有点难为情。

“等给你洗了澡，还要给你全身揉揉。”芸儿笑着说。

我想：小时候老妈给我洗过澡，现在却要让心爱的芸儿给我洗澡呢，真的好期待啊！

我拗不过芸儿，只好脱光衣服，光着身子躺在了浴缸上。

“你别紧张，全身放松。”芸儿微微一笑。

“你要干吗？”我看到芸儿在脱她的衣服，好奇地问。

“你好好躺着，放松一点，别管那么多。”芸儿说时，已脱得一丝不挂。

我忍不住咽了口唾沫。

芸儿俯下身，给我涂沫浴露。她的手滑滑的，真是舒服极了。

当她的手触碰到我的下面时，我整个人抽搐了一下，这种感觉让人欲仙欲死。

我任由芸儿的手在我的身上各处摩挲着。我觉得自己仿佛成了京城的王爷，正享受着侍女的服侍呢！

“有感觉吗？”芸儿试探着问。

“嗯，有一点。”我已完全放松，忘了自己是勃起功能障碍者。

“想想我们以前的美好吧！”芸儿说，“比如我们以前在床上恩爱的场景。”

我依照芸儿的吩咐，想起了过去的情景，嘴角露出一丝淫笑。

“我现在就站在你面前了，你想看哪儿就看哪儿吧！”

芸儿亭亭地立在浴缸边上，任由我上上下下仔仔细细地瞧了个够。

我一把将芸儿拉进浴缸，如同猛兽一般，在她的身上疯狂地吻着。

“阿昆，难不成我们要在浴室里浪漫呀！”芸儿迷离地说。

“好啊，在浴室里，我们还是头一回啊！”我异常亢奋地说。

“那就来吧！”芸儿期待地说，牙齿在我的臂上轻咬了一下。

我是有生理反应了，可快要入侵时，就蔫了。

我像是从梦境里回到了现实中。

“唉。”我叹了口气，说，“还是不行啊！”

芸儿安慰说：“阿昆，你有进步了。刚才不是有感觉了吗？慢慢来，不能一步到位。”

确实，芸儿的抚摸和柔情，给了我生理上很大的刺激，让我找回了久违的冲动，虽然还未成功，但离成功应该不会远了。

芸儿先我一步出了浴室，而我仍静静地躺在浴缸里，回味着刚才的美好。

我想：也许医学专家说得对，女人的爱抚确能起到化腐朽为神奇的功效，这比任何灵丹妙药都管用。

当我光着身子从浴室出来，芸儿就说：“阿昆，你的手机响过了，显示是叫‘芬姐’的打给你的。芬姐是谁呀？”

我如实相告：“是我的女上司。”

芸儿说：“要不，你回个电话给她吧。她应该有什么事情吧，如果没有事情，她周末干吗打电话给你呢，是吧？”

“嗯，是的，我现在就回个电话给她。”我也不知道芬姐有什么事。

当着芸儿的面，我拨通了芬姐的手机。

“芬姐，你找我什么事儿呢？”我问。

“阿昆，前晚我的两个闺蜜搅局，你一定吃得不够饱。晚上我想单独请你，顺便说说工作的事情，不知你有没有空呢？”芬姐说。

芬姐说工作的事情，我不过去总不太好吧？

我犹豫了下，说："好吧。"

挂断通话，芸儿就问："阿昆，女上司周末找你什么事情呢？"

我说："她想跟我在饭桌上谈一下工作的事情。"

芸儿说："那你答应过去了？"

"嗯。我早点回来吧。"

"那我晚餐怎么办？一个人吃吗？"

"我给你叫份外卖吧。芸儿，太委屈你了。下回我好好补偿你。"

"不用，我自己到街上吃吧，顺便一个人逛逛街。还没逛过你们路桥的富仕路和银座街呢！听你说起过，这两处是你们路桥夜晚最热闹最繁华的地方。"

"是的。你好好逛一下，我们随时电话联络。"

……

匆匆忙忙从旅馆出来，到了站牌，看到乳白色的宝马车已停在那里。

我开了车门，坐进了副驾驶室。

宝马车一溜烟地跑走了。

芬姐带我到了银座街附近的一家饭馆。

"晚上就我们两个人吃，你不要拘束了，就像我们平常面对面工作时的状态。"芬姐说。

"嗯，芬姐，什么工作上的事儿呢？"我早点问，好早点回去。

"还没上菜呢，你这么猴急呀！"芬姐说，"会喝酒吗？"

我点点头，说："晚上不喝饮料，喝酒吗？"

芬姐说："对呀，晚上想喝酒，特别想。"

我说："喝了酒，那你怎么开车回去呀？"

"这个放心吧，现在都有代驾的。"说着，芬姐叫来了红酒。

"芬姐，你平时不是很少喝酒的吗？"打从我进汽车城，还未见过芬姐喝酒呢！而且还是红酒呢！

"那就今天当着你的面喝呗！"芬姐接着说，"阿昆，今晚你得陪我喝。"

想到还欠芬姐一万块钱，欠着她的人情，陪她喝次酒，又算得了什么呢?

于是，我和芬姐对饮红酒。

我再次发问:“芬姐，你说的工作上的事，是什么呢?”

芬姐说:“今晚不谈工作，咱好好聊聊生活。”

晕，被芬姐给忽悠了，害得我把远道而来的芸儿晾在了一边。怪不得临行时芸儿起疑“周末谈工作”。

“阿昆，你好像有点不高兴，是吗?”芬姐问。

“没，没有的事。”一想到芬姐提拔我为副主任，憋着的气全都消了。

“那好，我们干杯!”芬姐举起杯子。

我们痛快地一饮而尽。

“阿昆，你知道吗?我是个离过婚的女人。我表面上很坚强，其实我内心很脆弱。”芬姐酒后吐真言。

“啊，芬姐，我还不知道你离过婚，以为你压根没结过婚，是个大龄剩女呢!”我说。

“是吗?我这年纪，还像是个女孩吗?”芬姐问。

“像，怎么不像呢!”我没有讨好的意思。

“阿昆，我美吗?”芬姐又问。

“美，不是一般的美!”我客观地说。

“可是，像我这样的女人，还是离婚了，什么世道啊!”芬姐无限感叹。

我小心翼翼地问:“芬姐，你前夫对你不好吗?”

芬姐气愤地说:“何止不好，他还养了个小三，他现在跟小三在一起了，呜呜!”

说到这儿，一向外表坚强的芬姐竟在我面前落泪了。

我不知所措，慌忙将桌上的纸巾递给她。

“芬姐，你别难过!”我安慰她。

“我是那么爱他，而他竟然背叛了我，这让我觉得，这世上的好男人都绝种了!”芬姐愤愤然地说。

“芬姐，背叛你的男人不值得你爱。”我宽慰着说。

“我曾一度陷入抑郁，认为没有一个男人可以让我重新振作起来，自从遇到你之后，我的生活就不一样了。”芬姐坦言。

我着实吓得不轻。芬姐竟然把我当“救星”了，我该怎么面对？

“芬姐，你喝多了。”我说。

“我没有喝多。我心里清楚得很。你是个好男人。记得有一次下大雨，我在食堂没带伞，你淋着雨跑到办公室，将雨伞拿来递到我手上，你又淋着雨跑回到办公室。那天，你被雨淋后直打喷嚏，我都感动得哭了。我知道你没钱，所以极力向领导推荐你，让你当副主任，增加你的工资。我也知道你有个女友在杭州，你们很相爱，可是距离让你们一个月见不上一次面，你没有放弃，是你对爱的那份忠诚，又一次震撼了我，让我对你刮目相看。前晚，我就让两个闺蜜来见见你，她们对你的评价都很好。”芬姐一吐为快。

一向不拘小节、做事大大咧咧的主任，情感竟如此细腻、丰富，令人叹为观止。

“芬姐，你真的喝多了。”无奈之下，我只好这么说。

“我没喝多。我知道你心里装着你的女同学，你根本不会接受我的。我注定是个苦命的女人。”芬姐开始诉苦。

“芬姐，你看，你都有车有房了，车是宝马，房是别墅，这是我几辈子都实现不了的啊！你还苦命呀？”我说。

“阿昆，你知道我心里有多苦吗？我宁愿这些都没有，我只想拥有一个好男人，对女人来说，这就够了。”芬姐依旧诉苦。

我看了下时间，这个点，芸儿要么在旅馆等我，要么一个人在逛街。那她到底在干吗呢？

“阿昆，你在听我说吗？”芬姐问。

我回过神来，说：“在听，听着呢！”

芬姐又举杯跟我对饮。看着芬姐这么苦闷，我心里也不是滋味儿，谁叫芬姐喜欢上我呢？

“我很难过。为什么好男人都不属于我呢？阿昆，这是为什么呢？”芬姐痛苦地说。

“芬姐，别难过了，你的好男人还没出现，他迟早会出现的，你要相信自己。”我努力地安慰芬姐。

“我的心又开始空落落的了。阿昆，你不属于我，我很伤心啊！”芬姐再次举杯与我对饮，我怕自己喝多了会重蹈上次跟阿刚醉酒的覆辙，会吐得一塌糊涂，更会直接醉倒在饭馆里。

“芬姐，我们不喝了吧？再喝下去，我们都要醉的。”我还有几分理智，想到芸儿在等着我，我一旦喝醉了，怎么跟她解释呢？

“你不喝，我喝！”芬姐一个人在灌酒。

我伸手去夺杯子，一不小心，杯子“咣当”一声，掉在了地上，碎了一地。杯里的红酒将芬姐的袜子和鞋子都溅湿了。

“对不起，对不起。”我说着，赶紧抽出纸巾，蹲下身去，擦拭芬姐的袜子和鞋子。

芬姐突然攥过我的手，激动地说：“阿昆，你是个好男人。我很孤独。阿昆，我不要求你怎样，你今晚能陪我过一夜吗？就一夜，我心足够。”

“芬姐，你喝醉了，真的喝醉了，我带你回去！”我扶着芬姐走到收银台，将兜里的钱全部掏给收银员，刚刚好呢！这顿算是我还芬姐的人情吧！

扶着芬姐走出饭馆。

芬姐垂着头，有气无力地说：“那边，有家宾馆，你送我过去吧！”

我将芬姐送到了宾馆。我实在没现金了，就将芬姐借给我的那张银行卡刷了。

随后，我把芬姐抱到了床上，再脱了她的鞋子，给她盖好了被子。很快，芬姐就睡熟了。

我累得不行，坐在床沿瞌睡了会儿。一想到芸儿，我酒意全消了。

已经晚上 9 点多了，芸儿怎么都不打个电话过来问问我呢？奇了怪了。

我匆忙起身，走出宾馆，发觉兜里空空的，已没钱打的了，就只好一路小跑着晃晃悠悠地回到芸儿下榻的旅馆。

敲了几下房间的门，没人反应。大喊了几声，也没人反应。

急忙跑到前台询问，服务员告诉我：“刚才见一个女的在旅馆的会客厅哭过。”

我敢断定那个女的就是芸儿。

我急问：“她现在人呢？”

服务员说：“她好像出去了吧！”

我心想：这么晚了，芸儿还能去哪儿呢？

我掏出手机，拨打芸儿的号码，但是没人接听。是芸儿故意不接的还是？我想不明白。

我跑出旅馆，到处找芸儿。

芸儿去哪儿了呢？她为什么不接电话呢？她遇到什么麻烦了？我满脑子想的都是这些问题。

芸儿在我家乡万一出什么事儿，我怎么向她父母交代呢？我的罪责可就大了。

我边找边喊芸儿的名字，喊得喉咙都要嘶哑了，还是未见芸儿的身影。

这可怎么办呢？正当我六神无主时，我收到芸儿发来的短信：阿昆，你是个骗子！你骗得我好苦！从今往后，我再也不理你了！

我莫名其妙，马上回复：芸儿，你在哪里呢？我找了好久都找不到你。我怎么就成骗子了？

芸儿回复：你不用找了。你找不到我的。我已经坐上了出租车。

我回复：你要连夜打的回杭州啊！三个小时的车程啊，打的费很贵的。你为什么这么做啊？你这是怎么了？

芸儿回复：我不想跟你说了。你好自为之吧！

不管我怎么询问，芸儿就是不回话。这下完了。

两人本来计划明天偷偷登记结婚的，真是计划赶不上变化，也太戏剧性了吧。

我转念想到：芸儿异常的举动，难道跟我晚上的事情有关吗？晚上陪女上司吃饭喝酒，让芸儿自由活动的，难不成她一个人在逛街时看到了什么吗？

我赶紧拨芸儿的号码，问她是不是晚上的事情惹她生气了？是不是看到我扶着女上司进了宾馆？是不是我在宾馆瞌睡延误了时间，觉得我跟女上司的关系不正常了？

这回芸儿接了我的来电。

“芸儿，你怎么了？我发誓我绝对没做任何对不起你的事。”

“阿昆，你不用向我解释了。在你眼里，我还没有你谈工作重要。你是去谈工作吗？这是天大的笑话！”

手机那端，我能隐隐听到芸儿抽泣的声音。

“对不起，芸儿，我回来晚了。你从杭州大老远地跑到台州，却被我冷落在一边，我很难受。我现在向你解释，你是不会相信的。既然你已回去了，路上注意安全。改天我好好跟你说。”

我知道现在说什么都没用，正在气头上的芸儿，什么话都听不进去，更别说听我的解释了。我确信她在逛街时一定看到了我扶着芬姐去宾馆的那一幕。我因瞌睡晚些才从宾馆出来，这中间的时间段在宾馆的房间里发生了什么，太富有想象的空间了。芸儿等不到我的到来，在下榻的会客厅哭了一阵后，就连夜打的回杭州了。一定是这样了。否则芸儿不会说走就走的。

停顿了一会，芸儿吐出一句话：“以后，我再也不会去你那边了。”

我听了很心痛。今晚，我跟芸儿的误解太深了。我到底该怎么办呢？我很有必要再去杭州当面跟芸儿解释清楚。

躺在床上，我深情地唱起了孙楠的《你快回来》：没有你，世界寸步难行，我困在原地，任回忆凝集。黑夜里，祈求黎明快来临。只有你，给我温暖晨曦。走到思念的尽头我终于相信，没有你的世界，爱都无法给予。忧伤反复纠缠，我无法躲闪，心中有个声音总在呼喊：你快回来，我一人承受不来，你快回来，生命因你而精彩，你快回来，把我的思念带回来，别让我的心空如大海……

瞬间，泪水已夺眶而出。

第十五章

一夜失眠。第二天上班很没精神。

我见芬姐迟迟没来上班，有点儿担心，拨了个电话过去。

“芬姐，睡醒了吗？”我问。

“早醒了。等下就来上班。阿昆，谢谢你的关心呀。”芬姐回话。

我想立刻告诉芬姐我要辞职的决定，却开不了口，还是等她过来后再面谈吧。

我不想跟芬姐有任何的暧昧关系，所以我想离职，是为了隔断与芬姐的关系。

没过半小时，芬姐就来了。

芬姐说：“阿昆，昨晚我说了些什么了？我都记不起来了。”

我本想原原本本地告诉她，但话到嘴边又咽下。心想：既然芬姐已记不得了，那就当什么事情都没发生过吧。

我说：“芬姐，昨晚你喝醉了。”

芬姐说：“嗯。谢谢你把我送到宾馆。”

我想提离职的事情，却如鲠在喉，说不出口。

离职的念头就暂时搁浅了。

“芬姐，我想请两天假。”我小心地说。

“请假？阿昆，有什么事情吗？”芬姐疑惑地问。

“是的，我想去一趟杭州。”我觉得没必要遮遮掩掩。

“哦，是去看你的女同学吧！周末不行吗？干吗急着去呢？”芬姐有点不乐意。

“我跟她有点小误会，我想当面跟她说清楚。”我如实相告。

“能告诉我吗？你跟她之间发生什么误会了？”芬姐很好奇。

我也就不隐瞒了，说：“昨天她从杭州赶来的，我昨晚却被你以工作的名义约去了，丢下她一个人在银座街逛街，后来她发现我扶着你进了宾馆后就一直没有出来。她哭了，随后就打的回杭州了。”

芬姐有点责怪的意思：“啊，你昨晚怎么不跟我说呀，早知道她老远地过来，我就不约你了，对不起呀！”

我无奈地说：“芬姐，这不怪你。事情都发生了，总要去面对。最好的结果是芸儿消除对我的误会，所以我要去杭州一趟。”

“去吧，去吧！”芬姐准许我请假。

第二天，在去往杭州的班车上，我情不自禁地轻声哼起周传雄的《黄昏》：唱不完一首歌，疲倦只剩下黑眼圈，感情的世界伤害在所难免，黄昏再美终要黑夜。依然记得从你口中说出再见坚决如铁，昏暗中有种烈日灼身的错觉。黄昏的地平线，划出一句离别，爱情进入永夜。依然记得从你眼中滑落的泪伤心欲绝，混乱中有种热泪烧伤的错觉。黄昏的地平线，割断幸福喜悦，相爱已经幻灭……

我唱着唱着，两行热泪已悄然滑落。

我选择在芸儿下班时分，在报社的大门口等候。

我的到来，芸儿是不知情的。当她下班走到大门口见到我，她感到万分惊讶。

惊讶之余，便不再理睬我。

我跟随在芸儿身后，默不吭声。

“你回去吧，看见你我就心烦。”芸儿终于发话了。

“芸儿，对不起。你在我家乡，我却没有好好地款待你。”

芸儿打断了我的话：“事实摆在那里，你不需要向我解释。在你眼里，我根本就比不上你的女同事。”

“芸儿，你听我把话说完好吗？我跟女同事不是你想象的那样，只是同事而已！”

“笑话！我明明看到你扶着她进了宾馆，还待在里面不出来！当时，我的肺都要被你气炸了！”听口气，芸儿仍余怒未消。

“她喝醉了，不能开车回家，我就扶她去了宾馆。不知怎么的，可能是我太困了，在宾馆打起了瞌睡，等清醒过来，已经是晚上9点多了。”我解释说。

“我就站在外面等了你一个多小时，就是不见你出来，我的心都快碎了。你怎么能这样对我?！所以我一气之下，打的回杭州。”芸儿噙着泪水。

我拉过芸儿，注视着她的眼睛，认真地说：“芸儿，你应该相信我的为人，我对爱是忠诚不移的，天地可鉴！”

“那你为什么骗我说去谈工作的事情呢?”芸儿仍心存质疑。

“那是女同事骗了我，我只是按她的原话说的。”

“那你为什么聊了那么久，都不打个电话告诉我一声呢?”芸儿还不放过我。

“当时我也喝酒了，就把这事给忘了。”

“女同事是不是喜欢你啊？她不会无缘无故地约你吧?”芸儿依旧没完没了。

“我都告诉过她了，我的女友在杭州。女同事是个离过婚的女人，有车有房。她是有点喜欢我，我总不能谁喜欢我，我就接受谁吧？我可不是那种人。”

芸儿似乎没什么好问了，她大抵了解了情况，剩下的，就是相不相信我了。其实，她心里清楚的，一个勃起功能障碍者，在宾馆里还能风起云涌吗?

两人沉默着走了一段路。

“今天星期二，你不上班吗？你怎么能赶过来呢?”芸儿关心地问。

“为了我们的事，哪还顾得上去上班呀！不跟你当面说清楚，我都没心思去上班了。”

见我说得如此诚恳，芸儿气好像都消了。

“到我家吃饭吧。”芸儿说，“不管怎样，你来就是客。”

“谢谢。芸儿，不管怎样，你的爸妈，我总要去面对的。”

再次见到芸儿的父母，我不失礼节地“叔叔，阿姨”问了个好。

芸儿的父母对我是有偏见的，认为我不愿来杭州发展，等于是将他们的女儿硬生生地夺走。所以，他们对我并不热情。只是有芸儿在，他们也不会把我怎么样。

晚餐的气氛并不融洽。芸儿的父母也不愿跟我多说。

我囫囵吞枣地吃好饭，坐在客厅看着电视。

“阿昆，我们出去走走吧!”芸儿对我说。

芸儿母亲听到了，说：“晚上还要去哪里呀?”

“我们去西湖边上走走。”芸儿勉强笑了笑。

“路上小心点啊!”芸儿母亲嘱咐说。

“阿姨，放心，有我在，我会保护好芸儿的。”我刚说完，就被芸儿拉了出去。

两人走在西湖边上。

“芸儿，你原谅我了吗?”我试探着问。

“念你以前对我那么好，我就原谅你这一回吧!”芸儿说时，挽住了我。

“很久没有和你夜游西湖了。其实，西湖的夜景并不输于白天。”

“嗯，还有一种说法是，晴湖不如雨湖，雨湖不如雪湖。下雪的西湖才是最美的西湖。不过现在杭州很少下雪了。”芸儿有点遗憾地说。

“想起我们读书时，我们一边游着西湖，一边背着古诗词，很唯美的意境哦!”我感慨着说。

“是啊，现在回想起来还蛮浪漫的。不过在我心里，最浪漫的还是你背我上下课的那些日子，回想起来，真的很温暖。”芸儿一脸幸福的表情。

“呵呵。我想起我们浪漫的事，就是我当着大伙的面，抱着你上女生宿舍楼。再有就是我们躺在草坪上接吻。还有就是那次电影散场后，我们拉着手，冒着小雨，在路上小跑。”我似乎又重温了过去美好的时光。

“还说呢，就是因为这些，你被学校领导盯上了，说你是个坏学生呢!”芸儿说。

“我不后悔。”我接着说，“感谢这些，让我全校出名，也让我们的恋情从地下转到地上，曝光在太阳底下。”

两人不觉逛了半个西湖，在一处长石凳上坐下歇息。

我斗胆地伸过手，搂过芸儿的肩，并凑过去，悄声说：“芸儿，我想亲你!”

见芸儿闭上双眸，显然是默许了。我赶紧亲了一下芸儿的嘴唇。

“这里人来人往的，你胆子这么大!”芸儿似怨非怨地说。

“刚才你不是同意我亲了吗?”我满足地笑了笑。

芸儿没说什么，挽住我的手臂，脸蛋靠在了我的肩上。

“阿昆，晚上委屈你一下，在我家沙发上睡一宿吧!”芸儿想到我还没订旅馆，为我节省费用。

“行，只要有个地方睡就行了。”我坦然地说。

“我们走回去吧!”芸儿起身。

我也起身。

两人返回芸儿家。

芸儿向她父母说明了情况，在客厅的沙发给我铺好了被子。

平生还是第一次躺在沙发上睡觉。芸儿家的沙发很柔软，舒适度比我家的木板床要强得多，只是空间上稍微小了点。

“阿昆，要不我躺沙发，你睡床上吧!”芸儿见我躺在沙发上有点挤，关切地说。

“那怎么行!我睡沙发总比睡在旅馆要好得多，何况你这沙发挺舒服的，就让我体验一下第一次睡沙发的感觉吧!”我固执地说。

芸儿没有即刻走开，而是坐在边上柔情地看着我。

“让你受委屈了。”芸儿说着给我整了整快要拖到地上的被子。

“说哪儿的话，能有个地方睡，而且又是免费的，我已很知足了。”我憨憨地笑了笑。

“阿昆，你明天就要回去了吗?”芸儿不舍地问。

“是啊，只请了两天假，最迟明天下午要赶回去。”我见芸儿父母都在卧室，壮着胆子拉过芸儿的手，说，“芸儿，你什么时候过来，我们把事儿给办了吧!”

芸儿轻声地告诉我：“要不，我明天请个假，明天上午跟你一起回台州，明天下午我再赶回杭州吃晚饭。那样，我爸妈也不会起疑的。他们还以为我去上班了呢!”

“好，这办法好!”我发觉自己说得声音太大了险些被芸儿父母听到，故而压低声音说，“芸儿，亏你想得出来。这次不能再无功而返了。”

芸儿点点头，说：“要是你再被我发现跟女同事或者别的女人如此暧昧，我跟你没完!”

我信誓旦旦：“不会再有这些事了，如果有，天打五雷轰!”

芸儿赶快伸手堵住了我的嘴，有点责怪地说：“别说些不吉利的话了！小心我爸妈听见。”

果然，我这“天打五雷轰”惊动了芸儿的母亲，她穿着睡衣、趿着棉拖出来，第一句就说：“芸儿，你还在客厅啊。刚才你们在瞎嚷嚷什么呀!”

“妈，我马上就去睡。”芸儿紧张地说。

“阿姨，我们没把您吵醒吧?”我有点不好意思地说。

“我刚起来想上个卫生间，就听到你们在说话，一看，你们还聊得挺来劲的。你们年轻人，都这么晚了，还不睡觉。芸儿，你明天要上班的，不知道吗?”芸儿母亲有点不高兴。

“阿昆，我回房间了。”芸儿直起身，说，“晚安!”

“晚安!”

芸儿母亲给我做好了早餐。芸儿拉着我就餐。

看我们如此亲昵的样子，芸儿父亲故意干咳了几声。

“阿昆，昨晚躺在沙发上，睡得着吧?”芸儿将剥好的鸡蛋放到我的碟子里，关切地问。

“刚开始还真睡不着，可能是累了吧，后来就什么都不知道了，一觉醒来，天快亮了。看时间还早，又躺沙发上磨了半个小时。”我边吃边说。

芸儿开心地说：“能睡着最好了，我还以为你要失眠呢!”

这时，芸儿父亲发话了：“早晨听芸儿说，你们那边要征地拆迁了，是‘立改套’，是这样的吗?”

“叔叔，是的。”我点点头说。

“那不错啊，你们家几口人呀?”芸儿父亲来了兴趣。

“算上我爷爷、奶奶，父母，还有我妹，一共六口人。”我回答。

“哟，那你们可吃香了，能分到几套房子呀?”芸儿父亲继续盘问。

“应该有三大套或者六小套吧，具体怎么分，我现在还不是很清楚。”我说时，瞧了瞧芸儿和她的母亲。

芸儿仍一脸的淡定。她并不是因为我以后会有多少套房子才喜欢我，所以表现得非常平静。而芸儿母亲，忽然对我热情有加。

“来，来，阿昆，多吃点，多吃点。”芸儿母亲又夹给我一个馒头。

“谢谢阿姨！”我接过馒头，客气地回应。

“这么说来，你们家马上就是百万户了。”芸儿父亲露出难得一见的笑容，说：“我原先以为你是农村的，芸儿在城里长大，吃不惯苦。现在你们那边也开始城镇化了，我应该没什么顾虑了。只是……”

“叔叔，您请说。”我迫切想知道芸儿父亲想对我说些什么。

“只是芸儿是个独生女，要是到你们那边，我和她妈都很不放心。”芸儿父亲说。

“叔叔，您放心，我一定会照顾好芸儿，保护好芸儿的。她在我身边，就像在您身边。”我认真地说。

“这个以后再说，以后再说。”芸儿母亲笑了笑，说，“只要芸儿能享福，我们做长辈的就高兴。”

因为“征地拆迁”，芸儿父母对我的态度来了个大转变。昨晚还不冷不热的，早晨就极其热情了。我曾在芸儿父母眼里，是个不折不扣的乡下佬，而现在，他们显然把我认作了“金龟婿”。

早餐吃得挺愉快的。我想：人与人之间若能平等地进行交流，那气氛就融洽了。

我陪同芸儿去了趟报社。芸儿请了假后，就跟我打车到了汽车站。我们买好到台州的车票，就等候上车了。今天，我们要做出人生一个重大的决定，那就是到办证中心登记结婚。这也是除了我和芸儿外，所有人都不知道的“壮举”。

我想到的是，我和芸儿所要面对的，不仅仅是两个人的爱情、婚姻，还有双方的父母，更有异地恋要面临的情况——是两地分居，还是牺牲一方去另一方呢？从目前的情况来看，想一时改变现状，实在是太难了。我们还将继续维持两地分居。

我也听说过很多的异地恋都是无疾而终，这多多少少反映出异地恋的某些弊端，这是我所担虑的。我们现在秘密登记结婚，是为了给异地恋套上一个“紧箍咒”，不想两人的关系因为其他外在因素的干扰而濒临破灭的地步，是为了两人关系的赓续。

坐在班车上。

芸儿就这么靠在我的肩头。而我的脸蛋不时地磨蹭着芸儿的秀发。我能感受到芸儿均匀的呼吸，能闻到她的秀发散发的淡淡清香。

汽车在高速公路上行驶。我望向窗外，移动的风景是那么熟悉，四年多的坐车经历，恍然如梦。

芸儿闭目养神。我搂着她，生怕她溜走了似的。上回她是被气走的，这回绝不能复制上回了。

两人坐车到台州已是上午 11 点多了。

芸儿说：“我想去化妆店化个淡妆，这上午恐怕来不及去登记了。”

我说：“那就等下午吧。趁中午时间充足，我们好好做下准备工作。”

化妆是为了拍合照的需要，芸儿化好淡妆，乍一看，像是换了个人。

“芸儿，你平时素颜看不出来，现在变得好淑女啊！”我目不转睛地盯着芸儿。

“你呀，都认识这么久了，好像没看过我似的。”

“芸儿，对你，我是百看不厌的呀！”

“得了，又贫嘴了！”

“芸儿，记住今天，今天是我们的结婚纪念日哦！”我喜出望外地说。

下午，芸儿甜蜜地跟着我进了办证中心婚姻登记处。

按婚姻登记的流程一步步走下来，两人的合法夫妻关系也变成了现实。

两本红彤彤的结婚证摆在一起，见证我和芸儿的爱情。

我和芸儿的喜悦之情已溢于言表。

芸儿不能逗留，她要赶回杭州。我即刻送她到车站，目送她上车后，我才离开。

我没有告诉任何人我已经登记结婚了。

直到过了十来天，村里的妇女主任来我家里宣教计划生育政策，我爸妈才知道我和芸儿已登记结婚了。

这下倒好，左邻右舍都知道了。

“你登记了怎么都不说啊！”老妈有点责怪我。

“我怕说了你们会骂我。”我笑着说。

“傻小子，越来越不像话了！”老妈露出灿烂的笑容。

“哥，你可真厉害啊，还没订婚就领证了。快让老妈告诉媒人们，以后不用再给你相这个相那个了。”我妹比我还要开心。

有一天，阿丘打来电话，兴奋地告诉我：“阿昆，我追到鱼儿了！”

我听了，反而有一种莫名的失落。我想：如果不是自己拒绝鱼儿，现在哪还轮得上阿丘呢？

我真诚地说：“阿丘，你对鱼儿一往情深，鱼儿终于被你感动了，接受了你。我祝福你们，祝福你们的爱情天长地久。”

阿丘说：“阿昆，你可是我和鱼儿的大媒人啊！我们到时一定请你喝喜酒。”

“谢谢啊！”

阿刚打电话告诉我，他要跟巧儿订婚了，盼望我和芸儿过去吃他们的订婚酒。

阿刚和巧儿的订婚宴席放在台州黄岩的三星级酒店。那天，阿刚和巧儿盛情地接待了我和芸儿。

我和芸儿举杯祝福阿刚和巧儿：“祝你们幸福，爱情甜美。”

“你们也要幸福哦！”阿刚和巧儿回敬我们。

酒宴结束后，我带着芸儿回到家里。

老爸老妈热情地接待了远道而来的芸儿。

那个晚上，芸儿以媳妇的身份住在了我的卧室。

在我的卧室，芸儿动情地说：“阿昆，我已经打了辞职报告。”

我惊讶万分，说：“什么！你打辞职报告了？这么大的事，你爸妈知道吗？”

芸儿摇摇头，说：“为了能和你在一起，我什么都不顾了。”

天哪，芸儿做出如此之举动，我着实小瞧她了。

“芸儿，你不可以这么做。”我反而过意不去。

“过不了半个月，我就是自由身了，爱去哪里去哪里。”芸儿说时，嘴角绽放出幸福的笑容。

“芸儿，你爸妈会伤心的。”

“他们已经伤心过了。”

“你是说，你把我们登记结婚的事告诉他们了？”

“是的，现在他们也拿我没办法了。阿昆，以后，我们再也不分开了。”

“芸儿，我会一直陪你到老。”

“有你这句话，我已经很知足了。”

这个晚上，虽然我尚未恢复性功能，但在芸儿的爱抚下，我似乎找回了男人的自信。

想到以后能和芸儿双宿双飞、形影不离，我更是难以抑制内心的喜悦，将雪藏的登记结婚之事告诉了我的好友阿刚和阿丘。

阿刚说：“想不到，真是想不到，我订婚还没领证呢！还是老兄你捷足先登，早我一步步入了婚姻的殿堂。”

阿丘激动地说：“好啊，好啊，实在太好了！这样就可以让鱼儿对你彻底死心，一心一意扑在我身上。真是大快人心啊！”

当阿丘把我和芸儿领证的事儿告诉鱼儿，鱼儿难以置信地来电核实。

“阿昆，听阿丘说你已领证了，这是真的吗？”

“是真的，我跟阿丘是好友，我还能骗他不成？鱼儿，你也别多想了，好好地爱阿丘吧。阿丘人品不错，值得你终身托付。”我爽朗地笑了。

“阿昆，事情已无法再挽回，我只能由衷地祝福你们了。祝你们恩恩爱爱，白头偕老！”

“谢谢！你和阿丘也一样哦！”

芸儿曾告诉我，每个人都有自己的梦想，而我的梦想并不仅仅是个编辑，而是成为一名作家。

电话里，芸儿告诉我：“阿昆，你可以开设一个作文和书法培训班，教中小学生作文和书法。那样，既发挥了你的特长，又可以养家糊口，我还可以帮你打打下手，不是挺好的吗？”

“哇，我的朱丽叶！你简直就是我的人生总设计师啊！”我激动极了，对着手机亲了好几下。

“阿昆，我希望你能发挥潜能，让我爸妈看到你优秀的一面，让他们觉得把我托付给你，有一种安全感和自豪感。阿昆，你明白吗？”

“芸儿，你的想法太靠谱了。”

……

我要告诉芬姐，也许是她最不愿听到的消息。

那天我准备了辞职报告，忐忑地来到办公室。

芬姐见我有点异样，说：“阿昆，今天怎么了，是不是身体不舒服呀？”

我慌张地说：“芬姐，不是的，我是来向你辞职的。”

芬姐很是惊讶，不解地说：“阿昆，我没听错吧？你工作好好的，都当上了副主任，干吗要辞职呢？”

我鼓起勇气，说：“芬姐，我想自己开个培训班，和芸儿一起。”

芬姐疑惑地问：“你的芸儿不是在杭州吗？”

“她也辞职了。她要来我这边。我跟她已经登记结婚了。”

“啊？”芬姐不敢相信，“不会吧？这么快就登记结婚了？”

“是的。”我将写好的辞职报告递给芬姐。

芬姐还没缓过神来。

“阿昆，你辞职，我说了不算的，要上面的领导审批了才行。”

“我可以等。等上面招到了新人，我再走人，不会给工作造成不便的。”

芬姐不语。

一整天，芬姐都是魂不守舍的。

下班时分，芬姐叫住了我：“阿昆，能让我请你吃最后一顿饭吗？我怕以后再也没有机会了。”

我听了不是滋味，说：“芬姐，别说得那么悲观。我们即便不在一起工作了，还算是朋友吧？以后有机会的，我会和芸儿一块请你！”

芬姐说：“我还有很多话要跟你说。你这次就答应我，好不好？”

我迟疑了下，说：“好吧。”

跟上次一样，我坐上了芬姐的宝马车。

“自从离婚后，我已经很久没有做过饭了。”芬姐感慨道。

“是吗？那你为什么不自己做饭呢？”我不解地问。

“一个人做饭没劲。阿昆，你会做饭吗？”芬姐问。

“会做几道简单的菜，什么番茄炒蛋、炒土豆丝、油焖茄子的，会一点。”我笑着说。

“那好，今晚就在我家做饭吃，我们去菜场买菜吧！”芬姐开心地说。

这出乎我的意料，我原先还以为芬姐会带我去上档次的地方大吃一顿的。

芬姐将宝马车停在菜场边上，像找回了恋爱的感觉，拉过我的手往菜场走。我本想挣脱，念在她这么高兴，就由着她了。

想不到芬姐挑起蔬菜来还真利索，这跟平时她吃馆子大相径庭。

不多时，芬姐已买好了一篮子的菜。

我笑着说：“芬姐，晚上就我们两个，吃不了那么多吧！”

“我们多做几道菜呀！以后就没机会跟你一起做菜了。”

“说得这么伤情，好像我们要断交了似的。”

“是啊，你的芸儿要从杭州过来了，她要是看到我跟你一起做饭，她会吃醋的。所以，这跟断交没什么区别了。”

我重新坐上芬姐的宝马车，心想：也许芬姐说得对，这是最后的晚餐。

“芬姐，认识你到现在，还没去过你家呢！”我打破了沉默。

“嗯，这次带你好好瞧瞧。”芬姐接着说，“到时可别大惊小怪的。”

这么说来，芬姐家一定不俗了，令人很想一睹为快。

车子在门卫处刷卡后驶入别墅群。

芬姐停好车子，我帮她提蔬菜，进入一幢别墅。

当房门一开，我立马被房间的装潢给震住了。

“好气派啊！”我不由得惊叹道。

“我就说嘛，你少见多怪！”芬姐笑着说，“你还没见过那种奢华的，见过后一比较，我这装潢就显得很普通了。”

“对我来说，这里就如同天堂呢！”我赞美道。

“那你就仔细瞧个够吧！”芬姐将挎包往沙发上一扔，说，“肚子有点饿了，我们就早点烧菜吧！”

两个人分工合作，洗菜的洗菜，切菜的切菜，忙得不亦乐乎。

两口锅同时开工。芬姐烧她拿手的菜，我烧我拿手的菜。

半个小时左右，菜就烧好了。

正当我从电饭煲盛饭时，芬姐莫名地从我身后箍住了我的腰。

我被芬姐的这一举动吓着了，差点将盛饭的碗掉到地上。

“芬姐，别这样！”我慌乱地说。

“阿昆，你知道吗？我很喜欢你！”芬姐没有放手。

这回，芬姐是清醒的。我真真切切地听到了她说的话。

“芬姐，我有女友了，不，是有老婆了，你知道的。”

“阿昆，你为什么这么讨人喜欢呢？”

“芬姐，放开吧，你再这样，我就要走了。”

芬姐松开了手，说：“阿昆，对不起，刚才把你当成了我的前夫。”

“这证明你心里还是有前夫的。”我说。

“是的，可是他找了小三，抛弃了我，我对他又爱又恨。”

“先吃饭吧，等下菜都凉了。”

芬姐默默地接过了饭碗。

吃好晚餐，我坐在沙发上歇息。

芬姐端来两杯茶水，将一杯递给我后，坐在了我的边上。

“阿昆，你觉得我一个人住这么大的房子，寂寞吗？”芬姐发问。

“寂寞肯定有。不过，有得有失，你有车有房的，这点比起寂寞来，更实在。”

“我宁愿这些都没有，只希望能有一个像你这样的男子……”

“芬姐，你一定能如愿找到的。”

“我已经找到了，那个人就在我眼前，可惜，他已经登记结婚了。”

我不知道该如何劝说芬姐，只是默默地喝茶。

突然，我觉得自己有些恍惚，随后，浑身有些燥热。

我意识到了不对劲，但不清楚是什么原因。

“芬姐，我怎么全身发热，你的茶水有问题吗?”我怀疑起刚喝的茶水。

“对不起，阿昆，我往茶水里放了一点催情药，没想到药性会这么强。”芬姐坦白地说。

“芬姐，你这是干什么啊!”我虽然气愤，但药效发作，禁不住将芬姐摁在了沙发上。

“阿昆，我别的都不想了，就想让你好好地爱我一回!”

我极力抗拒着自己，但没用，身体已像失控的列车，开往罪恶的深渊。

当芬姐的手摸到我的下面，惊讶极了，说：“阿昆，怎么了，你的下面没反应啊!”

我如同从睡梦中惊醒过来，尴尬极了，说：“芬姐，对不起，刚才我失态了。”

“为什么呢?阿昆，你对我没感觉吗?”将自己脱得一丝不挂的芬姐说，“阿昆，你为什么对我无动于衷啊!”

“芬姐，实话告诉你，我性无能。请你不要再有念想了。”我沮丧地说。

“啊!天哪，那你的芸儿知道吗?”芬姐匪夷所思。

“知道的，她愿意跟我过无性婚姻，可以不要孩子，这是常人无法做到的。”我认真地说。

芬姐赶紧穿好了衣服，难为情地说：“阿昆，刚才我太激动了，对不起啊!”

我痛苦地说：“芬姐，这下，你可以放我走了吧!”

芬姐说：“天黑了，我送你回去吧!”

我的头有点沉，点头默认了。

芬姐知道我的秘密后，已经对我死心了。

这几天交接班，我和芬姐就如同往常一样，当什么事儿都未发生过。

这下好了，我的世界清净多了。

我耐心等待芸儿来到我身边。

爱情的力量可真是强大啊！强大得可以冲破一切！

我站在十里长街，说好的，我在这里等芸儿。

远远的，我就见到了那熟悉的靓影。

她迈着轻盈的步履，欢快地朝我走来。

我健步如飞地跑上去，一下子将芸儿抱了起来，转了好几个圈子。

我们都被幸福转晕了！

我问芸儿："你不后悔来我这里吗？"

芸儿幸福地回答："有爱的地方就是家。"

……

后　记

相信爱情

如果将我的《一个人的舞蹈》和《月朦胧　岁朦胧》归为“文艺青年”三部曲的前两部，那么这部《我在十里长街等你》就是三部曲的第三部。总算将这类小说圆满完成并最终得以出版，我舒了口气。

我有意将这部《我在十里长街等你》的故事背景放在了浙江的台州和杭州。台州是我的家乡，我对家乡是很熟悉的，十里长街是台州路桥的老街，是有名的景点。当然，它没有北京的长安街著名。长安街也称为十里长街，“百度词条”里也只有这两条十里长街。我不吝笔墨地写到了家乡的老街、石浜山、永安广场、客运南站以及方林汽车城、小商品市场、中国日用品商城，特别是浓墨重彩地介绍了路桥的老街，是让读者朋友们对我的家乡有更深、更全面的了解。路桥不仅仅是商贸之都，还具有浓厚的文化气息。

我选择了异地恋这个主题。人们都不看好异地恋，认为异地恋没有结果，成功者少，失败者多。我却不以为然。所以我在作品中塑造了对爱情非常笃定的青年男女，企图以此改变人们对异地恋的偏见。

作品中的人物，尤其是男主人公，多多少少有本人性格的影子。他为人正直，见义勇为，对爱忠诚，同时他也有性格的弱点：隐忍自己的创痛，把悲伤留给自己。两位女主人公各有特点：一个开朗，一个随和；一个单纯乐观、安于现实，一个成熟冷静、追求梦想。前者是鱼儿，生活没有负担，无忧无虑；后者是芸儿，文艺女青年满怀抱负，却不乏善解人意，体贴入微。芸儿可以为阿昆放弃工作，放弃梦想，这需要多大的决心和勇气？诚然是爱情的力量。

什么是爱情？面对世俗，面对诱惑，恪守内心的道德底线，经受住各种考验，为爱腾出空间，让爱自由生长，哪怕对方有身体缺陷，哪怕过无性生活，哪怕这辈子没有孩子，仍毅然决然地选择相守。这就是爱情。

我始终相信爱情的神力！

奎之

2015 年 12 月 30 日于碧波家园